KAY JACOBS
Kieler Schatten

ZWANGSVERSETZT Gerade dem Zug von Berlin nach Kiel entstiegen, tritt Josef Rosenbaum in der Stadt an der Ostsee seine neue Stelle als Kriminalobersekretär an. Sein erster Fall lässt nicht lange auf sich warten. Der Kranführer der Germaniawerft Herrmann Fricke wird tot unter seinem Kran aufgefunden. Die Ermittlungen führen Rosenbaum und seine beiden Assistenten Steffen und Gerlach zunächst in das Milieu der Kieler Werftarbeiter und in das familiäre Umfeld des Opfers. Nach und nach erscheint Rosenbaum Kiel weitaus weniger kleinstädtisch als angenommen. Die Spannungen zwischen dem Deutschen Kaiserreich und Großbritannien sind bis hierher spürbar. Schließlich werden in Kiel Unterseeboote und Torpedos für die Kaiserliche Marine hergestellt und die Spionagetätigkeiten der Briten und der Deutschen hat stark zugenommen.

Kay Jacobs ist promovierter Jurist und Ökonom. Er war lange Zeit als Rechtsanwalt tätig. Heute lebt er mit seiner Familie an der Ostsee.

KAY JACOBS
Kieler Schatten
Kriminalroman

GMEINER SPANNUNG

Besuchen Sie uns im Internet:
www.gmeiner-verlag.de

© 2015 – Gmeiner-Verlag GmbH
Im Ehnried 5, 88605 Meßkirch
Telefon 07575/2095-0
info@gmeiner-verlag.de
Alle Rechte vorbehalten
1. Auflage 2015

Lektorat: Sven Lang
Herstellung: Mirjam Hecht
Umschlaggestaltung: U.O.R.G. Lutz Eberle, Stuttgart
unter Verwendung eines Fotos von:
© Topical Press Agency/Getty Images
Druck: GGP Media GmbH, Pößneck
Printed in Germany
ISBN 978-3-8392-1697-2

0

»Was heißt ›verschwunden‹?«
»Also … nicht mehr da.«
»Sie veralbern mich gerade.«
»Nein.«
»Er ist weg?«
»Ja. Verschwunden eben.«
Es war kurz vor Mittag und die Sonne begann, das Büro zu erobern. Josef Rosenbaum tupfte den Schweiß von seiner Stirn und setzte sich auf den Stuhl an seinem Schreibtisch. Eigentlich sank er eher und unter ihm befand sich zufällig der Stuhl, sodass es aussah, als setzte er sich. Nur ist ›sich setzen‹ eine finale Handlung, die zum Ziel hat, danach zu sitzen, und Rosenbaum verfolgte kein Ziel mit der Aktion, ihm war nicht einmal wirklich bewusst, dass sich unter ihm ein Stuhl befand. Es war wie bei einem Schlachtschiff, das nach einem schweren Treffer sank und auf einer Sandbank aufsetzte, bevor es vollständig unterging. Und genauso verdutzt, wie man vermutlich auf der Brücke des Schiffes feststellte, dass man nicht mehr weitersank, herrschte auch in Rosenbaums Amtsstube eine verdutzte Stille, nur dass sich niemand über den Stuhl wunderte, sondern über die Nachricht des Assistenten: ›Harms ist verschwunden.‹

I

Wenige Tage zuvor war die Welt noch in Ordnung gewesen, zwar nicht so, wie sie sein sollte, gar nicht, aber immerhin so, dass man sie sich erklären konnte, jedenfalls soweit man sie sich erklären wollte. Hektisches Nähmaschinenrasen hatte sich langsam in rhythmisches Rattern verwandelt. Das ließ sich erklären. Die Nähmaschine war eine Dampflok, eine preußische S3, die den Schnellzug von Berlin nach Kiel anführte, und das Rattern hatte kurz vor dem Ziel begonnen. Rosenbaum saß in der zweiten Klasse und beobachtete, wie sich vor dem Fenster die geordnete Silhouette einer norddeutschen Provinzstadt aufbaute.

Noch nie war er hier gewesen, am Rande des Reiches, und nichts hätte ihn jemals hierher geführt, wenn der Kaiser diesem Ort nicht durch Ernennung zum Reichskriegshafen eine zuvor ungeahnte Bedeutung verliehen hätte. Seither stattete der Kaiser seiner geliebten Hochseeflotte mehrmals im Jahr einen militärischen Besuch ab und verbrachte bei dieser Gelegenheit, wie zufällig, ein paar Tage auf einer der hier beheimateten kaiserlichen Jachten. Die Zufälligkeiten funktionierten übrigens auch umgekehrt ganz gut, wenn nämlich der Kaiser seine alljährliche Seereise mit der Motorjacht ›Hohenzollern‹ unternahm und bei dieser Gelegenheit die Flotte inspizierte. Es ergaben sich auch immer wieder andere Zufälligkeiten, wie die jährlich stattfindende Kieler Woche, die der Kaiser regelmäßig eröffnen musste, oder die jährlichen Geburtstagsfeiern seines in Kiel lebenden Bruders, des Prinzen Heinrich, und seines ebenfalls in Kiel lebenden Sohnes, des Prinzen

Adalbert, oder die Einweihung wichtiger Bauten, wie des Kaiser-Wilhelm-Kanals, oder die Taufe eines weiteren riesigen Schlachtschiffs oder die alljährliche Vereidigung der neuen Seekadetten. Ach, es gab so viele Zufälle.

Dabei war es aber auch eine strategisch naheliegende Entscheidung gewesen, den baltischen Stützpunkt der deutschen Kriegsmarine von Danzig nach Kiel zu verlegen. In Kiel – als Heimathafen – war die Flotte gut geschützt vor Angriffen feindlicher Verbände, die zunächst durch die Meeresstraßen der dänischen Inseln, den Großen Belt und den Langelandbelt hätten fahren müssen und dabei hervorragende Ziele für deutsche Verteidigungsstellungen abgegeben hätten. Allenfalls die ruhmreiche baltische Flotte der russischen Marine hätte dem Kieler Hafen gefährlich werden können. Doch der Großteil ihrer Geschwader war ein paar Jahre zuvor während des russisch-japanischen Krieges im Meer und der Rest in Bedeutungslosigkeit versunken. Strategisch ausschlaggebend aber war letzten Endes, dass sich die in Kiel stationierten Einheiten der deutschen Hochseeflotte seit dem Bau des Kaiser-Wilhelm-Kanals innerhalb kürzester Zeit mit den Geschwadern aus Wilhelmshafen vereinigen und freie Fahrt auf die Weltmeere besaßen, dorthin, wo immer das Reich sie brauchte. Und seit der Kaiser es für angebracht hielt, dass Deutschland am Tisch der Weltmächte Platz nahm, wurden sie überall gebraucht, sogar in Friedenszeiten. Sie halfen, den Boxeraufstand in China niederzuschlagen, beobachteten die Burenkriege in Südafrika, blockierten die Küste Venezuelas, setzten nach Agadir über, nahmen die deutschen Interessen im Mittelmeer wahr und schützten natürlich die Besitzungen in Afrika und in der Südsee.

So wurde also ein unbedeutender Marinestützpunkt an der Kieler Förde zum zweiten Reichskriegshafen. Und ein verschlafenes Provinzstädtchen wuchs urplötzlich zu einer bedeutenden Großstadt heran, das glaubten jedenfalls die Kieler. Wie dem auch sei, die Stadt war in den letzten Jahrzehnten rasant gewachsen, während ihre Verwaltungsstrukturen kaum mithalten konnten, und Rosenbaums Aufgabe bestand darin, hier ein wenig zu unterstützen.

Der Bahnhof näherte sich. Der Lokführer entkoppelte die Antriebswelle und reduzierte Wasserzufuhr sowie Befeuerung, um den neuen Bahnhof nicht mehr als nötig mit Dampf und Rauch zu belasten.

Durch das Fenster konnte Rosenbaum gleich neben den Gleisen einen Friedhof erkennen, ein außerordentlich geschmackloser Willkommensgruß, wie er fand. Er schaute zur anderen Seite hinaus. Die Südspitze des Hafens kam in Sicht, eine vor 10.000 Jahren von Gletschern gerissene Furche. Hörn sagte man in Kiel dazu.

An der Stirnseite der Hörn lag ein Frachtsegler, aus dem gerade eine Ladung Schweine angelandet wurde. Das Vieh trottete von mobilen Zäunen geleitet über einen mit Stroh bedeckten Weg, vorbei an einem kleinen Backsteingebäude, ein Zollhäuschen oder vielleicht eine Quarantänestation, unter einer nahezu 200 Meter langen, offensichtlich noch ganz neuen Stahlbogenbrücke hindurch, direkt in den gleich dahinter gelegenen Schlachthof.

Eigentlich praktisch, wenn so ein Schlachthof nur nicht so bestialisch stinken würde, dachte Rosenbaum und schloss das Fenster des Abteils. Es war ein warmer Frühsommertag, ein Tag, an dem in allen Fabrikhallen und allen Schlachthöfen Fenster und Tore aufgerissen wurden, um der erdrückenden Allianz aus Sommerhitze, Schweißgeräten und Dampfmaschinenabwärme einen frischen Luftzug entgegenzusetzen. In Kiel gab es viel Wind, regelmäßig aus Westen. Und das störte dann auch nicht weiter, weil der Gestank vom Schlachthof bei Westwind von der gutbürgerlichen Innenstadt weg hin zum Arbeiterviertel Gaarden driftete. Heute war es anders, Ostwind. Kiel wollte Rosenbaum nicht haben. Und Rosenbaum Kiel nicht.

Das bahnhofseitige Ufer war übersät mit Haufwerken von Kohle, die vermutlich zur Befeuerung der unglaublich vielen Kriegsschiffe benötigt wurde. Dazwischen lagen Stapel von Holz aufgeschichtet, wahrscheinlich aus Schweden oder Dänemark für deutsche Öfen und Baustellen. Am Kai hatten Frachtsegler angelegt, einer wurde gerade durch Schauerleute unter großen körperlichen Mühen von schweren Holzkisten aus seinem Bauch entbunden.

Das gegenüberliegende Ufer wurde Ostufer genannt und diente als Werftgelände. Rosenbaum konnte Docks, Hellinge und Hallen sehen und auf einer Helling ein teilweise beplanktes, liegendes, hoffentlich schlafendes, stählernes Ungeheuer. Doch alles wurde überragt von einem einarmigen Kraken aus Stahl, mächtig und stark.

Holz, Kohle und Stahlpanzerung. Darum sollte sich also in den nächsten Jahren das Leben für Rosenbaum drehen.

›Kriminalobersekretär Rosenbaum‹ stand auf dem Schild. Das war er, obwohl es diesen Dienstgrad offiziell gar nicht gab. Es gab nur Kriminalassistenten, -sekretäre, -kommissare, -inspektoren und -direktoren, eine hungernde Armseligkeit angesichts der in Prunk und Glorie verliebten Epoche und der bei anderen Beamtenlaufbahnen magenverstimmenden Fülle illustrer Titel. Doch die Kriminalpolizei hatte sich erst gegen Ende des 19. Jahrhunderts zu etablieren und von der Schutzpolizei zu emanzipieren begonnen, und so gab es 1909 eben noch keinen Bedarf für allzu viele Titel.

Aber Kriminalobersekretär, was war das? Es war ein Zeichen der Modernisierung, des sozialen Fortschritts, die Bitte um Geduld an einige, ganz wenige, besonders fähige Beamte. Es war das Eingeständnis von Ungleichheit und Ungerechtigkeit und Antisemitismus und zugleich das Versprechen, dass das bald überwunden sein würde. Rosenbaum war Jude und Juden wurden im deutschen Kaiserreich nicht zu Kommissaren ernannt. Nicht dass das irgendwo ausdrücklich festgeschrieben war, nein, aber Voraussetzung für die Beförderung zum Kriminalkommissar war ein siebenjähriger Dienst als Offizier im Deutschen Heer oder in der Kaiserlichen Marine. Und der Gedanke, ein Jude könnte im Feld, den Tod vor Augen, einem Christen den Sturmbefehl erteilen, war vollkommen undenkbar, genauso undenkbar wie die Vorstellung, ein Jude würde als Richter einem Christen den Eid auf die Bibel abnehmen. Ein Jude wurde im Kaiserreich nicht Offizier, nicht Richter und nicht Kommissar, sondern notgedrungen Schauspieler, Professor, Arzt, Anwalt, Bankier, Kaufmann oder Politiker.

Aber wenn ausnahmsweise jemand hätte sein sollen, was er nicht sein konnte, dann wurde für ihn ein neuer Titel geschaffen, der dem, was nicht sein konnte, aber sein sollte, möglichst nahe kam. Für Rosenbaum und vielleicht sechs oder acht weitere Juden im Kriminaldienst der preußischen Provinzen war das nun eben der Kriminalobersekretär. Gerecht war das nach wie vor nicht, denn auf dieser Stufe der Karriereleiter eines deutschen Beamten war für Juden endgültig Schluss und selbst dort kam nur an, wer protegiert wurde. Aber immerhin, es war ein erster Schritt und versöhnte Rosenbaum mit seiner Herkunft und der Gesellschaft.

Das Schild mit Rosenbaums Namen wurde ausgestiegenen Reisenden von einem jungen Mann entgegengehalten, rothaarig, nordisch, Mitte 20, mindestens 15 Zentimeter größer als Rosenbaum, mit einem Hokkaidokürbis als Kopf, Armen so dick wie Rosenbaums Oberschenkel und suchendem Blick. Rosenbaum hob die Hand mit einer unbeabsichtigt linkischen Bewegung, um sich zu melden und den Träger des Schildes zu grüßen. Der erste Auftritt in seinem neuen Wirkungskreis und vor einem Untergebenen misslang, Rosenbaum bewegte sich wie ein Kasper!

»Gooden Dach, Herr Obersekredär. Ick bin Kriminohlassistent Steff'n, Ihn'n ergebenst togedehlt.«

»Können Sie auch Deutsch?«

»Künd ick uck. Schall ick?«

»Bitte.«

»Hatten Sie eine angenehme Fahrt?«

»Danke, es ging.« Rosenbaum hätte seine Handbewegung souverän überspielen können. Es war nicht einmal sicher, dass Steff'n, der vermutlich Steffen hieß, sie überhaupt als solche wahrgenommen hatte, aber aus Ärger und, um sie zu kompensieren, gab sich Rosenbaum jetzt betont distanziert. Steffen entriss ihm sein ledernes Arztköfferchen, das kaum mehr als Rasierzeug, die Nachtwäsche und vielleicht die Unterwäsche für den nächsten Tag fassen konnte.

»Haben Sie sonst noch Gepäck?«

»In Berlin.« Wenn es ging, reiste Rosenbaum ohne Gepäck. Nicht so sehr aus Bequemlichkeit, eher zur Vermeidung von Endgültigkeit. Dann fühlte es sich an, als unternähme er zunächst nur einen kurzen Ausflug, den er bei Gefallen verlängern könnte. »Kommt morgen nach.« Natürlich wusste er, dass es eine Illusion war; doch zumindest für einen Tag wollte er auf das Gefühl nicht verzichten.

»Ich hab noch einen Koffer in Berlin«, melodierte Steffen und es lag eine Art Swing in seiner Stimme, »da könnte man vielleicht einen Schlager draus machen.«

Sie spazierten durch die Bahnhofshalle, die Haupttreppe hinunter, durch das Eingangsportal, an wartenden Pferdedroschken, Kraftdroschken und Handkarren vorbei auf den wuseligen Bahnhofsvorplatz, wo Rosenbaum sich suchend umsah. Hinter ihnen der wuchtige Bahnhof, ganz neu, an der Fassade wurde noch gewerkt. Vor ihnen ein großstädtisch-mondäner, repräsentativ-wilhelminischer Pomp-und-Protz-Bau, das unvermeidliche Grandhotel in Bahnhofsnähe. Rechts der Hafen mit der Kaiserbrücke, einer Anlegebrücke für die kaiserlichen Jachten, damit der Monarch durch einen Seiteneingang des Bahnhofs, das Kaisertor, über die Kaisertreppe vom Sonderzug direkt auf seine Segeljacht ›Meteor‹ oder seine Motorjacht ›Hohenzollern‹ springen konnte. Links Großstadtgewirr mit vornehmen Bauten, Geschäften und Straßenbahnen. Der Platz war mit zwei kreisrunden, verschwenderisch bunten Blumenbeeten geschmückt, aus deren Mitte mehrere Palmenstämme herausragten.

»Is ne Großstadt geworden«, strömte es aus Steffens geschwollener Brust.

»Mir wurde ›Marsens Hotel‹ empfohlen. Es soll ungefähr dort liegen.« Rosenbaum deutete in Richtung des Friedhofs, an dem er vor ein paar Minuten vorbeigefahren war.

»Das ist der Sankt-Jürgens-Friedhof. Kann ich nicht empfehlen. Wird ohnehin demnächst aufgelöst. Übrigens gibt es ›Marsens Hotel‹ schon jetzt nicht mehr. Es war alt, klein und schäbig. Willi Marsen, der Eigentümer, hat es abgerissen und an derselben Stelle durch das Hansa-Hotel ersetzt. Es ist dies hier.« Steffen wies auf das Grandhotel. »Marsen hatte wirklich Glück, dass der neue Bahnhof genau vis-à-vis gebaut wurde. Man munkelt, dass er nachgeholfen habe, aber das sind natürlich nur Gerüchte. Ein ehrbarer Kieler Kaufmann macht so etwas nicht. Hier haben wir Ihnen übrigens ein Zimmer reserviert, für eine Woche auf Staatskosten.«

»Ja, aber … das Hotel soll sich 100 Meter südlich vom Bahnhof befinden.«

»Hundert Meter südlich vom *alten* Bahnhof, nehme ich an«, sagte Steffen, nachdem er ein wenig überlegt hatte. »Der wurde abgerissen, zu klein, jetzt wo wir Reichskriegshafen sind. Der neue wurde 100 Meter südlich gebaut, also hier.« Steffen zeigte auf das Hansa-Hotel. »Wer ›Marsens Hotel‹ empfohlen hat, dürfte mindestens zehn Jahre nicht mehr hier gewesen sein. Es hat sich in den letzten Jahren ja so viel verändert hier. Kiel ist inzwischen zu einer pulsierenden Großstadt …«

»Auch gut«, grunzte Rosenbaum und steuerte auf das Hansa-Hotel zu, ein Grandhotel auf Staatskosten. »Sehr gut.« Aller Griesgram war dahin.

»Wieso sagen Sie eigentlich ›Groß-Schtadt‹?«, fragte Rosenbaum nach einer Weile. »Ich dachte, man s-tolpert hier über den s-pitzen S-tein.«

»Nö, so reden die in Hamburch. Wir sind hier nich so vörnehm.«

Fern der Heimat und unter Barbaren. Rosenbaum dachte an Lotte und die Kinder. Sie würden sich sicher amüsieren, wenn sie hörten, wie die Leute hier sprachen. Er hingegen war darauf angewiesen, die Sprache der Eingeborenen zu verstehen.

»Sorry. Verzeihen Sie bitte.« Ein Mann mit ausgeprägten Geheimratsecken, schwerem Handkoffer und dunkler Sonnenbrille stürmte aus der Eingangstür des Hotels, als diese ein Portier für Rosenbaum und Steffen geöffnet hatte. Ein Brite in Eile. Man erkannte sie am einfachsten daran, dass diese wolkenverwöhnten Menschen bei jeder sich bietenden Gelegenheit ihre Sonnenbrillen aufsetzten. Vielleicht der wahre Grund für die vielen britischen Kolonien in Wüstengegenden.

Der Portier entschuldigte sich überschwänglich und zutiefst betrübt.

»Ist ja gut, ist doch nichts passiert«, versuchte Rosenbaum den Mann zu beschwichtigen, der sich aber erst wieder beruhigte, als er einen Groschen bekam.

Kurze Zeit später waren die Strapazen und Formalitäten des Anreisetages erledigt. Steffen hatte sich verabschiedet, damit Rosenbaum auspacken, na ja, sich jedenfalls ausruhen konnte. Er saß in seinem Zimmer am Rauchtisch vor dem Fenster, schaute hinaus auf den Bahnhof und den einarmigen Kraken am Ostufer und genoss eine Zigarre und – was er nie zugeben würde – ein wenig die Umstände, die um ihn gemacht wurden.

II

»Einen Moment noch.« Der Concierge wandte sich dem wartenden Hotelgast zu, gerade in dem Moment, als dieser seinen Zeigefinger hob und den Mund öffnen wollte, um auf seine Eile aufmerksam zu machen. Dann wandte er sich wieder ab.

»Bitte beeilen Sie sich, Concierge. Mein Zug geht gleich«, sagte der Gast mit leichtem englischen Akzent. Seit er bei seinem vorletzten Aufenthalt den Rezeptionstresen mangels sprachlichen Feinschliffs als ›Theke‹ bezeichnet hatte, wurde er nur noch nach Vorschrift behandelt. Früher oder später wurden die meisten Ausländer im Hansa-Hotel mangels sprachlichen Feinschliffs nur noch nach Vorschrift behandelt, jedenfalls die meisten Briten. Man war hier eben provinziell, sogar in einem Grand-Hotel, auch wenn der Portier Concierge hieß und vornehmer war als die meisten Gäste. Und man war hier hinter vorgehaltener Hand auch britenfeindlich. Dieser Aufenthalt, das stand für den Gast nun fest, würde sein letzter in diesem Hotel gewesen sein, und es würde auch kein Trinkgeld geben. Natürlich, irgendwie schien man ausgeliefert zu sein, wenn man sich das Wohlwollen der Bediensteten nicht erkauft hatte, für die Bourgeoisie zu jener Zeit einer der wenigen Nachteile des herrschenden Gesellschaftssystems. Man konnte sich erst im Nachhinein rächen, eben durch Einbehalten des Trinkgeldes.

Gerade schien es, dass der Concierge sich endlich mit dem Gast befassen wollte, da rief er unvermittelt durch das Foyer »Monsieur Lavie! J'ai un message pour vous!«, wedelte mit einem Zettel und übergab ihn einem vorbeihuschenden kleinen Mann mit Victor-Emanuel-Bart.

»So jetzt, mein Herr«, wandte er sich dem wartenden Gast zu, kurz bevor dieser den Mund öffnen wollte, um ihn anzubrüllen.

»Ich möchte abreisen.«

»Hatten Sie …?«

»Ja, ich hatte einen angenehmen Aufenthalt und ich habe meine Abreise angekündigt. Da hinter der Theke liegt die Rechnung bereits, ich sehe sie sogar von hier.« Der Mann zeigte auf einen Umschlag mit seinem Namen darauf.

»Herr Ioon Infest?«, las der Concierge vor.

»John Invest, ja.«

Der Concierge öffnete den Umschlag, zog die Rechnung heraus und begann, die einzelnen Posten zu erklären, als Invest ihn mit der Bemerkung, das werde alles sicher korrekt sein, unterbrach und drei Zwanzig-Mark-Münzen auf den Tresen legte. Der Concierge schaute Invest an, sodass er ein paar Sekunden Gelegenheit hatte zu erklären, dass der Geldbetrag so stimme. Invest aber blieb stumm, bis der Concierge sagte, er müsse nach Wechselgeld sehen, und mit Rechnung und Münzen hinter einer Tür verschwand.

Invest bereute in diesem Moment, dass er seine Hotelrechnungen noch immer in bar beglich. Viele Geschäftsreisende taten das nicht mehr. Üblicherweise verschickten die Hotels ihre Rechnungen an die Arbeitgeber, wenn diese einen einwandfreien Leumund vorweisen konnte. Nun war Invests Arbeitgeber die Britische Regierung, was aus deutscher Sicht die Qualität des Leumunds schon beträchtlich infrage stellte. In jedem Fall aber passte das Hinterlassen von Spuren, wie beispielsweise Name und Anschrift des Arbeitgebers, nicht zu dem klandestinen Charakter von Invests Aufenthalt. Es blieb nur die Barzahlung.

Invest könnte seinen Zug vielleicht noch bekommen, wenn er sich beeilte. Schweiß stand auf seiner auffällig hohen Stirn. Die Angelegenheit war wirklich dringend und er hatte sein Erscheinen bereits telegrafisch angekündigt, da durfte er nicht einfach den Zug verpassen. Vielleicht war er für das Desaster der letzten Nacht persönlich verantwortlich. Er konnte es nicht recht einordnen, obwohl er die ganze Zeit darüber gegrübelt hatte und deshalb so spät dran war.

»Stimmt so!«, brüllte er nach einiger Zeit dem noch immer nicht wieder aufgetauchten Concierge hinterher, steckte hastig sein Portemonnaie ein, nahm den ledernen Handkoffer, setzte die Sonnenbrille auf, huschte durch die sich gerade öffnende Eingangstür, rannte fast einen Juden und einen jungen Wikinger über den Haufen, entschuldigte sich und flog in höchster Eile über den Vorplatz in den Bahnhof zum gerade anfahrenden Eilzug nach Altona.

Während der Fahrt blickte er aus dem Fenster, hatte allerdings kein Auge für das saftige, frühsommerliche Grün der ausgedehnten Kuhweiden und Buchenhaine, eher für das Rot des Klatschmohns an den Feldrändern, erinnerte es ihn doch an die blutigen Schrecken der vergangenen Nacht. Nie würde er sie vergessen.

Knapp zwei Stunden später war er in Altona angekommen. Er hatte beschlossen, die gut zwei Kilometer vom Altonaer Bahnhof zu den Landungsbrücken in St. Pauli zu Fuß zurückzulegen. Das Wetter lud dazu ein und vor allem seine Beine verlangten nach Bewegung. Er hatte eine

Zugfahrt von Kiel hinter und eine Schiffsreise nach London vor sich. Den Fußweg kannte er gut, zunächst den riesigen Bahnhofsvorplatz entlang, zwischen dem Hotel Kaiserhof und dem monumentalen Stuhlmannbrunnen, der ihn immer wieder beeindruckte. In der Mitte des Brunnens erhoben sich zwei Zentauren, die um einen großen Fisch rangen, eine Allegorie auf die ständige Konkurrenz zwischen Altona und Hamburg, aber eigentlich eine Schönfärberei, ein Pfeifen im Dunkeln. Denn Altona kämpfte schon lange nicht mehr mit Hamburg um einen Fisch, Altona war selbst der Fisch. Und dem Moloch Hamburg triefte der Speichel aus den Lefzen, den fetten Brocken Altona neben sich zu wissen und doch nicht zubeißen zu können. Altona war groß und stark und selbstbewusst, es hatte in den vergangenen Jahrzehnten einige Umlandgemeinden geschluckt und war auf diese Weise rasant gewachsen, rasanter noch als Kiel, und der Altonaer Hauptbahnhof war fast doppelt so groß wie der Kieler. Altona war Norddeutschlands Drehkreuz zur Welt. Es verfügte über einen riesigen internationalen Hafen, über den es mit der ganzen Welt in Verbindung stand. Gerade dieser Hafen machte es für Hamburg begehrlich. Noch sollte es zusammen mit Norderstedt und Wandsbek ein schleswig-holsteinisches Bollwerk gegen die immer weiter um sich greifende Metropole bilden. Aber lange würde es sich dem Hunger Hamburgs nicht mehr widersetzen können.

Invest hielt an und betrachtete das Wasserspiel des Brunnens. Immer wenn er hier vorbei kam, fragte er sich, ob die Zentauren nicht auch Deutschland und Britannien darstellten, wie sie um die Vorherrschaft auf den Weltmeeren kämpften, doch war nicht in Wirklichkeit Deutschland der Fisch?

Invest ging weiter, noch ein paar hundert Meter hinunter zur Elbe, dort nach links, am Holzhafen, am Ost-Hafen, am Fischmarkt und an der ›London Tavern‹ vorbei. Alles sah weitaus mehr nach großer weiter Welt aus als sonst irgendwo in Deutschland. Von der Fernwehatmosphäre an der Elbe bekam Invest jedoch nicht viel mit. Zu sehr war er beschäftigt mit seinen dunklen Gedanken von Mord und Verrat. Der Dampfer sollte erst in ein paar Stunden ablegen und er konnte sich noch ausgiebig seinem gruseligen Schaudern hingeben.

III

»Lassen Sie uns jetzt unsere Gläser erheben auf den Mann, der gekommen ist, uns die moderne Kriminalistik zu lehren, und lassen Sie uns hoffen, dass er in unserer geliebten Heimatstadt, in der wir schon seit Jahrzehnten so erfolgreich Recht und Ordnung garantieren, auch das eine oder andere praktische Anschauungsmaterial für seine Lektionen findet.« Kriminaldirektor Freibier, er hieß wirklich so, legte seine Zigarre in den Aschenbecher, hob Rosenbaum zu Ehren ein Bierglas auf Stirnhöhe und führte es dann in einer geschwungenen Linie zum Mund.

Freibier trug einen wallenden Backenbart, wie der österreichische Kaiser, und hatte erstaunliche Ähnlichkeit mit einem Eichhörnchen. Er fand immer wieder Anlässe, Bier auszugeben, nicht weil es ihm besonders gut schmeckte, sondern weil er gerne feierte und weil er nun einmal so hieß. Da störte es nicht weiter, wenn der Anlass gar nicht willkommen war; dann wurden die Anwesenden eben mit ein paar markigen Worten eingenordet. Und das hatte bei den Kollegen anscheinend gut funktioniert, die Rosenbaum bislang kennengelernt hatte und die sich jetzt um Freibiers Schreibtisch versammelt hatten: Kriminalkommissar Schulz, der zu schlau war, um zu widersprechen, die Kriminalsekretäre Dumrath und Swiercz, die zu dumm waren, um zu widersprechen, und die Kriminalassistenten Steffen, Ährenbach und Gerlach, die zu jung waren, um zu widersprechen. Sie alle nahmen lieber einen Schluck Bier und klatschten Freibier zum Beifall und Rosenbaum zu Ehren drei- oder viermal pflichtgemäß in die Hände.

»Sie werden sich vielleicht fragen, mein lieber Rosenbaum, warum es hier Bier gibt und nicht etwa Sekt, wie es vielleicht andernorts üblich sein mag, aber Herrn von Rheinbaben wollte ich nicht auch noch durchfüttern«, polterte Freibier.

Das war übles und durchaus nicht ungefährliches Stammtischgerede, konnte es aus dem Mund eines leitenden Landesbeamten doch als querulatorisch eingestuft werden, wenn es höheren Stellen bekannt würde. Freiherr von Rheinbaben war der preußische Finanzminister, der kürzlich für das vorangegangene Kalenderjahr ein Haushaltsdefizit von 165 Millionen Mark beziffert und ab August eine Erhöhung der Schaumweinsteuer auf ein bis drei Mark pro Flasche angekündigt hatte. Das war natürlich viel zu viel, was dazu führte, dass es aus Protest bei vielen Feierlichkeiten keinen Sekt mehr gab.

»Bei dem hat es auch früher nur Bier gegeben«, flüsterte Steffen Rosenbaum zu.

»Vielen Dank, Herr Kriminaldirektor.« Rosenbaum ergriff die Gelegenheit zur Antwort, zwinkerte Steffen und prostete Freibier zu. »Ich freue mich, bei Ihnen sein zu dürfen und miterleben zu können, wie aus bescheidenen Anfängen eine erfolgreiche Polizeiarbeit entstehen kann.« Rosenbaum stellte sein Glas nach einem kleinen Schluck zurück auf den Schreibtisch, das Holsten-Bier war ihm zu herb.

»Was halten Sie denn von der Schaumweinsteuer?«, bohrte Freibier nach. »Glauben Sie, dass sie wieder abgeschafft wird, wenn Kanal und Flotte bezahlt sind?«

»Tja ...«

»Also ich glaub das nicht«, beantwortete Freibier seine eigene Frage und zog an seiner Zigarre.

Die Schaumweinsteuer war vor etlichen Jahren zur Finanzierung des Kaiser-Wilhelm-Kanals und der kaiserlichen Hochseeflotte eingeführt worden. Es war zwar naheliegend, aber dennoch für hohe Beamte geradezu umstürzlerisch, an der Redlichkeit staatlichen Handelns – also beispielsweise der Abschaffung einer Steuer bei Zweckerreichung – öffentlich Zweifel zu äußern. Rosenbaum hatte Feigheit vor dem Feind gezeigt, während Freibier bewies, dass er vor dem neuen Obersekretär keine Angst hatte. Jetzt musste Rosenbaum den Spieß umdrehen, wollte er nicht für alle Zukunft als harmloser Feigling dastehen. Sicher hatte seine herablassende Art, als er von ›bescheidenen Anfängen einer erfolgreichen Polizeiarbeit‹ sprach, zum Entstehen dieses Hahnenkampfes beigetragen, aber, wie auch immer, jetzt musste er standhaft bleiben. Am besten, er wechselte das Thema, hin zu einem Gebiet, auf dem Freibier ihn nicht schlagen konnte.

»Wir streben bei den schweren Straftaten eine Aufklärungsquote um die 90 Prozent an. In Berlin ist es uns im Wesentlichen gelungen, wenn man einmal von den Brandstiftungsdelikten absieht, wo es noch einigen Nachholbedarf gibt.«

»Unsere Aufklärungsquote in Kiel ist auch bei Brandstiftung sehenswert, mehr als sehenswert sogar. Vielleicht, lieber Rosenbaum, sollten Sie Ihren Aufenthalt dazu nutzen, einmal zu schauen, wie wir das so machen.« Freibier nahm einen tiefen Zug von der Zigarre und einen großen Schluck aus dem Glas.

Außer Freibier rauchte niemand. Es gehörte zu den ungeschriebenen, aber strengen Verhaltensregeln jener Zeit, dass in Anwesenheit eines Vorgesetzten nur geraucht, getrunken oder gegessen werden durfte, wenn es einem angeboten wurde oder wenn man saß und der Vorgesetzte auch rauchte, trank oder aß. Rosenbaum hielt sich daran. Obwohl es Freibier sicherlich gefallen hätte, wenn man mit ihm rauchte, für dieses Mal war es eine Demonstration der Unnachgiebigkeit gesellschaftlicher Rangverhältnisse, den Neuen schmachten zu lassen.

»In der Tat, Ihre Aufklärungsquote wäre beeindruckend, würde sie von der Anzahl der Straftaten und nicht von der Anzahl der registrierten Fälle abhängen. Wenn Sie 90 Prozent aller Straftaten aufklärten, wäre das eine sehr gute Quote. Wenn sie hingegen 90 Prozent der registrierten Fälle aufklären, aber nur die Hälfte der Straftaten registriert haben, ist die Quote nicht so beeindruckend.« Rosenbaum legte eine kurze Pause ein, um seine Worte wirken zu lassen. »Es gibt einzelne Delikte, von denen man manchmal nur erfährt, wenn man zugleich den Täter kennenlernt, wie zum Beispiel bei Hehlerei. Da liefert einem bereits der gefasste Dieb regelmäßig Namen und Anschriften derjenigen, an die er sein Diebesgut veräußert hat. Und Ihre Aufklärungsquote liegt dort bei nahezu 100 Prozent, nicht? Aber wie hoch liegt die Dunkelziffer?« Rosenbaums große Hakennase hob sich um fünf Zentimeter. So konnte er auf Leute hinabschauen, die gar nicht kleiner waren als er. »Ich habe mir gestern im Zug einmal Ihre Statistiken angeschaut. Da ist mir nicht nur die hohe Aufklärungsquote bei Brandstiftung aufgefallen, sondern auch die überaus bemerkenswerte Anzahl von Brandunfällen in Kiel. Man sollte vielleicht den Etat der Feuerwehr aufstocken.«

Gemurmel in der Runde und Freibier nahm schweigend einen Schluck, dem man ansah, dass er der letzte in geselliger Runde sein sollte.

»Ich könnte Ihnen jetzt mal Ihre Amtsstube zeigen«, rettete Steffen die Situation.

Freibier setzte sich und wandte sich seiner Tageszeitung zu, als wäre er allein im Zimmer. Die Gesellschaft löste sich auf, während Steffen Rosenbaum hinausführte.

»Dies ist Fräulein Kuhfuß, die Sekretärin des Kriminaldirektors. Wenn Sie nett zu ihr sind, steht sie Ihnen sicher zur Verfügung, jedenfalls in dringenden Fällen.« Steffen deutete auf eine von einer riesigen Schreibmaschine im Vorzimmer gefangen gehaltenen jungen Frau.

»Schön«, kommentierte Rosenbaum, gerade in dem Moment, als Steffen ›Kuhfuß‹ sagte.

Fräulein Kuhfuß reagierte, indem sie ihr Lächeln schockgefror, und Rosenbaum wurde klar, dass sie seine Äußerung als Verhöhnung ihres Namens aufgefasst hatte. Dabei war ihm das ›schön‹ überaus spontan, gewissermaßen tourettistisch, entschlüpft, als er die makellose

Attraktivität des Fräuleins bewunderte. Wie konnte er sein Missgeschick wieder wettmachen? Die Frage, ob er sie ›Kuhfüßchen‹ nennen dürfe, verwarf er sofort wieder, genauso die Anmerkung, dass ›Rehbein‹ viel besser zu ihr passen würde. Auch die Frage: Während oder nach der Arbeitszeit?, stellte er nicht.

Er sagte: »Guten Tag« und schob sich mit Steffen aus dem Zimmer.

Freibiers Büro lag im Nordturm des mit Kreuzrippen und Spitzbögen wie eine neugotische Trutzburg anmutenden Backsteingebäudes, ein Eckzimmer im obersten Stockwerk mit großen Fenstern und einem Erker. Es gehörte zu den vom Eingangstor am weitesten entfernt liegenden Räumen. Seit ewigen Zeiten lässt sich der Rang einer Person neben der Größe und Ästhetik seines Büros an dieser Entfernung bemessen.

»Wie gefällt Ihnen unsere Blume?«, fragte Steffen, ankämpfend gegen die im Spitzgewölbe des Ganges eisig hin und her hallenden Schritte.

»Blume?«

»Ja, wir sind hier in der Blumenstraße. Das Tor zum Polizeigewahrsam, dort einmal um die Ecke, öffnet sich zur Gartenstraße. Wir haben überlegt, ob wir das Präsidium ›Blume‹ und den Gewahrsam ›Garten‹ nennen sollten, aber es hat sich dann für alles ›Blume‹ eingebürgert. Das steht in hübschem Kontrast zur Wuchtigkeit des gesamten Komplexes.«

»Tja, hm, Blume«, Rosenbaum wollte nicht unhöflich sein. »Noch recht neu, nicht?«

»Letztes Jahr fertiggestellt. Hier wird gerade so viel gebaut. Das frühere Polizeipräsidium am Alten Markt war zu klein geworden. Wir sind ja eine …«

»Großstadt.«

»Genau.«

Sie erreichten Rosenbaums Büro im zweiten Stockwerk, direkt neben dem Treppenhaus, vergleichsweise nahe am Eingang und etwa ein Viertel so groß wie das von Freibier. Ein Schreibtisch, drei Stühle, ein Regal, ein Stadtplan und ein Porträt vom Kaiser an den Wänden – fertig; davor ein Vorzimmer, noch kleiner.

»Ach ja, draußen wartet jemand seit fast einer Stunde. Der heißt Wienerwald, oder so.«

»Dann holen Sie ihn doch mal rein, unseren ersten Kunden. Wieso haben die Leute hier eigentlich alle so komische Namen?«

Steffen führte einen eingeschüchterten Untertan in den Raum.

»Guten Tag, ich bin Kriminalobersekretär Rosenbaum.« Rosenbaum reichte dem Mann die Hand.

»Schönen guten Tag, Herr Kriminaler. Ich heiß Werner Schnitzel.«

Schnitzel war von Beruf Steinmetz und wollte einen Schusswechsel auf der Germaniawerft in der Nacht zum Mittwoch anzeigen, ungefähr um Mitternacht. Er habe das schon am Mittwochmorgen bei der Wache in der Von-der-Tann-Straße angezeigt. Der Wachtmeister habe ihn aber darüber belehrt, dass es auf einer Werft laut zugehe, auch nachts, weil ununterbrochen gearbeitet werde.

»Tja, da kenne ich mich nicht so aus. Ich bin nicht von hier.« Fast hätte Rosenbaum gesagt: ›Ich bin aus der Stadt.‹

»Doch, doch«, bestätigte Steffen, »die arbeiten auch nachts, und wenn da einer mit dem Vorschlaghammer eine Stahlplanke bearbeitet, kann das schon richtig laut werden.« Rosenbaum hatte mit Steffen vereinbart, dass dieser ihm in den ersten Wochen seine Ortskenntnis zur Verfügung stellte.

»Das kann ja sein, Herr Assistent. Aber ich kenne den Lärm, der von den Werften kommt, und das Geräusch war anders.« Schnitzel setzte sich auf einen Stuhl, unaufgefordert, aber so bescheiden, dass ihm niemand böse war. »Ich bin mir sicher, dass das Schüsse waren, und ich werde mich nicht wieder abwimmeln lassen.« Selbst das klang noch bescheiden, und Rosenbaum empfand sein Versäumnis, Schnitzel keinen Platz angeboten zu haben, als grob unhöflich.

»Wollen Sie einen Kaffee, guter Mann?«, fragte er, aber Schnitzel konnte das unmöglich annehmen. »Wo war das denn genau?«

»Ich glaube, auf dem Ausrüstungskai von Germania. Genauer kann ich das nicht sagen. Ich selbst war gerade an der Kaiserbrücke am Bahnhof entlanggegangen. Nachts kann ich oft nicht so gut schlafen, vor allem wenn es so warm ist, und dann geh ich manchmal gerne spazieren. Ich war in Gaarden und wollte nach Hause in die Kirchhofallee und da musste ich am Bahnhof vorbei, weil die Gablenzbrücke noch nicht geöffnet ist.«

»Ja, das ergibt Sinn. Vom Ostufer zum Westufer, also von Gaarden nach Kiel oder umgekehrt, muss man dort am Bahnhof vorbei.« Steffen huschte mit seinen Händen Linien über den Stadtplan an der Wand. »Südlich liegen die Eisenbahnschienen, da kommt man nicht rüber. Die nächste Möglichkeit wäre die Unterführung bei der Stormarnstraße und dann unter der Eisenbahnbrücke in der Lübecker Chaussee hindurch, zu Fuß aber ein riesiger Umweg. Sonst kommt man nur mit dem Fördedampfer von Gaarden nach Kiel, aber der fährt so spät nachts nicht mehr. Und da wurde jetzt die Gablenzbrücke über die Bahngleise gebaut, um das Ostufer verkehrsmäßig besser anzubinden. Wird in den nächsten Wochen für den öffentlichen Verkehr freigegeben. Eine Stahlbogenkonstruktion, Kiels neues Wahrzeichen, der ›Bogen von Kiel‹. Die Stadt ist ja rasant gewachsen …«

»Eine Großstadt, ja. Ich glaube, ich habe die Brücke gestern gesehen. Als ich mit dem Zug ankam, bin ich drunter durchgefahren. Wirklich sehr schön.« Rosenbaum ließ sich auf dem Stadtplan noch das Werftgelände und Schnitzels Standort zeigen, etwa 300 Meter entfernt. Dann wurde Fräulein Kuhfuß gerufen, die Anzeige zu stenografieren. Zum Abschied bedankte sich Rosenbaum und lobte Schnitzel für dessen Hartnäckigkeit.

»Machen Sie mal eine Notiz, dass wir uns bei Gelegenheit mit der Schutzpolizei darüber unterhalten, ob man Strafanzeigen wirklich abwimmeln sollte.«

Rosenbaum setzte sich, Fräulein Kuhfuß kratzte Zeichen in ihren Notizblock und Steffen überlegte, ob er sich auch setzen durfte.

»Die Wachtmeister scheinen hier so eine Art Nachtwächter zu sein«, murmelte Rosenbaum.

Fräulein Kuhfuß und Steffen erwarteten Anweisungen.

»Warum stehen Sie da so steif rum? Wir sind doch nicht beim Militär. Ich erwarte anständige Manieren, aber keinen Drill. Wer in mein Büro kommt und sich nicht setzt, der hat selbst Schuld. Und wer nie Kaffee mitbringt, hat auf Dauer schlechte Karten.«

Der Wunsch nach Kaffee überforderte die beiden, selbst im Winter wäre es schwierig, denn das modernste aller Kieler Verwaltungsgebäude hatte eine Zentralheizung, keine

Kanonenöfen mehr. Wie bekam man da das Wasser heiß? Am meisten wunderte Steffen sich, dass er sich darüber wunderte. Sie hatten vor fast einem Jahr die Räumlichkeiten bezogen und ihm war bislang nicht aufgefallen, dass es keinen Kaffee gab. »Also, einmal um den Block, in der Fährstraße, da ist eine kleine Konditorei, wo an Stehtischen Kaffee ausgeschenkt wird. Die haben auch ganz fantastisches Sahnebaiser mit Erdbeeren ...«

»Jetzt setzen Sie sich endlich hin«, befahl Rosenbaum und fuhr erst fort, als alle Platz genommen hatten. »Kiel ist ja jetzt Großstadt. Sie haben hier viele schöne neue Häuser, Brücken und Straßen gebaut, und wachsen noch weiter, ein Ende ist nicht abzusehen. Man darf aber die innere Verfassung nicht vergessen. Man fängt keinen Spitzbuben, weil man ein schönes Präsidium hat, sondern weil man gute und moderne Kriminalarbeit leistet.«

Steffen rutschte auf seinem Stuhl herum und hätte sich fast angeboten, von nun an rund um die Uhr zu arbeiten, und Fräulein Kuhfuß wartete mit zunehmender Nervosität darauf, wieder irgendetwas in ihren Notizblock kratzen zu können.

»Verkrampfen Sie nicht. Das geht alles ganz geschmeidig. Sie sind keine Maschinen, sondern denkende Wesen. Damit fängt alles an: mit dem Denken. Gute Polizeiarbeit setzt Kreativität und Denken voraus und kein automatisiertes Klippklapp. Und jetzt schauen wir uns in diesem Raum mal um und denken darüber nach, was hier fehlt. Na?«

Der Kaffee?

Ein Ofen?

»Ein Fernsprechgerät. Warum habe ich hier kein Telefon? Ein nagelneues Gebäude, aber kein Telefon.«

»Fernsprechgeräte in den einzelnen Büros?«, fragte Steffen, und es klang wie: ›Was für eine verrückte Idee.‹

»Fernsprechapparate sind in einigen Vorzimmern und in den Schreibstuben installiert und in jedem Korridor sind extra Zellen mit diesen Apparaten eingerichtet«, antwortete Fräulein Kuhfuß zu ihrer Verteidigung, ein ritueller, von selbst ablaufender Mechanismus, obwohl Rosenbaum sie gar nicht persönlich angegriffen hatte.

»Aber warum habe ich nicht dort ein Gerät, wo ich arbeite? Wie kann mich jemand anrufen?«, fragte er das schöne Fräulein und wandte sich dann an Steffen: »Rufen Sie die Leute lieber an oder schicken Sie ein Telegramm?«

»Wenn ich ehrlich bin, telegrafiere ich lieber. Dann kann ich davon ausgehen, dass meine Nachricht auch richtig ankommt.«

»Genau, weil die Leute kein Fernsprechgerät bei sich stehen haben, können Sie meistens nur eine Nachricht hinterlassen, die irgendjemand irgendwie aufschreibt und mit ein wenig Glück irgendwann den richtigen Adressaten erreicht. Aber wie wäre es, wenn der, den Sie anrufen wollen, ein Telefongerät auf seinem eigenen Schreibtisch stehen hat? Das werden wir hier als Erstes einführen. Gleich morgen spreche ich mit Freibier darüber.«

Steffen schluckte: eine Lektion in Freiheit des Denkens, ohne Anleitung, ohne Vorgaben, einfach so denken. Und das schöne Fräulein fand es durchaus erträglich, auch einmal nichts in den Notizblock zu kratzen.

»Na gut, kommen wir zu Schnitzel«, sagte Rosenbaum. Noch vor einer Minute hätte Fräulein Kuhfuß in dieser Situation gefragt, ob sie gehen könne. Jetzt teilte sie mit, dass sie beabsichtige zu gehen, und entschwand, natürlich nicht ohne Rosenbaum die Gelegenheit zu geben, sie wieder zurückzurufen. Doch niemand rief. Genau hier verlief die Grenze zwischen Automaten und Mitarbeitern.

»Was halten Sie von der Sache?«, wandte sich Rosenbaum an Steffen, als das Fräulein entschwunden war. Diese Frage stellte im Leben des Assistenten die erste Aufforderung dar, sich im freien Denken zu üben, ohne Anleitung, ohne Vorgaben.

»Ich glaube, man kann allein durch Hören nicht sicher unterscheiden, ob ein Schuss fällt oder ob auf eine Stahlplatte gehämmert wird«, sinnierte Steffen. »Aber sicher bin ich mir da nicht.«

»Ich glaube das auch nicht. Und sicher können wir uns nie sein. Wenn wir uns sicher wären, würden wir an dieser Stelle aufhören zu denken, aber wir wollen ja denken. Ich würde mich jetzt fragen, wie oft Schnitzel schon bei der Polizei gewesen ist, um vermeintliche Schüsse oder Morde anzuzeigen.«

»Das weiß ich nicht. Ich hab ihn jedenfalls noch nie gesehen.«

»Dann können Sie gleich mal bei der Wache anrufen, wo er zuerst Anzeige erstattet hat. Wenn er dort nicht als Querulant bekannt ist, sollten wir davon ausgehen, dass der Mann nicht unkritisch jedes Geräusch anzeigt.«

Steffen rannte auf den Korridor, kam kurz darauf wieder zurück und überbrachte die Nachricht, dass Schnitzel auf der Wache nicht als Querulant bekannt sei.

»Und nun?«, fragte Rosenbaum.

»Wir könnten bei der Germaniawerft nachfragen, ob dort in jener Nacht Arbeiten verrichtet wurden, die sich wie Pistolenschüsse angehört haben könnten«, schlug Steffen vor und nach kurzem Überlegen ergänzte er: »Und bei dieser Gelegenheit könnte man noch fragen, ob ein Werft-

arbeiter vielleicht auch etwas gehört hat und was die von der Werft überhaupt von der Sache halten.«
»Gute Idee.«
Pause.
»Das ist dann wohl auch meine Aufgabe.«
»Genau.«

IV

Während draußen ein steifer Westwind den Horizont mit Dunkelheit übergoss, saß Invest in seiner Kabine und arbeitete an dem Bericht für seine Chefs. Ausgerechnet jetzt musste ein Unwetter aufziehen, auf See, in letzter Zeit ging alles schief. Als Invest einige Stunden zuvor beim Einschiffen dem Grenzwachtmeister seinen Diplomatenpass vorgezeigt hatte, wurde ihm schon zum zweiten Mal innerhalb weniger Wochen derselbe dümmliche Dialog aufgezwungen; er war sich nicht sicher, ob es nicht auch derselbe Wachtmeister war.

»John Invest, CDR. CDR?«, fragte der Beamte seinen Kollegen, der am Schalter neben ihm saß.

»Chinesische Darmratte?«, fragte jener zurück.

»Commander«, berichtigte Invest und konnte überhaupt nicht darüber lachen. Er war überzeugt, dass die Beamten die Abkürzung kannten und sich nur lustig machten, vielleicht nicht böse, nur ein länderübergreifender Scherz unter Kollegen. Invest hasste das, aber er spielte mit. »Commander der Royal Navy. Der entsprechende Rang in der Kaiserlichen Marine ist Fregattenkapitän, Herr Sergeant.«

»Wachtmeister«, verbesserte der Wachtmeister mit einer untalentiert gespielten Empörung, weil der deutsche Polizeisergeant im Rang unter dem des Wachtmeisters stand.

Die Kabine war eng und nicht sehr komfortabel, im Grunde nur eine von Stahlwänden umgebene Pritsche mit Klapptisch. Darauf lagen ein Block mit weißem Papier, vor dem Invest sich fürchtete, weil er jetzt schreiben musste, was er schon lange hätte schreiben sollen und nicht mehr aufschieben durfte.

›Die Spionageromane der letzten Jahre haben die öffentliche Meinung massiv beeinflusst und an den Rand der Massenhysterie getrieben‹, begann er. ›In den Zeitungen werden wöchentliche Fortsetzungsgeschichten abgedruckt, in denen die Deutschen hinterhältig irgendeinen Überfall auf Großbritannien planen und grausam ausführen.‹

Invest erinnerte sich an den vor einigen Jahren veröffentlichten Roman ›The Riddle of the Sands‹ von Erskine Childers, in dem der deutsche Meisterspion Dollmann einen geeigneten Landeplatz für die Invasionstruppen an der britischen Kanalküste ausgekundschaftet hatte. Die britische Admiralität hatte nach der Veröffentlichung die Verteidigungsstellungen verstärken lassen.

Die englische Volksseele war aufgewühlt. Fast die gesamte British Army und die Royal Navy waren über das Empire verstreut und sorgten dort für Ruhe und Ordnung, nur in der Heimat waren kaum noch Truppen stationiert, sodass man befürchtete, einem Überfall auf die britischen Inseln nur wenig entgegensetzen zu können. In populären Veröffentlichungen war errechnet worden, dass ein nur 120.000 Mann starkes Heer ausreichen würde, London zu erobern – die Friedensstärke allein des Deutschen Heeres betrug damals fast 800.000 Mann. Diese Berechnungen waren natürlich im Wesentlichen unsinnig, hatten aber ihren Anteil an der zunehmenden Hysterie einer stark verunsicherten Öffentlichkeit. Dabei war die Angst vor den Deutschen nicht so sehr eine Angst vor dem deutschen Militär mit seiner noch relativ überschaubaren Flottengröße, als vielmehr eine Angst vor der deutschen Wirtschaftsmacht, die es in den Albträumen der britischen Öffentlichkeit dem Deutschen Reich ermöglichte, innerhalb kurzer Zeit überlegene Streitkräfte aufzustellen. Immerhin hatte Deutschland die bis dahin viertgrößte Flotte der Welt innerhalb von nur 20 Jahren errichtet.

Invest schrieb weiter: ›Die hysterische Angst in der britischen Öffentlichkeit vor der deutschen Aufrüstung findet eine seiner Ursachen in der seit Jahrhunderten unangreifbaren Vormachtstellung der Royal Navy auf den Weltmeeren. Daran haben wir uns gewöhnt, das wollen wir auch in Zukunft so haben. Eine weitere Ursache liegt in unseren traumatischen Erfahrungen mit dem Burenkrieg. Den hatten wir zwar noch gewonnen, doch wir mussten lernen, dass selbst eine deutliche militärische Überlegenheit nicht zwangsläufig zu einem überwältigenden Sieg führt. Seither wächst die Befürchtung, dass unter ungünstigen Umständen selbst eine kleine Streitmacht gefährlich werden kann. Es genügt uns nicht mehr, die größte Flotte zu besitzen, es muss jetzt die mit Abstand größte Flotte sein.

Jede kräftemäßige Annäherung anderer Staaten führt bei uns zum *Naval Scare*. Das nachvollziehbare und durchaus legitime Streben anderer Mächte nach einem kräftemäßigen Gleichgewicht wird lapidar mit dem Hinweis abgetan, dass Großbritannien seine militärische Überlegenheit niemals aggressiv, sondern nur zur Selbstverteidigung einsetze – ein Argument, das die britische Öffentlichkeit für andere Staaten allerdings nicht gelten lässt. Ein Argument auch, das nicht der Wahrheit entspricht, wie sich anhand der Burenkriege und der Opiumkriege belegen lässt.

Das Deutsche Reich hat sich in den letzten Jahrzehnten zu einer der stärksten Handels- und Militärmächte herausgebildet. Es gilt, ihm diesen Status anzuerkennen und es nicht durch Militärbündnisse zu isolieren. Sonst wird es eines Tages wie ein in die Enge getriebener Löwe reagieren.

Zum ersten Mal in der Geschichte hat sich die öffentliche Meinung als politische Größe herausgebildet, die sich nicht mehr ohne Weiteres vom Staat zügeln lässt. Stattdessen hat man sich offensichtlich darauf verlegt, die öffentliche Hysterie sogar zu schüren und als Argument für den weiteren Ausbau der Royal Navy, insbesondere für den Bau der kostspieligen neuen Schlachtschiffe der Dreadnought-Klasse zu missbrauchen.

Es gilt, zumindest die oberste militärische Kommandoebene vor dieser rasant um sich greifenden Hysterie zu bewahren.‹

Invest hielt inne. Dann strich er den Satz mit den Opiumkriegen durch, dann den mit der Dreadnought-Klasse, dann riss er das ganze Blatt heraus, knüllte es zusammen und warf es in die Ecke. Dann saß er regungslos vor seiner Akte, dann hob er das Knäuel wieder auf, glättete es und legte das Papier in den Block zurück. Schließlich setzte er seine Sonnenbrille auf und ging an Deck. Das Wetter hatte sich weiter verschlechtert, natürlich jetzt, wenn er nach Hause kam. Die Sonnenbrille sorgte dafür, dass einige Reisende ihn verwundert musterten, andere verunsichert wegschauten. In der Tat erschien eine Sonnenbrille bei wolkenverhangenem Himmel ziemlich eigentümlich, aber Invest musste wegen eines chronischen Augenleidens bei Tageslicht eine getönte Brille tragen.

Am späten Nachmittag sollte er in London eintreffen, er würde dann eine über 20-stündige Überfahrt hinter sich haben, seit seiner Abreise aus Kiel würden fast 30 Stunden vergangen sein. Er hasste das, und das Wetter, doch am meisten seinen Job.

V

BOSNIENKRISE BEIGELEGT!
KRIEGSGEFAHR ENDGÜLTIG GEBANNT!
Kaiser und Zar treffen sich kommende Woche auf der
S.M.Y. Hohenzollern zum Meinungsaustausch.

Rosenbaum saß im Salon des Hansa-Hotels und las bei Zigarre und Kaffee die ›Kieler Neuste Nachrichten‹. Voller Wehmut hatte er sich die Zeitung gegriffen, um die Wohnungsanzeigen zu studieren und damit anzuerkennen, dass sein Aufenthalt die angemessene Verweildauer in einem Hotel übersteigen würde. Aber die Weltpolitik war jetzt wichtiger als die Zimmersuche.

›Kriegsgefahr endgültig gebannt …‹

Vorerst.

Österreich-Ungarn hatte im Vorjahr Bosnien und Herzegowina ohne ausreichende völkerrechtliche Befugnis annektiert und dadurch Europa im Frühjahr 1909 an den Rand eines Krieges gedrängt. Russland, Großbritannien, das Osmanische Reich und Serbien empörten sich und drohten mit dem Waffengang. Wien antwortete mit Teilmobilmachung, und der deutsche Reichskanzler von Bülow hielt im Reichstag eine flammende Rede, in der er das Deutsche Reich in bedingungsloser Nibelungentreue, wie er es formulierte, an die Seite Österreich-Ungarns stellte. In dieser Konstellation hätte ein Krieg unabsehbare Folgen nach sich ziehen können. Deshalb schreckten Russland und Großbritannien im letzten Moment vor einer weiteren Eskalation zurück. Noch mal gut gegangen.

Und das nächste Mal?

Nun war zwar der britische König Edward Onkel des Kaisers, aber seit Kaiser Wilhelm elf Jahre zuvor verkündet hatte, dass er die Zukunft Deutschland auf dem Wasser sehe und seither die Kriegsflotte enorm aufstockte, war es vorbei mit den herzlichen Beziehungen zu Großbritannien.

Ein Krieg gegen Russland war auch nicht völlig undenkbar. Der Kaiser und der Zar waren zwar Cousins, und Russland hatte etliche Jahre zuvor wiederholt die Verlängerung des Rückversicherungsvertrages angeboten. Das war von der deutschen Regierung jedoch stets abgelehnt worden, um die Beziehungen zu Österreich-Ungarn nicht zu beeinträchtigen. Russland trat schließlich der Entente mit Frankreich und Großbritannien bei, um selbst über Bündnispartner zu verfügen.

Aber diese Bündnispolitik war nach Auffassung des Kaisers im Ernstfall wertlos. Der moderne Krieg wurde mit überschaubarem Risiko um geografisch begrenzte Ziele geführt. Von denen gab es genug. Frankreich hätte gerne Elsass-Lothringen zurück, Deutschland wollte das nicht. Deutschland hätte gerne seine Seemacht ausgebaut, Großbritannien wollte das verhindern. Russland träumte davon, seinen Einfluss auf dem Balkan zu vergrößern, Österreich-Ungarn war dagegen. Aber bei der zur Mode gewordenen Bündnispolitik war das Risiko nicht mehr überschaubar. Wenn nämlich ganz Europa in Bündnissen verflochten war, und alle Bündnispartner zu ihren Verpflichtungen stünden, befänden sich unweigerlich alle Militärmächte plötzlich im Krieg. Unvorstellbar für den Kaiser, der diese Erkenntnis spätestens dann erlangt hatte, als seine eigenen Bündnisambitionen größtenteils gescheitert waren. Nein, ein Krieg in Europa würde entweder ohne Bündnispartner stattfinden oder gar nicht. Ein großer Krieg war praktisch unmöglich geworden, da kam es auch nicht mehr so besonders darauf an, mit wem man ein Bündnis einging. Und dennoch sollte der Große Krieg ein paar Jahre später kommen und, als er dann da war, hatte es irgendwie jeder vorhergesehen.

Noch ein Blick in den Wirtschaftsteil, der Rosenbaum zwar nicht interessierte, aber es konnte ja nicht schaden. Schließlich blätterte er doch zu den unvermeidlichen Immobilienanzeigen und machte sich auf die Suche nach einer Wohnung, oder eher nach einem möblierten Zimmer. Der Wohnungsbau konnte mit dem rasanten Wachstum der Stadt nicht Schritt halten. Es herrschte trotz bedeutender Anstrengungen bei der Stadtplanung und beim Hausbau große Wohnungsnot – überall im Reich, aber hier ganz besonders. An eine eigene Wohnung war nicht zu denken. Im Grunde war Rosenbaum ein möbliertes Zimmer mit Frühstück und Reinigung auch lieber. Zwei Annoncen erschienen ihm interessant und beide Objekte waren an diesem Nachmittag zu besichtigen.

Eine Stunde später stand Rosenbaum vor dem Eckhaus Düppelstraße/Feldstraße. Ein neuer, vierstöckiger Weißputzbau, dekorativ mit Balkonen, Erkern und Eckturm versehen und mit einem kleinen Vorgarten zur Düppelstraße ausgestattet. Im Erdgeschoss befand sich der Restaurationsbetrieb ›Zum Deutschen Eck‹. Der freundliche Hauswirt, der mit seiner Familie im ersten Stock wohnte und allein von den Mieteinnahmen lebte, und das nicht schlecht, vermietete ein komplettes Stockwerk – er betrieb gewissermaßen eine Pension – an allein stehende Herren, ohne Damenbesuch selbstverständlich. Er bot an, die Wäsche waschen und die Zimmer reinigen zu lassen, außerdem gab es einen Salon, in dem täglich drei Mahlzeiten gereicht wurden, für stolze 21 Mark im Monat, Putzen und Essen extra. Rosenbaum war sich nicht so ganz sicher, aber roch es nicht etwas unreinlich?

Dann schaute er sich ein Zimmer bei der Witwe Amann und ihrem Spitz im Großen Kuhberg 48 an. Von außen war das Mietshaus nett anzuschauen, mit chamoisfarbenen und preußisch-blauen Kacheln verziert und durch verspielte Erker aufgelockert. Im Erdgeschoss eine Konditorei, daneben das Tabakgeschäft Lüders, im Nachbarhaus ein Restaurant, was Rosenbaum entgegenkam, falls die Witwe ihn nicht bekochen wollte. Viel mehr brauchte er eigentlich nicht. Hinter dem Haus begann das Kuhbergviertel, schmuddelige und enge Gänge, bewohnt von schmuddeligen und armen Menschen. Vor dem Haus verlief eine breite, schön ausgebaute Straße und führte links hinunter zum pulsierenden Großstadtzentrum. Rechterhand grenzte der ›Exer‹ an, der Exerzierplatz, über den ›Cramers Garnisons- und Straßenführer von Kiel‹, den Rosenbaum sich vorsorglich schon in Berlin zugelegt hatte, kurioserweise zu berichten wusste, dass dort nie exerziert worden sei, seit der Platz zur Stadt gehörte. Vielmehr werde dort seit ein paar Jahren der Wochenmarkt abgehalten, weil der ›Alte Markt‹ in der Altstadt zu klein geworden sei. Dafür sei auf dem ›Neumarkt‹, also dem Platz vor dem neuen Rathaus, nie Markt abgehalten worden.

Witwe und Spitz bewohnten eine Dreizimmerwohnung in der Belletage, direkt über dem Hochparterre mit Küche und Flur, Wasserklosett auf halber Treppe. Seit ihr Mann vor einigen Jahren gestorben war, besserte sie ihre Witwenpension durch Untervermietung auf. Nur für sich und den Spitz brauchte sie die große Wohnung nicht, mochte aber auch nicht umziehen. Daher beschränkten sich die beiden auf die zwei Süd-Zimmer zur Straße hin, das dunkle Nord-Zimmer zum Hof war für den Untermieter. Rosenbaum war es recht, sollte er ohnehin nur nachts hier schlafen und tagsüber unterwegs sein. Die Miete belief sich auf schlanke 13,50 Mark im Monat. Und es roch nicht. Die Witwe war alt und unglaublich dick, so dick, dass ihre kurzen Ärmchen bei der Körperpflege unmöglich alle, insbesondere die heiklen Körperpartien erreichen konnten, so dick, dass der Schweiß schon lange zu stinkenden Substanzen zersetzt sein musste, wenn er die Fettschichten unter der Haut passiert hatte, so dick, dass sie die Haustreppe kaum öfter als einmal pro Tag schaffen konnte und die latente Gefahr bestand, dass der Spitz sich hin und wieder in der Wohnung erleichterte. Da für den eigenen Toilettenbesuch eine halbe Treppe zu überwinden war, bestand diese Gefahr auch hinsichtlich der Witwe selbst. Aber das waren alles nur böse Verdächtigungen. Es roch nicht, jedenfalls solange man einen Abstand von einem Meter zur Witwe einhielt.

VI

Am nächsten Vormittag suchte Rosenbaum seinen Schreibtisch und anschließend sämtliche Taschen seiner Kleidung nach den Havannas ab, die er erst am Morgen erworben hatte, und dann noch mal: Schreibtisch, Taschen. Beim Frühstück im Salon des Hansa-Hotels hatte er den Kellner nach den Zigarren geschickt. Hatte er sie dann vergessen mitzunehmen? Vielleicht unter der Zeitung liegen gelassen? Er hatte den ganzen Tag noch nicht geraucht. Lotte wäre stolz auf ihn.

Die Klinke der Bürotür zuckte epileptisch, bis die Verriegelung überwunden war. Assistent Steffen erschien im Türrahmen, balancierte ein Tablett mit einem kleinen Milchkännchen, einem Zuckertopf, zwei Tassen und einer großen Kanne, die einen intensiven Duft von Arabica-

Bohnen, vermutlich aus Deutsch-Ostafrika, verströmte. Der Anblick passte nicht so recht zu Rosenbaums Assistenten, dem jungen Wikinger, der mit seinen Fäusten Nägel einschlagen konnte, aber nur wenig haushälterisches Talent vermuten ließ. Dennoch, Rosenbaum sprang von seinem Stuhl auf und schob die auf dem Schreibtisch verstreuten Akten, Formulare und Notizblöcke zur Seite, um Platz für den Kaffee zu schaffen.

»Wo haben Sie das jetzt her?«

»Von der Konditorei in der Fährstraße, von der ich gestern erzählt habe. Ich war da und hab mit dem Konditormeister über unser Problem gesprochen. Jetzt sind die auf die Idee gekommen, einen Antrag zu stellen, bei uns Kaffee, Kuchen und belegte Brote anzubieten und mittags vielleicht Erbsensuppe mit Würstchen oder Kartoffelsalat und Bratklopse. Zum Dank haben die mir gerade diese Kanne vorbeigebracht.« Steffen goss Kaffee in die Tassen und wurde ernst. »Also, bei Germania gab es in der Nacht zum 9. Juni nur ein paar Schweißarbeiten, in einer Halle, relativ leise. Außerdem wurden Reparaturarbeiten an einem Dieselmotor durchgeführt, tief im Schiffsbauch, nichts, was sich wie ein Schusswechsel anhört. Dann hab ich auch noch bei der Kaiserlichen Werft nachgefragt, die liegt ja gleich nebenan. Aber da war auch nichts.«

Steffen nahm einen vorsichtigen Schluck aus seiner Tasse, nachdem er zuvor zwei Teelöffel Zucker und ein paar Tropfen Sahne hinzugegeben hatte. Dann nahm er noch einen. Der Kaffee schien gelungen zu sein. Auch Rosenbaum probierte einen Schluck, schwarz, ohne Zucker, und dachte erneut darüber nach, wo er seine Zigarren gelassen haben könnte. Steffen zappelte ungeduldig. Es schien, als hätte er noch etwas Interessantes zu berichten.

»Ich habe mir das Dienstbuch vom Werkschutz für diese Nacht angesehen. Kein Eintrag. Der Werkschutz wird von der Werft selbst organisiert. Ältere Arbeiter und Invalide, die sonst nirgendwo mehr eingesetzt werden können. Ich finde das vorbildlich, aber der Marine ist das ein Dorn im Auge, die halten den Werkschutz für eine verschlafene Veteranentruppe. Dennoch lassen sie sie gewähren und gehen dann selbst sporadisch alles noch mal ab. Die Germaniawerft wird also doppelt überwacht. Man könnte vielleicht mal die Marinejungs fragen, ob die was gehört haben.« Steffen machte eine Pause und genehmigte sich noch einen Schluck Kaffee, bevor er seinen Bericht fortsetzte. »Dann hab ich noch eine Liste derjenigen bekommen, die in dieser Nacht auf der Werft gearbeitet haben. Diese Männer müssten gegebenenfalls noch befragt werden.« Steffen zog einen Zettel aus seiner Tasche, entfaltete ihn und wedelte damit, als wäre er eine Trophäe, dann nahm er noch einen Schluck. »Aber jetzt kommt's!«

Noch ein Schluck. Nicht wegen des Durstes. Wegen der Dramaturgie.

»Am nächsten Morgen wurde der Oberkranführer des Ausrüstungskrans, ein gewisser Herrmann Fricke, tot unter seinem Kran gefunden.«

Kein Schluck, aber Pause.

»Die aufnehmenden Polizeibeamten vom Revier Gaarden gingen davon aus, dass der Mann am Vortag, als er nach Feierabend runtersteigen wollte, abgerutscht und hinuntergefallen sei. Er könnte an jenem Tag der Letzte gewesen sein, der sich am Ausrüstungskai aufgehalten hat, sodass niemand den Sturz bemerkt hat und er deswegen erst am nächsten Morgen gefunden wurde. Eine Leichenschau hat man nicht angeordnet und die Akte wurde gleich wieder geschlossen.«

»Wieso das denn?«

»Weil die Kollegen von einem Unfall ausgehen und die Leiche von der Ehefrau identifiziert wurde. Sie befindet sich beim Bestattungsunternehmer und soll am Dienstag beerdigt werden, also die Leiche, nicht die Frau.«

»Ich nehme an, es wurde keine Schussverletzung festgestellt.«

»Nein. Weder an der Leiche, noch an der Frau.«

»Aber man hat auch nicht danach gesucht, nicht wahr?«

Beredtes Schweigen. Steffen hatte augenblicklich die Lust am Scherzen verloren.

»Ich beginne, die hohe Aufklärungsquote in dieser Stadt zu verstehen.« Mit Rosenbaum hielt der Spott Einzug in die Blume. Bemerkenswert war nur, dass sich die Wortwahl kaum von der unterschied, die von Freibier zu erwarten gewesen wäre, nur von diesem hätte es sich nie nach Spott angehört.

»Was schlagen Sie vor?«

»Wir sollten eine Leichenschau durchführen lassen.«

»Wie machen wir das?«

»Zur vorläufigen Sicherung wird die Leiche beschlagnahmt und in die Gerichtsmedizin verbracht. Parallel dazu wird die Witwe um Zustimmung zur Leichenschau gebeten und, für den Fall der Weigerung, die Sektionsanordnung durch die Staatsanwaltschaft beantragt.«

»Gut, ich rede mit dem Staatsanwalt und Sie machen den Rest. Bei der Sektion sind Sie dann auch gleich dabei.«

Steffen hatte gerade seine Tasse angehoben, stellte sie jedoch wieder hin, ohne daraus getrunken zu haben. »Ich soll da zusehen?«

»Ja, da können Sie was lernen. Ernsthaft: Eine Sektion ist von zwei Ärzten in Anwesenheit eines Vertreters der Ermittlungsbehörden vorzunehmen. Das gehört zu den einschlägigen Dienstanweisungen.«

»So was gibt's? Dienstanweisungen für Sektionen?«

»Ja, das ›Preußische Regulativ für das Verfahren der Gerichtsärzte bei den gerichtlichen Untersuchungen menschlicher Leichen‹ von 1875, wenn ich mich recht erinnere. Wenn das hier noch nicht bekannt ist, sollten wir dringend etwas daran ändern.«

Steffen schaute, als hätte er Verdorbenes im Mund und rührte seine Tasse nicht mehr an.

»Wo ist denn die Akte von dem Fall?«, fragte Rosenbaum.

»Meine Aufzeichnungen sind hier, und die Akte vom Revier Gaarden ist im Moment nicht auffindbar. Ich bleib aber am Ball.«

Kurze Zeit später machte Rosenbaum dem für Kapitalverbrechen zuständigen Staatsanwalt Kramer seine Aufwartung. Für einen Antrittsbesuch beim Generalstaatsanwalt hatte er bereits einen Termin in der folgenden Woche. Eigentlich widersprach es wohl dem Protokoll, einen einfachen Staatsanwalt vorher zu besuchen. Aber er sollte eine eventuelle Sektionsanordnung vorbereiten, der Besuch war also dienstlich notwendig.

Die Staatsanwaltschaft war zusammen mit dem Landgericht und dem Amtsgericht in der Ringstraße, Ecke Königsweg untergebracht. Das Gebäude stammte aus dem Jahr 1879 und war schon zu klein geworden. Es erinnerte mit gelbem Backstein und sparsamer Verwendung von Gestaltungselementen der römischen Antike ein wenig an die Anfänge der italienischen Renaissance, vielleicht an den Palazzo della Cancelleria in Rom, nur dass über dem Eingangsportal in vergoldeten Lettern ›Königliches Gerichtsgebäude‹ prangte. Königlich, nicht etwa kaiserlich, ein bescheidener, vielleicht höhnischer Hinweis darauf, dass auch der Kaiser auf Befindlichkeiten derjenigen Rücksicht nehmen musste, die ihre Erbhöfe hartnäckig verteidigten. Natürlich war eine einheitliche Justiz essenziell für ein einiges Reich, doch hatten mit der Reichsgründung von 1871 viele vieles zu verlieren und andere anderes zu berücksichtigen. So war die Justizhoheit vorläufig weiter formal den einzelnen Bundesstaaten belassen worden, bis auf das Reichsgericht in Leipzig, das als Revisionsinstanz für das gesamte Reichsgebiet zuständig wurde und die in den einzelnen Bundesstaaten bestehenden Oberappellationsgerichte ablöste, die dann kurzerhand zu Oberlandesgerichten gemacht wurden. Der verfassungsrechtliche Trick dabei hieß ›konkurrierende Gesetzgebungskompetenz‹, also die Befugnis der Bundesstaaten zur Gesetzgebung auf die Gebiete zu beschränken, zu denen das Reich noch kein Gesetz erlassen hatte. Sie war Ausfluss der in einem Geniestreich von Bismarck und seinem Vizekanzler Delbrück bei Reichsgründung eingeführten Kompetenzkompetenz, was keinen Sprachfehler darstellte, sondern die Befugnis des Reiches, die eigenen Befugnisse selbst festlegen zu können, man hätte es also auch Befugniskompetenz oder Kompetenzbefugnis oder Befugnisbefugnis nennen können. Mit den Jahren wurden dann immer mehr vereinheitlichende Reichsgesetze erlassen, die die einzelnen Landesgesetze ablösten. Das Gerichtsverfassungsgesetz, die Zivilprozessordnung und die Strafprozessordnung, dann das Reichsstrafgesetzbuch und das Bürgerliche

Gesetzbuch. Man konnte sagen, seit etwa 1900 endete die Gesetzgebung der Länder an den Portalen der Gerichtshäuser. Und die Landesherren hatten es erst gemerkt, als sie nichts mehr dagegen ausrichten konnten.

Innen war das Gebäude amtlich-sparsam, es roch nach Bohnerwachs, und in den Gängen quietschte das Linoleum. Vereinzelt huschten emsige Stenotypistinnen zum Diktat und ein schwerfälliger Amtsdiener fuhr ein paar Akten spazieren. Im Grunde unterschied sich das Gerichtsgebäude nicht von der Blume oder von jedem anderen Amtshaus in Deutschland.

Staatsanwalt Kramer schien ein konservativer – nichts anderes war im Deutschland jener Jahre für einen Staatsanwalt möglich –, aufrechter und verantwortungsbewusster Mann zu sein, um die 40, mit Schnauzbart, Monokel und einigen Pfunden und etlichen Worten zu viel. Das sei ja überaus aufmerksam, dass Rosenbaum ihn besuche, noch vor dem General – gemeint war der Generalstaatsanwalt –, und er habe schon von ihm gehört, natürlich nur Gutes. Dann bot er ihm einen Stuhl mit Polster und Armlehne an, die standesgemäße Sitzgelegenheit für den Dienstbesuch bei einem Staatsanwalt. Für die emsigen Stenotypistinnen stand noch ein Stuhl ohne Armlehne und für Beschuldigte, die vom Staatsanwalt vernommen werden sollten, ein Stuhl ohne Armlehne und ohne Polster bereit, Letzteres natürlich nicht wegen irgendeines Standesdünkels, sondern nur weil polsterlose Sitzflächen leichter desinfiziert werden konnten.

Rosenbaum entschuldigte sich und erklärte die ungewöhnliche Abfolge seiner Besuche mit dem aktuellen Ermittlungsstand und dem eiligen Sektionsantrag, den er nicht stellen wollte, ohne sich selbst zunächst vorgestellt zu haben. Kramer paffte ein wenig an seiner Zigarre, zufrieden mit sich, der Welt und der Abfolge der Besuche, und entschuldigte sich, dass er Rosenbaum keine Zigarre anbieten könne, diese sei seine letzte gewesen, oder ob Rosenbaum am Ende gar nicht rauche? Er, Kramer, habe da gar nichts dagegen, nein überhaupt nicht, das sei ja auch gar nicht so gesund, habe man jüngst festgestellt.

Auch das weitere Gespräch verlief freundlich und flüssig, sehr flüssig, sprudelnd sogar und – wie ein quirliger Bach – nur in eine Richtung, von oben nach unten. Er, Kramer, sei auch ein entschiedener Streiter für moderne Kriminalistik, doch dabei gebe es große Widerstände zu überwinden, hier in der Provinz, nach dem Gesetz der Trägheit sozusagen, und es sei ja beeindruckend, dass Rosenbaum gleich an seinem ersten Tag vermutlich eine Straftat aufgedeckt habe, vielleicht sogar einen Mord, hervorragend, ganz hervorragend, hoffentlich könne man das jetzt auch aufklären, sonst wäre die Aufdeckung sinnlos, fast von Nachteil, und, natürlich, er werde die Sektion umgehend anordnen, ein schriftlicher Antrag müsse aber noch nachgereicht werden, mit einer kurzen Begründung natürlich, nur für die Akte.

Gern hätte Rosenbaum das Thema mit der Trägheit noch vertieft, kam aber im rechten Moment nicht zu Wort und entschied sich, seine Fragen bei anderer Gelegenheit anzubringen. Immerhin war es der Antrittsbesuch und kein konspiratives Treffen und er wusste auch nicht, ob dem Staatsanwalt wirklich zu trauen war. Eigentlich war er sich nicht einmal sicher, ob die Bemerkung mit der Trägheit so gemeint war, wie er sie verstanden hatte. Aber ihn erstaunte, dass Kramer bereit war, die Sektion ohne schriftlichen Antrag, sogar ohne Vorlage der Akte anzuordnen.

Das war ein Vertrauensvorschuss. Rosenbaum verabschiedete sich in der Überzeugung, etwas Wichtiges für sein Intermezzo in dieser Stadt getan zu haben, und kaufte sich auf dem Rückweg zur Blume eine Havanna.

VII

Invest bog um die Straßenecke. Der Regen peitschte jetzt von vorn, erschwerte die Sicht durch die Sonnenbrille und verführte ihn, den Kragen seines Trenchcoats aufzurichten und den Hut tief ins Gesicht zu ziehen. Seit sein Haaransatz immer weiter hochgeklettert war, benötigte er oftmals textile Unterstützung, um einem Stirnhöhlenkatarrh vorzubeugen.

Das erste Headquarter des neu gegründeten SSB, des ›Secret Service Bureau‹, in 64 Victoria Street war erst vor Kurzem bezogen worden. Weil man nicht gerne besucht werden wollte – Geheimdienste sind nicht sehr gastfreundlich –, waren diese, wie auch die späteren Besuchsadressen, kaum jemandem bekannt und für die Post gab das SSB regelmäßig nur die Postfachadresse an. Invest war zuvor noch nie in den Büros in der Victoria Street gewesen und wusste nur so viel, dass sie sich in einem unauffälligen Geschäftshaus befanden, am fehlenden Firmenschild zu erkennen waren und wegen des kläglich niedrigen Etats bescheiden ausgefallen sein sollten. Invest hatte die District Line bereits an der Westminster Station verlassen, hätte jedoch besser eine Station weiter zum St. James's Park fahren sollen. Nun musste er eine überflüssige halbe Meile mehr mit den meteorologischen Widrigkeiten Londons kämpfen. So lief er die Victoria Street entlang und bot mit Sonnenbrille, Trenchcoat und hochgezogenem Kragen einen seltsamen Anblick. Am Ende würde er vielleicht dafür sorgen, dass diese Utensilien in Kollegenkreisen der ganzen Welt zur allgemeinen Mode wurden, zum Erkennungsmerkmal sogar, obwohl man in diesen Kreisen in etwa so gerne erkannt werden wollte, wie man Besuch empfing. Und Invest hätte das alles in Gang gesetzt, ohne es zu wollen. Es lag nur am Londoner Regen und seinem Augenleiden.

»Hallo, Miss Pelfpound, Süße.« Invest dachte kurz daran, seinen Hut auf den zwei Meter entfernten Garderobenständer zu schleudern. Aber nein, so etwas machte ein Agent seiner Majestät nicht. Es hätte seine Gefühlslage auch nur unzureichend überdeckt und wäre dem Anlass nicht angemessen gewesen. Jane Pelfpound gehörte zu den ganz wenigen Menschen, denen gegenüber Invest sich geschmeidig gab. Zu Vorgesetzten war er kühl und distanziert, zu allen anderen schroff und abweisend. Alles einstudiert, er war, wie er war, nur wenn er allein war, und er war gern allein.

»Gehen Sie durch, John. Sie werden schon erwartet.«
»Das sagen Sie immer.«

Im Nebenraum standen zwei Männer vor dem Kamin und entsorgten darin die Asche ihrer Zigarren. Über ihnen wachte ein Porträt des als Kettenraucher bekannten Königs

Edward VII. gütig und etwas schmachtend, als wollte er gern mitrauchen.

»Kommen Sie rein, Commander. Nehmen Sie eine Havanna.«

»Danke, Sir, aber ich bin von der Überfahrt noch etwas angegriffen.«

Mansfield Smith-Cumming, meist nur Cumming genannt, Captain der Royal Navy und Leiter des SIS, ›Secret Intelligence Service‹, also der Auslandsabteilung des SSB, war Invests unmittelbarer Vorgesetzter. Er kannte dessen Abneigung gegen das Rauchen und hatte eine kindliche Freude, ihn damit in Verlegenheit zu bringen in einer Zeit, in der Nichtrauchen den gesellschaftlichen Stellenwert von Onanieren hatte.

»Setzen wir uns, und dann fangen Sie mal an zu erzählen, Sunny.« Der andere Mann steuerte auf die Stirnseite eines großen Konferenztisches zu und nahm Platz.

Es war Vernon Kell, Colonel der British Army, Director General des SSB und Leiter seiner Inlandsabteilung, des ›Security Service‹. Wenn er Invest ›Sunny‹ nannte, dann nicht aus Vertrautheit oder Kumpanei, sondern wegen Kells Neigung zu besonderer Vorsicht, einer pathologischen Ängstlichkeit, wie Cumming meinte. ›Sunny‹ war Invests Deckname, und Kell fühlte sich wohler, wenn er Decknamen benutzte, sogar in seinem eigenen Büro. Dass eine solche Vorsicht auch Nachteile haben konnte, war ihm durchaus bewusst, hatte sie doch bereits ein Todesopfer gefordert, indem einmal ein überaus ängstlicher Informant einen Herzinfarkt erlitt, als er völlig unvorbereitet Kell mit einer zur Tarnung aufgesetzten Teufelsmaske erblickte, dummerweise bevor er seine Informationen weitergeben konnte. Seither verzichtete Kell meistens auf eine Maske, nicht aber auf die Decknamen. Invest war wegen seiner Sonnenbrille – und nach Cummings Behauptung auch wegen seines mürrischen Wesens – zu dem Decknamen ›Sunny‹ gekommen. Kell selbst hatte keinen richtigen Decknamen, er wurde ›K‹ genannt, Cumming ›C‹.

Der SSB war erst vor wenigen Monaten zur Vereinheitlichung der nachrichtendienstlichen Organisationen gegründet worden. Vorher hatten die Navy, die Army, das Außenministerium und das Innenministerium jeweils eigene Dienste, die lediglich für sich arbeiteten und ihre Erkenntnisse eifersüchtig hüteten. Im Zuge des *Naval Scare* wuchs der Wunsch, die Effektivität der Dienste durch Neustrukturierung und Zusammenlegung zu erhöhen. Diese Aufgabe fiel dem Generalstab zu, der den SSB zusammen mit einem Offizier der Army gründete, zuständig für die Spionageabwehr, und einem der Navy, zuständig für die Auslandsaufklärung an der Spitze, Kell und Cumming. Der Etat war noch überaus spärlich – das Kriegsministerium empfand Geheimdienstarbeit als wenig ehrenhaft –, sodass schnell Erfolge her mussten, um eine Aufstockung zu rechtfertigen, was das Überdauern des alten Erfahrungssatzes belegt, dass Ehre durch Erfolg ersetzt werden konnte. Man hoffte in erster Linie auf die Spionageabwehr, weil man sich auch in den Kreisen der Dienste von dem massenhysterischen Wahn, dass Großbritannien von deutschen Spionen durchsetzt wäre, nicht ganz befreien konnte. Da machten sich die Erfolge der Abwehr irgendwie sparsam aus: nur rund 20 enttarnte deutsche Agenten. Erst Jahre später, zu Beginn des Ersten Weltkriegs, sollte klar werden, dass es gar keine weiteren deutschen Agenten in Großbritannien gab. Kell hatte also hundertprozentigen Erfolg, nur wusste das zunächst noch niemand und es passte auch nicht wirklich ins Bild.

So konzentrierten sich alle Hoffnungen auf die Auslandsaufklärung. Als eine ihrer wichtigsten Operationsziele wurde die Aufdeckung der deutschen Marinetechnologie bestimmt. Es war aber über Jahre hinweg nicht gelungen, auch nur einen einzigen Spion in die entsprechenden deutschen Stellen einzuschleusen, bis sich das Blatt durch einen glücklichen Zufall zu wenden schien. Urheber, Held und Leiter der Operation war Commander John Invest, einer der wenigen wirklichen Fachleute für den Bereich der Marinetechnik.

Bevor er zum Nachrichtendienst kam, hatte er das *Second Atlantic Submarine Program* der Royal Navy betreut und zeitweise auch Unterseeboote kommandiert, damals noch als Lieutenant Commander. Wegen seines Augenleidens war er bald in den Stabsdienst berufen worden. Bei den Ermittlungen um einen mutmaßlichen deutschen Spion knüpfte er erste Kontakte zum Marinegeheimdienst. Und ihn begann die uhrwerksgleiche Präzision der nachrichtendienstlichen Arbeit bei hochgradiger Anonymität zu beeindrucken, mit der Zeit sogar zu faszinieren. Wenn eine Nachricht angekündigt war, kam sie; wenn ein Automobil bereitstehen sollte, war es da. Niemand wusste, wo es herkam und wer es nach dem Einsatz wieder abholte, aber alles funktionierte. Das kannte er von der Navy nicht. Als dann die Auslandsabteilung der ›Naval Intelligence Division‹ wegen der vermeintlichen deutschen Bedrohung ausgebaut wurde, suchte man dort vor allem Marinefachleute. Invest wurde verpflichtet und wechselte später zum neu gegründeten SSB, wo er Leiter der Abteilung für Marineaufklärung in Deutschland wurde.

Und jetzt hatte er vor beiden Chefs darüber Bericht zu erstatten, dass seine bislang größte Mission auf ganzer Linie gescheitert war.

VIII

Die Nachmittagssonne ließ Rosenbaums pomadiges Haar blau schimmern und von der Straßenbahn, die er gerade mit Kriminalassistent Gerlach verlassen hatte, kam der dazu passende metallene Klang. Sie überquerten den Bahnhofsvorplatz und standen vor der Kaiserbrücke, der Anlegebrücke für die kaiserlichen Jachten, von wo aus Werner Schnitzel die Schüsse gehört hatte, und schauten über die Hörn.

»Hier bin ich vorgestern angekommen«, sinnierte Rosenbaum und es hörte sich an wie: ›Lang, lang ist's her‹.

»Tja, so klein ist Kiel, obwohl es eine Großstadt ist.«

Erneut metallte die Straßenbahn und zerschnitt den sentimentalen Augenblick.

»Ja. Also, alles, was Sie von hier aus am Ostufer sehen können, gehört zur Germaniawerft«, erklärte Gerlach armefuchtelnd. »Nördlich stehen die Docks und Hellinge, wo die Schiffe gebaut und repariert werden, und südlich, die letzten 300 Meter, liegt der Ausrüstungskai, wo sie mit allen notwendigen Einrichtungen versehen werden, sobald sie schwimmfähig sind. Und dahinter steht der Ausrüstungskran, unter dem der Kranführer gefunden wurde.«

Der einarmige Krake vom Ankunftstag! Rosenbaum drängte sich ein Gefühl auf, wie Odysseus es bei dem Zyklopen gehabt haben musste.

»Also, dann schiffen wir da mal rüber.«

»Mit Verlaub, Herr Obersekretär, ich glaub, das schaffen Sie nicht.«

Rosenbaum zweifelte, dass das ein Scherz war, Scherze traute er Gerlach nicht zu. Gerlach war hager, fast asketisch, und schien ein enges Verhältnis zur Logik zu haben, siezte sich aber wahrscheinlich mit seinen Gefühlen und dürfte weitgehend frei von Humor sein. Nein, der Mann hatte seine Äußerung ernst gemeint.

»Ich wollte sagen: Wir setzen mit der Fähre über.«

Diese Fähren, die einen Großteil des Personenverkehrs zwischen dem Westufer und dem Ostufer abwickelten und die Stadt mit den Vororten an der Außenförde verbanden, nannte man in Kiel ›Fördedampfer‹, um einer Verwechselung mit den großen Skandinavienfähren vorzubeugen. Halbstündlich pendelte ein Dampfer zwischen dem Anleger ›Vorstadt‹ bei der Oberpostdirektion in der Jensenstraße und dem Anleger ›Gaarden‹, der das Niemandsland zwischen den Frontlinien der Germaniawerft und der Kaiserlichen Werft markierte, eine Demarkationslinie mit Stacheldraht und Grenzpatrouillen und gewissermaßen ein Grenzstein der Liberalität. Die freie Marktwirtschaft verlor nämlich im Kaiserreich ihre Freiheit, wenn sie mit höchsten staatlichen Interessen kollidierte: Die Kaiserliche Werft war ein Staatsbetrieb, die Germaniawerft nicht. Die Kaiserliche Werft bekam die Aufträge, die großen Kreuzer und Schlachtschiffe zu bauen, die Germaniawerft wurde mit Unterseebooten und hin und wieder mal einem Küstenpanzerschiff abgespeist. Die Kaiserliche platzte bei ihrer Auftragslage aus allen Nähten, bei Germania hatte man noch genug Platz. Durch Enteignung war 1904 der Grenzverlauf zwischen den beiden Werften zugunsten der Kaiserlichen Werft ›berichtigt‹ worden, wie man es offiziell nannte, und der erste innerdeutsche Mauerbau des 20. Jahrhunderts hatte begonnen.

Drüben waren sie mit Hauptwachtmeister Hummers verabredet, dem Dienststellenleiter des Polizeireviers Gaarden, der bereits auf sie wartete, als der Fördedampfer anlegte. Zur Pickelhaube trug er den passenden Zwirbelbart und war dennoch keine obrigkeitliche Erscheinung, wie man es erwarten mochte, sondern stand mit gebeugter, fast devoter Körperhaltung vor Rosenbaum. Es war ihm besonders wichtig zu betonen, dass der Wachtmeister, der die Verfahrenseinstellung veranlasst hatte, von ihm inzwischen gerügt worden sei und dass er sich nicht erklären könne, wieso gerade diese Akte nicht aufzufinden sei. So etwas sei noch nie geschehen und überhaupt, eine so unglaubliche Schlamperei sei für sein Revier völlig untypisch und er werde in aller Entschiedenheit dagegen vorgehen. Als sich die Gesichtsfarbe des Hauptwachtmeisters allmählich wieder normalisierte, schlug Rosenbaum vor, den Fundort der Leiche zu besichtigen. Hummers führte die beiden Kriminalbeamten durch das Werkstor zu einem repräsentativen Verwaltungsgebäude, in dem sie von Oberingenieur Claussen empfangen wurden. Claussen war als Chef-Konstrukteur und Technischer Leiter der Werft für fast alle Schiffsneubauten verantwortlich – einer der wichtigsten Männer von Germania, direkt nach dem Vorstand, manche behaupteten noch vor dem Vorstand. Nach Austausch der üblichen Höflichkeiten und Betroffenheitsbekundungen wurde der diensthabende Schichtleiter, Vorarbeiter Petersen, gerufen. Gemeinsam machten sie sich auf den Weg zum Fundort der Leiche, während sich Hummers' Rücken deutlich begradigte, war doch seine Wache inzwischen aus dem Fokus geraten.

Der Ausrüstungskran stand mit seinen vier Beinen über zwei Schienen, die im Abstand von circa zehn Metern parallel zur Kaimauer verliefen. Der Kran konnte ganze Unterseeboote anheben.

»Über 30 Meter hoch, eine Ausladung von fast 40 Meter und eine Tragkraft von 150 Tonnen bei 23 Meter, gebaut 1901 bei Bechem & Keetman in Duisburg«, schwoll es aus Claussens Brust. »Zusammen mit einem Kran, der bei Breadmore & Co. in Glasgow steht, ist es derzeit der stärkste Schwerlastkran weltweit. Auf der Howaldtwerft steht noch ein vergleichbarer Kran, aber der schafft die 150 Tonnen nur bis 20 Meter Ausladung. Dann gibt es auch noch einen Kran in Belfast, der ist sogar noch zehn Meter höher. Damit werden die großen Passagierschiffe gebaut, Olympic oder Titanic oder wie die alle heißen. Aber es ist ein Schwimmkran. Mit so was kann man nicht präzise arbeiten. Glauben Sie mir: Schiffe, die mit einem Schwimmkran gebaut werden, gehen früher oder später unter.«

Zwischen Kran und Kai war der Boden asphaltiert, dahinter bestand er aus Großsteinpflaster, in das hin und wieder Stein- oder Betonplatten und kleinere Teer- und Asphaltflächen eingelassen waren. Neben den Kranschienen verliefen noch Eisenbahnschienen. Ölflecken, Rostflecken, verschüttete Farbe, Zigarren- und Zigarettenkippen, von Öl und Teer verklebte Kieshäufchen und kleine Müll-

und Schrottecken, ein paar Meter entfernt eine Feuerstelle für brennbare Abfälle, die manchmal gleich vor Ort entsorgt wurden. Hier standen Ölfässer, dort lagen Stahlprofile, insgesamt erreichte das Areal einen Grad an Aufgeräumtheit, wie man es in einem Kinderzimmer nicht hätte durchgehen lassen. Gut 40 Meter hinter dem Kran standen Werkshallen in rotem Backstein mit Türmchen und dem Firmenzeichen des Werfteigentümers, den drei Krupp-Ringen, verziert, ein Bollwerk gegen die in der Industriearchitektur gerade aufkommende Neue Sachlichkeit.

Petersen stellte sich neben einen dunklen Flecken auf dem Boden, der gegenüber den vielen anderen Flecken aus Farbe und Öl nicht weiter auffiel, sich eher dadurch abhob, dass er dezenter war. Die Blutlache. Sie war oberflächlich weggespült worden, mit etwas Mühe konnte man ihre Umrisse noch erkennen. Die werkseigene Reinigungskolonne hatte nur halbe Arbeit geleistet, vielleicht aus Zeitmangel, aus Interessenmangel oder aus Respekt vor dem letzten Zeugnis eines zu Ende gegangenen Lebens.

»Wie kommt man bei diesem Kraken denn hoch und runter?«, wollte Rosenbaum wissen.

Claussen wies auf eines der hinteren Kranbeine, an dem sich bei genauem Hinsehen Leitersprossen abzeichneten, recht filigran, gar nicht passend zu der wuchtigen Stahlkonstruktion.

»Wenn der Mann da hinten absteigen wollte und dabei abgestürzt ist, wieso ist er dann hier gefunden worden und nicht da?«

Hm.

Gerlach fand sieben Meter nördlich eine weitere, viel kleinere, aber farblich intensivere Lache. Das vorletzte Zeugnis? Eine kalte Hand berührte die Anwesenden am

Rücken, ein gruseliger Schauer, für Rosenbaum einer der Momente, derentwegen er zur Polizei gegangen war, der sich nicht dann einstellte, wenn man grausam verstümmelte Leichen sah oder im Feuergefecht einen Halunken jagte, sondern wenn man in den Abgrund einer Seele blickte oder die Grausamkeit einer Tragödie erahnte.

»Fricke hat sich offenbar noch hierher geschleppt«, kombinierte Gerlach, fast feierlich. »Müsste dann nicht zumindest eine Spur aus Blutstropfen zu sehen sein? Vielleicht wurde er auch dahin geschleift, als er schon tot war? Aber dann müsste es noch Reste eine Schleifspur geben. Oder wurde er getragen?« Außer Gerlach selbst hatte niemand Antworten auf seine Fragen. Also begannen sie nach weiteren Spuren zu suchen, bis ein Mann in blauer Marineuniform sie unterbrach. Eilig, aber noch gemessen, steuerte er auf sie zu. Auf den Schultern trug er Epauletten mit goldenen Monden und Feldern, darüber goldene Schieber. An den Monden hingen dünne Fransen, auf den Feldern klebte ein silberner Anker. Die Schieber waren mit einer silbernen, zweimal schwarz und in der Mitte einmal rot durchzogenen Tresse eingefasst und am oberen Teil mit einem Ankerknopf besetzt. Die Ärmel zierte eine goldene Tresse, darüber prangte die Kaiserkrone. Rosenbaum kannte sich damit natürlich aus, er hatte gedient, und es kam in der Kaiserzeit fast einem Hochverrat gleich, würde er die gängigen Offiziersränge nicht sofort an ihren Uniformen erkennen. Er hatte einen Oberleutnant zur See vor sich.

»Oberleutnant Steinhauer«, stellte sich der Offizier vor, während seine Hand an die Stirn schnellte. Steinhauer wies eindringlich darauf hin, dass von seinen Leuten bereits alles abgesucht, aber nichts Erwähnenswertes gefunden worden sei. Man solle sich das erneute Suchen sparen.

Rosenbaum fragte, warum die zweite Blutlache für nicht erwähnenswert befunden worden sei oder ob Steinhauers Leute sie möglicherweise nicht gefunden hätten.

Keine Antwort.

Dann wollte er wissen, wieso die Marine das Gelände abgesucht habe, und ob das nicht eher Aufgabe des Werkschutzes gewesen wäre.

Wieder keine Antwort.

Es wurde unangenehmer, Spannung lag in der Luft. Claussen und Petersen stellten ihre Suche endgültig ein, wohingegen Gerlach und Hummers ihre demonstrativ wiederaufnahmen. Sie waren die Polizei, sie entschieden über kriminalistische Ermittlungen – nicht die Marine. Rosenbaum hatte mit seinen Fragen bereits Autorität demonstriert und setzte nun noch eins drauf: Der Herr Oberleutnant solle dann mal in der Blume vorbeischauen, um über seine Tatortbesichtigung eine Zeugenaussage zu Protokoll zu geben. Das ging natürlich zu weit. Ein Zivilist, ein Jude sogar, der einem Oberleutnant der Kaiserlichen Marine eine Anordnung erteilte, das konnte aus der Sicht eines deutschen Offiziers nur sozialdemokratisch-umstürzlerisch sein. Gerlach und Hummels unterbrachen ihre Suche erneut. Die Anwesenden standen mit grimmigem Blick und angespannter Körperhaltung einander gegenüber, als würden sie im Geist ihre Waffen entsichern und auf den Sturmbefehl warten. Aber Steinhauer reagierte nicht. Er war mit seinen Leuten den Polizisten im Moment unterlegen, nicht so sehr zahlenmäßig, als vielmehr rechtlich. Denn das Militär musste sich den Anordnungen der Polizei unterwerfen, wenn es um eine zivile Ermittlung ging, die nicht auf Militärgelände stattfand und bei der kein Opfer oder Beschuldigter dem Militär angehörte. Rosenbaum konnte genau in Steinhausers vor Wut zitterndem Blick erkennen, was in ihm vor sich ging: Für ihn waren es Umstürzler und Juden, die das Staatsgefüge mit wehrkraftzersetzenden Bestimmungen vergifteten und dem Reich nachhaltigen Schaden zufügten.

Gerlach und Hummers hatten ihre Suche wiederaufgenommen. Sie fanden weitere Blutspuren, etwas größer, etwas kleiner, zum Teil verwischt. Die Suche war schwierig, bei manchen waren sie sich nicht sicher, ob es sich um Farb- oder Ölreste handelte. Zum Schluss war die Verwirrung groß. Auf viel mehr, als dass es hier kürzlich blutig zugegangen sein musste, konnten sie sich kaum einigen.

Rosenbaum entschloss sich, gegen den Protest von Claussen und Steinhauer, den Bereich von der Größe eines halben Fußballfeldes absperren, weitere Polizisten rufen und alles gründlich absuchen zu lassen.

Während Steinhauer noch protestierte, das bringe den gesamten Arbeitsablauf der Werft durcheinander und beeinträchtige die eng kalkulierten Fertigstellungstermine, sei folglich Wehrkraftzersetzung und könne nicht ohne Konsequenzen bleiben, wurde ihm von einem zackigen Matrosen etwas ins Ohr geflüstert. Daraufhin verabschiedete er sich flüchtig, irgendein Vorgesetzter sei da und wolle ihn sprechen, und überließ die Protestbekundungen Claussen, der sich nur halb so stark echauffieren konnte wie Steinhauer.

Als nach einer Stunde sieben Polizeisergeanten mit ihren Pickelhauben und Zwirbelbärten auf dem Gelände eintrafen, hatten sie keine rechte Vorstellung von ihrer Aufgabe. Patronenhülsen suchen? Frische Kampfspuren? Beziehung der Spuren zueinander? Und sicherstellen? Und alles protokollieren? Der Mutigste von ihnen sollte auf den Kran klettern und oben suchen, und weil sie alle mutig waren, begann ein Wettlauf zur Stiege, ohne Rücksicht darauf, worauf man trat und was man anfasste. Kieler Polizisten waren offenbar im Spurenlesen Legastheniker und beim Spurenverwischen Elefanten. Einige hatten ihre Schutzmannssäbel dabei und waren so in der Lage, noch sehr viel gründlicher Spuren zu verwischen. Und beim Bücken fügten sie sich damit kunstvoll blaue Flecken am Bauch zu. Sie mussten umständlich an ihren Zwirbelbärten vorbeischauen und übersahen deshalb leicht etwas Wichtiges. Sie hatten keinen Fotoapparat dabei, also konnten sie nur handschriftliche Skizzen anfertigen. Dazu musste Rosenbaum sie anleiten, wie solche Skizzen zu erstellen waren, mit Maßstab, Entfernungsangaben, Nummerierung der Spuren auf der Skizze und dem sichergestellten Gegenstand, und, bitte, jeweils mit derselben Nummer. Rosenbaum wies dann noch darauf hin, dass nicht zu sichernde Spuren, wie beispielsweise Blutflecken auf dem Asphalt, genau zu beschreiben seien, gegebenenfalls mit Zeichnung.

Alles vergebens, zu gebrauchen war kaum etwas. Weitere wichtige Spuren existierten vielleicht nicht, wahrscheinlicher war jedoch, dass sie nur nicht gefunden oder vor ihrer Entdeckung vernichtet worden waren. Rosenbaum fertigte sicherheitshalber eine kleine Skizze von den Örtlichkeiten mit den wichtigsten Spuren an, befahl Gerlach, die Restarbeiten zu beaufsichtigen, nahm sich vor, gleich am nächsten Tag mit Freibier über notwendige Nachschulungsmaßnahmen bei Polizeibeamten zu sprechen, und ließ sich von Claussen, dessen Proteste angesichts des demonstrierten Dilettantismus deutlich schwächer und von Mitgefühl überlagert wurden, zum Ausgang geleiten.

Rosenbaum und Claussen waren zu Gegnern geworden und ihre Unterhaltung reduzierte sich auf diplomatischen Austausch. Als sie wieder an dem Verwaltungsgebäude vorbeikamen, verabschiedete Steinhauer gerade am anderen Ende des Gebäudes einen Mann in Zivil, noch sehr jung, keine 25 Jahre alt, und ziemlich schmächtig, auffallend klein sogar. Der konnte kein Vorgesetzter des Oberleutnants sein. Aber er stieg in einen N.A.W. Colibri 8 ein, ein noch seltenes, erst kürzlich auf den Markt gebrachtes kleines Automobil, von dem Rosenbaum in der Zeitung gelesen hatte, dass die Marine einige davon für geheime Aufgaben bestellt hatte. Das war natürlich Unsinn, jedenfalls in Kiel. In Berlin – wo die Entscheidung über die Anschaffung getroffen worden war, im Reichsmarineamt am mondänen Leipziger Platz – mochte ein Automobil inzwischen vielleicht schon zum Straßenbild gehören und keine Aufmerksamkeit mehr erwecken. In Kiel und wohl nahezu im gesamten Rest des Reiches war das aber noch anders.

IX

Sie lag da, wie selbstverständlich, in blassem Gelb und mit der Aufschrift ›Leichensache Herrmann Paul Fricke‹. In dem Selbstbewusstsein, der natürlichen Ordnung zu entsprechen, lag sie da, nicht einmal einen Zentimeter dick, dort, wo sie hingehörte, als wäre sie schon immer da gewesen. Und doch, auch wenn sie dort hingehörte, brach sie die Gesetze der Logik, indem sie tatsächlich dort war. Sie konnte dort nicht sein, weil niemand sie dort hingebracht hatte. Sie war bereits vermisst worden, auf unerklärliche Weise gerade nicht dort, wo sie hingehörte. Hoben sich nun zwei unerklärliche Ereignisse zwar in ihrem Verstoß gegen die Naturgesetze nicht gegenseitig auf, so aber doch manchmal, wie hier, in ihrer Wirkung. Die Akte war ja dort, wo sie hingehörte. Rosenbaum, Steffen und Gerlach standen schweigend um sie herum, nahmen das Auftauchen der Akte verwundert, im Ergebnis jedoch befriedigt zur Kenntnis, setzten sich und wandten sich Wichtigerem zu.

Rosenbaum zog sein Zigarrenetui aus der Brusttasche. Eine gute Zigarre musste aus Kuba stammen, am besten eine Havanna Corona Gorda, nicht zu dünn, sonst entfaltete sich das Aroma nicht richtig. Kubanische Zigarren waren zum Glück auch für Patrioten akzeptabel, weil es keine nennenswerte Zigarrenproduktion in deutschen Kolonien gab.

»Na, Steffen, mein Lieber, haben Sie jetzt Ihre erste Leichenöffnung hinter sich gebracht?« Zum Trost hielt Rosenbaum Steffen das Etui hin. Steffen, der eigentlich lieber die moderneren Zigaretten rauchte, nahm das Angebot pflichtbewusst an. Gerlach auch.

»Die Ehefrau war mit der Sektion einverstanden«, begann Steffen seinen Bericht und zog einen Notizblock aus der Tasche. »Dann haben wir die Leiche zu Professor Ziemke in das Institut für Gerichtliche Medizin bringen lassen, das ist in einem Flügel des neu errichteten Pathologischen Institutes in der Hospitalstraße untergebracht.«

Rosenbaum gab seiner Havanna an beiden Enden einen sinnlichen Zungenkuss, zog dann ein Messer aus der Hosentasche und schnitt brutal dort ein, wo er vorher zärtlich gewesen war. »Müssen Sie machen«, entgegnete er den erstaunten Blicken seiner Assistenten. »Ich trag die schon seit heute Morgen mit mir rum, die Deckblätter sind ausgetrocknet. Wenn Sie die Enden schneiden, ohne sie vorher angefeuchtet zu haben, zerbröselt alles.«

Jetzt musste Gerlach an seiner Zigarre schlecken. Steffen umging die Prozedur unauffällig, indem er seine Ausführungen fortsetzte. »Und dann hat der Professor mit der Sektion begonnen. Das war nicht schön. Gar nicht schön. Vor allem der Geruch.«

»Wie lange haben Sie es denn ausgehalten?«

»Nach zehn Minuten musste ich raus.«

»Und dann haben Sie sich übergeben?«

»Ja. Später erzählte mir der Professor, dass es vielen beim ersten Mal so gehe und dass sie draußen alle in dieselbe Ecke liefen, hinter einem Baum, der dann regelmäßig alle sechs Monate eingehe und ersetzt werden müsse, und dass man schon überlegt habe, dort ein Schild aufzustellen mit der Aufschrift: ›Übergeben verboten!‹, dass das aber wahrscheinlich dazu führe, dass die Leute auf die Leichen kotzten und das gebe dann eine noch viel größere Sauerei. Ich gebe nur wieder, was der Professor gesagt hat.« Bei Steffens Versuch, mit Rosenbaums Zigarrenmesser die Enden seiner Havanna abzuschneiden, zerkrümelten ihm die Ränder des Deckblatts. »Das Ergebnis war jedenfalls: Fricke hat tödliche Kopfverletzungen sowie Brüche und Prellungen an Brust und Extremitäten erlitten, alles offenbar vom Sturz, vielleicht teilweise auch von Schlägen oder Tritten. Darüber hinaus wies er eine lebensgefährliche, jedoch nicht sofort tödliche Schussverletzung in der Brust auf.« Steffen wischte sich Zigarrenkrümel vom Schoß.

»Wenn Sie sie nicht spätestens jetzt anfeuchten, werden Sie beim Rauchen ständig Fasern im Mund haben«, sagte Rosenbaum.

Steffen zog die Zigarre durch die Lippen und hatte daraufhin Fasern im Mund.

»Also wurde er vom Kran geschossen und starb dann durch den Aufprall«, kombinierte Gerlach. »Aber wie lassen sich dann die weiteren Blutspuren unter dem Kran erklären?«

»Vielleicht hat es zuerst einen Kampf unter dem Kran gegeben, bei dem Fricke verletzt wurde, oder der andere wurde verletzt. Fricke hat sich losgerissen, ist auf den Kran geflüchtet und wurde dann von dem unten zurückgebliebenen Gegner runtergeschossen«, spekulierte Rosenbaum, entzündete ein Schwefelholz, eines von der längsten Sorte, hielt es zunächst von der Havanna entfernt, bis der Schwefelgeruch verflogen war, und anschließend darunter. Zuerst erwärmte er die Zigarre, indem er sie wie ein Spanferkel über dem Feuer drehte. Schließlich zündete er sie an. Anschließend taten es ihm Gerlach und Steffen nach, jedoch mit wesentlich weniger, eigentlich gar keiner Zeremonie.

»Nein«, hustete Steffen, »Fricke hatte ein verkrüppeltes Bein, der konnte nur ganz langsam hochklettern, flüchten konnte er gar nicht. Offenbar stammen die weiteren Blutspuren von jemand ganz anderem.«

»Vielleicht hat er seinen Gegner ja so sehr verletzt, dass der sich überhaupt nicht mehr bewegen konnte«, wandte Gerlach ein. »Dann hätte Fricke ganz gemütlich auf den Kran steigen können.«

»Du meinst, der Mann steigt mal eben auf seinen Kran, gleich nachdem er einem Kampf auf Leben und Tod entkommen ist und der Gegner noch eine Pistole hat? Ich würde weglaufen oder Hilfe holen.«

»Vielleicht wollte er etwas holen.« Gerlachs Fantasie lief auf Hochtouren. »Etwas, das er dringend brauchte oder das unter keinen Umständen in die Hände seines Gegners fallen durfte, ein ganz wichtiger Gegenstand. Fricke traut sich, da hochzuklettern, weil sein Gegner verletzt ist, und als er mit seinem wichtigen Gegenstand wieder runterklettern will, berappelt sich der Gegner und schießt ihn herunter. Dann nimmt er der Leiche in aller Ruhe diesen wichtigen Gegenstand ab und läuft davon.«

»Na, da sind seine Verletzungen aber ziemlich rasant verheilt.«

Die Assistenten schauten sich ratlos an und zogen viel zu hastig an ihren Zigarren. Die typische Hektik der Zigarettenraucher, das war die neue Zeit, dachte Rosenbaum. Eine gute Zigarre durfte man nicht heiß rauchen. Ein, höchstens zwei Züge pro Minute. Dann würde die Zigarre ungefähr eine Dreiviertelstunde halten. Diese Zeit hatte Rosenbaum für die Besprechung eingeplant. Die Assistenten wussten das, brachten es dennoch nicht fertig, langsam zu paffen.

Anfänger. Hektiker.

»Lässt sich etwas über die Schussdistanz sagen?«

»Die Schussdistanz?«

»Ja, wie weit war die Waffe vom Opfer entfernt? Das nennt man Schussdistanz. Wenn die Entfernung gering war, kann der Täter nicht vom Erdboden aus geschossen haben, während Fricke auf dem Kran stand. Wäre doch interessant zu erfahren?«

»Ja«, antwortete Steffen und nach einer Weile ergänzte er: »Das weiß ich nicht.«

»Wann war der Todeszeitpunkt?«, fragte Rosenbaum durch den aromatischen Qualm, der seinem Mund entwich.

Wieder dauerte es eine kleine Weile, bis Steffen antwortete. »Davon hat der Professor nichts gesagt.«

»Wäre aber auch interessant zu erfahren, ob es direkt nach Feierabend war oder später, nicht?«

»Ja. Aber wie soll man das denn feststellen?«

»Zum Beispiel, indem man ein Thermometer in den Hintern schiebt. Der Professor wird's wissen.«

»Ich werde morgen nachfragen«, versprach Steffen, machte sich Notizen und beeilte sich, seinen Bericht fortzusetzen, bevor Rosenbaum eine weitere Frage stellen konnte. »Das Projektil war am Rücken wieder ausgetreten, stand also zur Begutachtung nicht zur Verfügung. Zur Waffe lässt sich deshalb nur sagen, dass es ein mittleres Kaliber war. Ein schriftlicher Bericht folgt.«

»Von der Schussrichtung hat der Professor auch nichts erwähnt, nehme ich an.«

»Nein«, antwortete Steffen und dem Klang seiner Stimme war Enttäuschung zu entnehmen.

»Nehmen Sie mal einen tiefen Zug. Für einen, der in seiner Ausbildung nie etwas von Leichenöffnung gehört hat und dem von dem Gestank übel wurde«, Rosenbaum meinte den Leichengeruch, nicht die Zigarre, »haben Sie das sehr gut gemacht. Fragen Sie morgen beim Professor noch einmal wegen des Todeszeitpunktes, der Schussdistanz und der Schussrichtung nach und sagen Sie ihm, natürlich mit dem gehörigen Respekt, dass uns Tatzeit und Angaben zum Tathergang in Zukunft bei jedem gewaltsamen Tod interessieren.«

Steffen nickte.

»Dann lassen Sie uns noch einmal schauen, ob wir hier nicht doch noch ein paar Puzzleteile zusammenbekommen.« Nebel über Rosenbaum. »Glauben Sie wirklich, dass Frickes Gegner zwischendurch kampfunfähig war und sich dann wieder so sehr erholt hat, dass er Fricke erschießen und spurlos flüchten konnte?«

»Warum nicht?«, antwortete Gerlach und war dabei weniger um Wahrscheinlichkeit als um den Bestand seiner Position besorgt.

»Die zweite Blutlache war so riesig, der Mann hat wirklich viel Blut verloren, der muss sehr schwer verletzt gewesen sein oder er muss eine längere Zeit dort gelegen haben. Da wird er dann nicht einfach aufgestanden und weggelaufen sein«, hustete Steffen.

»Möglicherweise gab es also einen zweiten Toten«, begann Gerlach, weiteren Nebel hinzuzufügen.

»Aber dann muss es noch jemanden gegeben haben, der die eine Leiche liegen ließ und die andere mitnahm«, erwiderte Steffen.

»Ja, das wäre auch merkwürdig.« Rosenbaum paffte wieder an seiner Zigarre und vermittelte den Eindruck eines Tintenfisches in Gefahr.

»Vielleicht die Marine? Als ich meinen Kriegsdienst ableistete, haben die uns als Erstes eingeschärft, dass man niemals einen eigenen Mann zurücklässt. Tot oder lebendig, er wird mitgenommen.« Gerlach blies Gucklöcher in die Tintenwolke.

»Also: Zwei oder mehr Marinesoldaten erschießen Fricke, einer von ihnen wird dabei von Fricke schwer verwundet oder gar getötet. Der oder die anderen schleppen ihren Mann dann weg, während sie Fricke liegen lassen?«, versuchte sich Steffen an einer neuen Kombination. »Fricke muss ja eine Waffe gehabt haben. Und die haben die Soldaten dann wohl mitgenommen.«

»Es könnte aber auch sein, dass der andere nicht angeschossen wurde, sondern versucht hat, auf den Kran zu klettern, und dabei herunterfiel. Oder er wurde von Fricke beim Kampf hinuntergestoßen, während die anderen unten warteten und auf Fricke schossen«, erwiderte Gerlach.

»Vielleicht, vielleicht auch nicht«, beendete Rosenbaum die Spekulationen. »Was können wir jetzt tun?«

»Also es kommt ja nicht jeder ohne Weiteres auf das Werftgelände.« Steffen schien in Fahrt gekommen. »Im Grunde wohl nur Werft- und Marineangehörige. Wir sollten also im Umfeld der Germaniawerft und im Umfeld der Kriegsmarine nach einem Vermissten, Kranken oder Verletzten forschen.«

»Gut, Steffen, mein Lieber. Sie beide forschen da mal im Umfeld der Werftarbeiter. Dabei können Sie gleich diejenigen befragen, die in der Tatnacht Schicht hatten.« Rosenbaums Blick wechselte zwischen Steffen und Gerlach hin und her. »Die Marine wird uns sicher keine Auskunft geben, solange das Verhältnis angespannt ist. Ich werde mal selbst mit Steinhauer über Entspannung sprechen. Zuerst will ich aber die Witwe Fricke morgen besuchen.«

Steffen und Gerlach hatten ihre Zigarren in Rekordzeit aufgeraucht. Nachdem sie die Stummel im Aschenbecher zerdrückt hatten, konnte mehr Qualm durch das weit geöffnete Fenster entweichen, als nachproduziert wurde, sodass Steffen das Atmen leichter fiel. Die kalkulierte Dreiviertelstunde war noch lange nicht abgelaufen, aber das Nötige hatten sie erledigt. Die beiden Assistenten hungerten nach einem lauen Frühsommerfeierabend. Rosenbaum schickte sie nach Hause, nicht ohne ihnen eine letzte

Lektion für diesen Tag zu erteilen: »Was ist eigentlich von jemandem zu halten, der eine Zigarre raucht, obwohl er sie nicht mag?«

Als die Assistenten weg und der Qualm fast verflogen waren, schlich Ruhe in Rosenbaums Abend, keine gemütliche oder behütete Ruhe, keine, um nach einer großen Anstrengung oder vor dem Schlaf zu entspannen, keine in sich ruhende oder zufriedene Ruhe, sondern eine verlassene Ruhe, eine Friedhofsruhe. Aus der Ferne war ein Hämmern zu hören, von irgendeiner Baustelle, die es in Kiel so zahlreich gab. Ein Automobil fuhr vor der Mauer vorbei, niemand betrat den Friedhof, Rosenbaum blieb allein. Hinter dem Fenster schaute er auf das Gebäude der Landesversicherungsanstalt schräg gegenüber in der Gartenstraße, auch das Haus schien neu, wie alles hier neu war, und leer, völlig verlassen, nach Feierabend an einem warmen, sonnigen Abend im Juni. Rosenbaums Blick fiel auf die blassgelbe Pappe vor sich auf dem Schreibtisch. ›Leichensache Herrmann Paul Fricke; angelegt: 9.6.1909; geschlossen: 9.6.1909; N.f.D.; Eingang: 9.6.1909 Peter Cornelius, Kiel.‹.

Hm, ›N.f.D.‹: ›Nur für den Dienstgebrauch‹, die erste Geheimhaltungsstufe nach der Reichsverschlusssachen-Ordnung.

Hm.

In den Havannageruch mischte sich ein Friedhofsduft von Patschuli, zu dem sich Noten von Jacaranda und Moschus gesellten. Moschus. Rosenbaum stutzte. Dieser Geruch haftete in deutschen Großstädten regelmäßig nur an Frauen. Er schaute auf. Fräulein Kuhfuß, Kuhfüßchen, Rehbein, stand, wer weiß, wie lange schon, in der Tür.

»Kann ich noch etwas für Sie tun?«

Eine unendliche Zeit verging, bis Rosenbaum den Weg vom Friedhof über nepalesische Moschusherden zurück in seine Amtsstube gemacht hatte.

»Haben Sie den Namen Peter Cornelius schon einmal gehört?«

»Nein. Wer soll das sein?«

»Ach, nicht so wichtig. Wieso sind Sie so spät noch hier? Es ist gleich acht Uhr. Werden Sie nicht erwartet?«

»Nein. Ich wohne noch bei meinen Eltern«, sagte Kuhfüßchen und steckte sich eine Zigarette an. Unversehens, Rosenbaum rieb sich die müden Augen, verwandelte sie sich in eine Femme fatale, sog Rosenbaum in ihren sinnlichen Bann.

»Wie gefällt Ihnen unser schönes Kiel?«

Rosenbaum antwortete nicht, starrte nur auf seine Assistentin.

Kuhfüßchens lockere Reformkleidung mit zwei offenen Knöpfen an der Bluse verwandelte sich in das Gewand einer indischen Tempeltänzerin und sie selbst in Mata Hari.

»In zehn Tagen beginnt die Kieler Woche, ein Ereignis von besonderer gesellschaftlicher Bedeutung. Da kann man viele wichtige Kontakte schließen. Als Neu-Kieler sollten Sie so viele Veranstaltungen wie möglich besuchen.«

»Können Sie mich beraten, was ich mir da aussuchen soll?«

»Sehr gerne.«

»Darf ich Sie beim Vornamen nennen?« Das war nicht Rosenbaum. Das war jemand anderes, der aus seinem Mund sprach.

»Ich heiße Hedwig«, antwortete sie, und es hörte sich an wie: ›Ja, ich will‹.

»Hedi, ich sage Hedi.«

»Guten Abend, bis morgen.« Die Femme fatale lächelte noch einmal, verwandelte sich zurück in das schöne Fräulein und verschwand.

Nach einiger Zeit war Rosenbaum wieder bei sich und dachte voller Zärtlichkeit an seine Lotte und an die beiden Kinder, die er schon nach diesen wenigen Tagen in der Fremde vermisste. Er hatte niemals mehr Zärtlichkeit für sie empfunden als jetzt. Allerdings hatte er bis jetzt nie besonders viel Zärtlichkeit für seine Lotte empfunden. Sie war nicht seine erste Wahl gewesen, er nicht ihre. Wenn sie gekonnt hätten, wie sie gewollt hatten, wären Sie kein Ehepaar, sondern gute Freunde geworden. Aber sie hatten sich den äußeren Zwängen gefügt und führten nun eine Konvenienzehe.

Bereits bei ihrer ersten erotischen Begegnung harmonierten ihre Erregungskurven nicht miteinander, genau genommen waren sie kaum auszumachen. Vielleicht weil er für sich eher einen weiblichen und sie für sich eher einen männlichen Kurvenverlauf beanspruchten. Vielleicht aber auch nicht, denn das Aufeinandertreffen unterschiedlicher Erregungskurven dürfte man wohl als Normalfall ansehen, ohne daraus schließen zu können, dass erotische Harmonie die Ausnahme wäre. Vielleicht war Harmonie doch die Ausnahme. Oder es war einfach nur so, dass sie sich erotisch eben nicht anzogen. Sie hatten viel darüber nachgedacht und darüber geweint, allein und gemeinsam, aber sie fanden es nicht heraus.

Dafür harmonierten sie als Eheleute im Alltag außergewöhnlich gut miteinander. Er nannte sie, die eigentlich Charlotte hieß, Lotte, manchmal liebevoll Lottchen, sie ihn Bärchen, beide schliefen unruhig, wenn der andere nicht daneben lag, und er kochte gut und sie aß gern. Sie lasen sich gegenseitig Flaubert, Kleist und manchmal Bertha von Suttner vor und schliefen regelmäßig dabei ein. Sie war bei der Kindererziehung niemals inkonsequent, er war nie der ›Na warte, wenn Papa nach Hause kommt‹-Vater. Die Kinder waren wohl geraten, soweit man dies bei einer 13-jährigen Tochter und einem elfjährigen Sohn bereits beurteilen konnte.

Hin und wieder kam es vor, dass sie sich untreu waren, sich gegenseitig ihre Seitensprünge gestanden und nicht übel nahmen – nicht etwa erst einander verzeihen, sondern gar nicht übel nahmen – nicht nur mit emotionalen Schaumkronen rational überzeugt waren, es einander nicht übel nehmen zu sollen, sondern es dem anderen wirklich nicht übel nahmen. Oft hatten sie darüber nachgedacht, ob fehlende Eifersucht ein Zeichen mangelnder Bindung wäre, aber auch das hatten sie nicht herausgefunden.

Alles in allem war es also doch eine gute Ehe, von der man nicht glauben sollte, dass einer von beiden ihrer überdrüssig werden würde, es sei denn, die gesellschaftlichen Zwänge würden sich legen. Aber vorerst vermissten sie sich gegenseitig.

X

Es ging das Gerücht, dass das Firmenzeichen des Krupp-Imperiums, drei ineinander verschlungene Ringe, Vorbild für die von Pierre de Coubertin entworfenen Olympischen Ringe gewesen sein sollen. Das war natürlich Unsinn. Das Krupp'sche Firmenzeichen symbolisierte die von Alfred Krupp patentierten Radreifen für Eisenbahnen, die das Fundament für das sein Wirtschaftsimperium gebildet hatten. Das hatte nichts mit Sport zu tun. Aber die Existenz des Gerüchtes zeigt, wie wichtig die Krupps in jener Zeit waren.

Sie waren es für den Kaiser, der seine Kriegswaffen bei Krupp bauen ließ, allen voran die Dicke Bertha – böse Zungen behaupten, sie wäre vom Volksmund nach der damaligen Alleinerbin des Krupp'schen Imperiums, der durchaus beleibten Bertha Krupp von Bohlen und Halbach benannt worden, was sich allerdings kaum belegen lässt. Auch des Kaisers neue Segeljacht ›Meteor IV‹ stammte aus dem Krupp-Imperium, nämlich von der Germaniawerft. Das war sehr wichtig, denn die nagelneue Jacht von Gustav Krupp von Bohlen und Halbach, dem damaligen Aufsichtsratsvorsitzenden der Friedrich Krupp AG, die den fantasievollen Namen ›Germania‹ trug, war ebenfalls dort gebaut worden. Der Kaiser brauchte nun unbedingt ein konkurrenzfähiges Schiff, nachdem die in New York gebaute ›Meteor III‹ der ›Germania‹ in mehreren Regatten chancenlos hinterher gefahren war. Die ›Meteor III‹ verkaufte der Kaiser anschließend an die Tochter von Werner von Siemens. So viel zu Bedeutung und Rangfolge deutscher Großindustrieller.

Wichtig waren die Krupps aber auch für ihre Arbeiter. Um die Jahrhundertwende hatte die Friedrich Krupp Germaniawerft AG, so die vollständige Firmenbezeichnung der Germaniawerft, am Germaniaring in Kiel-Gaarden begonnen, eine Siedlung für ihre Belegschaft zu bauen.

Schon Jahrzehnte zuvor hatte Alfred Krupp die Losung ausgegeben, dass man den eigenen Arbeitern angemessenen Wohnkomfort zu bezahlbaren Mieten gewähren müsse, um sie emotional an das Unternehmen zu binden. Die Krupp'sche Kolonie in Kiel war von seinem Sohn Friedrich Alfred geplant worden: »Es ist damit zu rechnen, dass der breit ausgebaute Germaniaring eines Tages eine Hauptverkehrsstraße mit starkem und unruhigem Verkehr wird. Besonders erwünscht ist es daher hier, die spielenden Kinder von der Straße fernzuhalten. Alle Hauseingänge liegen zu diesem Zweck an den Innenhöfen, und diese sind mit besonderer Sorgfalt ausgestaltet. Gärtnerische Anlagen, Wege, Kinderspielplätze, Wäschetrockenplätze und Rasen geben ihnen Schmuck.« Als Friedrich Alfred Krupp 1902 gestorben war, wurden die Hauseingänge an die Straßenseite verlegt, aber ansonsten war alles so gebaut worden, dass es den damaligen Wohnungsstandard der Arbeiterschaft deutlich übertraf.

Rosenbaum erreichte nach kurzem Fußweg von der Omnibus-Haltestelle in der Preetzer Straße den Germaniaring. Die Straße war breit, die Bäume klein, die Grünflächen frisch und die Wege sauber. Die Krupp'sche Bierhalle an der Ecke Preetzer Straße beruhigte die Frauen, die jetzt wussten, wo ihre Männer sich abends aufhielten, jedenfalls glaubten sie, es zu wissen. Es gab einige Fuhrwerke, fast keine Automobile, aber überall Parkflächen. Anders als früher existierten in den Hinterhöfen keine Ecken mehr, in denen Selbstversorgung mit preiswertem Obst, Gemüse oder Kleinvieh betrieben werden konnte. Insbesondere das Federvieh und dergleichen war der Hausverwaltung nicht recht, weil es Lärm und vor allem Dreck erzeugte. Deshalb war wenige hundert Meter entfernt eine Schrebergarten-Kolonie entstanden, in der wohl jede Familie eine Parzelle gepachtet hatte, die der Vater noch beackern musste, wenn er nach einem langen Arbeitstag von der Werft kam. Doch selbst hier war die Haltung von Schweinen, ja sogar von Hühnern und Enten verboten, was die alte Erfahrung unterprivilegierter Schichten, nur wer ein Huhn habe, könne Eier essen, desillusionierend bestätigte, bei allem Wohnkomfort.

Die bis zu vier Stockwerke hohen Gebäude waren nur schwer einem Baustil zuzuordnen, etwas prämodern, etwas Heimatstil. Heller Putz wurde von dunklem Backstein umrahmt und an einigen Stellen durch sichtbares Fachwerk abgelöst. Rankende Bögen ließen den aufkommenden Jugendstil erahnen. Es gab Giebel und Erker, Eckürmchen und Mansarden, Schleppgauben und unruhige Walm- und Satteldachlinien.

Vor dem Haus Nummer 79 blieb Rosenbaum stehen. Ihm stand der Besuch einer Frau bevor, die gerade Witwe geworden war. Es war Samstagvormittag, eine Zeit, zu der üblicherweise die Wohnung geputzt, der Einkauf erledigt, das Mittagessen bereitet und die Kinder gebadet wurden, eine Zeit, zu der man eine Hausfrau nicht stören sollte. Aber heute war es anders.

Katharina Fricke öffnete die Tür, eine Frau mit Kittel, Kopftuch und Schweißperlen auf der Stirn, Mitte 30, keine Schönheit – das wusste sie; gemacht, um zu schuften und zu gebären. Nachdem Rosenbaum sich vorgestellt und gebeten hatte, ihr ein paar Fragen stellen zu dürfen, antwortete sie, er könne reinkommen, aber sie habe nicht viel Zeit, sie sei gerade mit dem Wäschewaschen beschäftigt. Trauer sah anders aus. Rosenbaum betrat eine unerwartet große und helle Diele, in der hinter einem ramponierten Paravent ein Bett stand. Eine weiß lackierte Holzwand trennte die Toilette und eine Waschkabine ab. Rechts ging es in die Wohnküche, den zentralen Ort des Familienlebens. In der Mitte befand sich ein großer Tisch, an dem man das Essen zubereitete, die Mahlzeiten einnahm und den man ausziehen konnte, sodass er zwei weiße Emailschüsseln freigab, mit denen das Geschirr gespült wurde. Um den Tisch drängten sich sechs Stühle. Ein siebter, auf dem wohl der Tote immer gesessen hatte, stand bereits abseits. In einer anderen Ecke thronte ein gusseiserner Kohleherd mit Backröhre und Ofenringen, daneben gingen zwei Türen zum Kinderzimmer und zum Elternschlafzimmer ab. Katharina Fricke lebte hier mit ihren vier Kindern, die vermutlich alle auf dem Küchentisch zur Welt gebracht worden waren, und dem Opa.

»Der hat sich den Verstand weggesoffen«, sagte Katharina Fricke und zeigte auf das Bett in der Diele. Erst jetzt bemerkte Rosenbaum, dass ein alter Mann darin lag und schlief.

»Früher haben wir ihn in der Küche schlafen lassen. Aber der Olle schnarcht so laut, dass man es nicht aushält.« Die Frau wies Rosenbaum einen der Stühle zu und widmete sich dem Herd. Darauf stand ein riesiger Kupferkessel, voll mit Waschlauge und Wäsche, so riesig, dass man sich kaum vorstellen konnte, wie diese zierliche Person das alles auf die Herdplatte bekommen hatte, und erst recht nicht, wie sie das wieder runterkriegen wollte.

»Wir haben hier zwei Zimmer mit Küche, Diele, WC und Waschkabine. Da ist kein richtiger Platz mehr für den Ollen. Aber was willste machen? Hier in der Siedlung gibt es 200 Wohnungen, aber allein die Germaniawerft hat 8.000 Arbeiter. Wenn hier einer meckert, kriegt er zu hören, dass er ausziehen kann.«

Das Küchenfenster war weit aufgerissen und entließ den Großteil der unerträglichen Dampfschwaden in den warmen Frühsommertag. Es roch nach Waschlauge, aber auch ein wenig nach deftigem Kohl und Rüben, obwohl kein Essen zu sehen war.

Die Witwe angelte sich mit einem großen Holzlöffel ein paar Wäschestücke aus dem Kessel und klatschte sie in eine Emailschale. Dann rieb sie sie Stück für Stück an einem Waschbrett in der Absicht, die braunen Ränder undefinierbarer Flecke von der Wäsche zu vertreiben.

»Früher war immer nur montags, mittwochs und freitags Waschtag. Aber das ging mit so vielen Mietparteien bei nur einer Waschküche nicht. Und vor allem, dass die Waschküche jeden zweiten Tag geschlossen blieb! Damit sie zwischendurch trocknen konnte, hieß es. Ne, da haben sich die feinen Herren was ausgedacht. Erst einweichen, dann Vorwäsche, dann kochen und die hartnäckigsten Stellen werden gerubbelt, wenn das nicht reicht, noch mal kochen, schließlich auf dem Rasen bleichen, davon werden die Sachen oft wieder dreckig, wenn Katzen und Vögel drüber laufen, also noch mal kochen. Das dauert mindestens zwei Tage, und zwar unmittelbar nacheinander.«

Kleine Tropfen fielen von der Stirn der Frau direkt in den Kessel. Rosenbaum fragte sich, wie hoch der Schweißanteil in der Waschlauge sein mochte. »Deshalb hat jetzt jeder seine eigenen Waschtage, alle drei Wochen zwei. Da kann man dann zum Schluss noch die Kinder in die Lauge stecken. Aber das reicht natürlich nicht, alle drei Wochen. Der Kleene strullt noch in die Büx, und der Opa verrichtet auch schon mal seine große Notdurft in die Wäsche.« Es grunzte aus dem Bett. »Ja, mein Lieber, hör ruhig hin! Und das, obwohl du hier nur ein paar Schritte gehen musst, nich so wie früher, als du zum Plumpsklo über'n Hof laufen musstest«, rief sie hinüber mit aller Verachtung, zu der eine erniedrigte Frau fähig ist. Dann widmete sie sich wieder Rosenbaum. »Da kann ich nicht drei Wochen warten.«

Rosenbaum wurde der Charakter der eigentümlich deftigen Geruchsnote plötzlich klar.

»Is natürlich verboten, in der Küche zu waschen. Aber die meisten machen es trotzdem. Geht eben nicht anders. Und die Hausverwaltung drückt da auch mal ein Auge zu. Auf dem Rasen hinter dem Haus bleichen, das geht aber nur, wenn man dran ist mit Waschtag, so steht's in der Waschküchenordnung. ›Sonst wäre ja immer alles voll mit Wäsche‹, sagt der Hausmeister. Und letztes Jahr flogen die Neumanns von Nummer 75 aus ihrer Wohnung, weil die sich drei- oder viermal nicht dran gehalten haben.« Das Wäschestück mit dem braunen Rand verlor sichtbar Fasern, aber nicht den Rand. »Bringt das Unglück? Noch mehr Unglück? Man sagt, dass man zwischen Tod und Beerdigung nicht waschen darf, das bringt Unglück. Aber ich kann doch nicht so lange warten mit der Pisse und der Kacke, bis er unter der Erde ist, oder?« Sie war mit dem Ergebnis ihrer Rubbelei augenscheinlich zufrieden, obwohl sich an dem braunen Rand noch immer nicht viel verändert hatte, und begann, das nächste Stück zu bearbeiten, wohl ein Unterrock der Tochter, der die Witwe offenbar in sentimentale Stimmung versetzte. »Er war mir immer ein guter Mann. Er hat mich auch mal geschlagen, das kam schon mal vor. Aber nur wenn er getrunken hat, sonst nicht. Und eines hat er mir nie angetan: Ich musste ihn niemals nackt sehen.«

Rosenbaum korrigierte sich: Manchmal sah Trauer auch so aus.

»Er hatte es schwer. Er hat sich abgerackert. Jeden Tag da rauf mit seinem verkrüppelten Bein.« Sie rieb ununterbrochen über das Waschbrett.

»Wie war das gekommen mit dem Bein?« Das waren die ersten Worte, die Rosenbaum sprach, seit er die Küche betreten hatte. Er war ein zurückhaltender und nachdenklicher Mensch, der die Leute musterte, bevor er agierte, eine Folge der vielen leidvollen Erfahrungen und Enttäuschungen, die er aufgrund seines jüdischen Aussehens immer wieder gemacht hatte. Gegenüber Zeugen war er noch zurückhaltender. Denn je weniger er sprach, desto mehr sprach sein Gegenüber.

»Ein Gaul von der Werft ist durchgegangen und hat ihn getreten. Dann haben sie ihm eine Flasche Köm zu trinken gegeben und das Bein geschient. Aber so schief und krumm, dass man glauben könnte, der Arzt selbst hätte die Flasche getrunken. Er war ja krankenversichert, der Herrmann, das hat der olle Bismarck ja noch hingekriegt. Aber wenn Se mich fragen, ich glaub nicht, dass das ein Arzt war, der ihn behandelt hat, obwohl er krankenversichert war. Ein paar Wochen ist er zu Hause gewesen, aber dann hat's kein Krankengeld mehr gegeben, und er hat wieder rauf auf den Kran gemusst. Wir dachten ja, er wäre jetzt ein Invalide und könnte zu Hause bleiben. Aber für die Invalidenrente hat's nicht gereicht, denn er konnte ja noch irgendwie gehen, und die Unfallrente gab's auch nicht, denn das war außerhalb des Werftgeländes, direkt vor dem Werkstor, da gab's dann nichts. Daran hat der olle Bismarck denn auch nicht gedacht.«

Rosenbaum kannte das Problem. Mit der gesetzlichen Unfallversicherung war nur der Arbeitsunfall versichert, nicht der Weg zur Arbeit. Erst kürzlich hatte er gelesen, dass diskutiert wurde, ihn mit aufzunehmen. Die Linken waren natürlich geschlossen dafür. Mehrheitlich war man aber noch dagegen, weil man meinte, dass die Unfallversicherung für Industriearbeiter nur die besonderen Risiken eines gefährlichen Arbeitsplatzes abfangen sollte, nicht aber das allgemeine Lebensrisiko, das jeden treffen konnte, der sein Haus verließ.

»Er konnte wegen der Schmerzen im Bein oft den Kran nicht runterklettern. Da ist er dann schon mal für viele Stunden nach Feierabend oben geblieben. Manchmal ganze Nächte. Sagte er.« Katharina Fricke rubbelte weiter und hätte wohl ihre letzten Worte gerne ungesagt gemacht.

»Was meinen Sie mit ›sagte er‹?«

»Ach nichts.«

Da war viel mehr als Trauer: Angst und Unsicherheit, wie es weitergehen würde. Wut, von nun an allein für die Kinder verantwortlich zu sein. Aber Rosenbaum spürte, da war noch etwas. »Wie war es in der Nacht zum Mittwoch?«

»Er hatte reguläre Schicht bis abends um sechs. Dann kam er aber nicht nach Hause. War wohl wieder sein Bein. Mehr weiß ich nicht.« Die Witwe nahm das nächste Rubbel-Stück und wischte sich mit dem Handrücken den Schweiß von der Stirn. Es schien, als wollte sie am liebsten alles ungesagt machen.

»Er kam in dieser Nacht nicht mehr nach Hause?«

»Nein.«

Rosenbaum wartete, ob Frau Fricke noch etwas hinzufügen würde.

Sie sagte: »Das kommt von der Waschlauge, nur von der Lauge« und wischte sich Tränen aus den Augen.

»Haben Sie sich denn keine Sorgen gemacht? Nicht nach ihm gesucht?«

»Er wollte das nicht. Wenn er abends nicht nach Hause kam, dann schaffte er das mit dem Bein nicht. Dann blieb er oben auf dem Kran. Und ich sollte nicht vorbeikommen.«

Rosenbaum konnte das schwer glauben. »Sie haben sich dann nicht um ihn gekümmert? Ihm nichts zu essen gebracht? Oder etwas zu trinken?«

»Er wollte das nicht!« Katharina Fricke schaute kurz auf, als wollte sie sich empören, rubbelte jedoch weiter. »Er hatte immer eine Flasche Köm da oben unter seinem Sitz deponiert. Dann hat er das Bein hochgelegt und irgendwann ging es besser. Manchmal schlief er oben auch ein und kam erst am nächsten Tag nach Feierabend.« Sie schob den Kessel zur Seite, um nach dem Feuer zu schauen. Rosenbaum sprang auf, um ihr zur Hand zu gehen. Aber sie schob ihn auch zur Seite, nachdem sie sich noch einmal Lauge aus den Augen gewischt hatte.

»Und so war es auch am letzten Mittwoch?«

»Das will ich wohl glauben. Sein Bein tat weh. Dann hat er die Schnapsbuddel leer gemacht. Dann war er dun und fiel runter, der olle Schafskopp.«

»Frau Fricke, Ihr Mann hatte eine Schussverletzung in der Brust. Die war zwar nicht tödlich, aber sie brachte ihn offensichtlich aus dem Gleichgewicht, sodass er vom Kran fiel.«

Katharina Fricke reagierte nicht, es schien, als hätte sie Rosenbaums Worte nicht gehört. Sie gab sich größte Mühe, desinteressiert zu wirken. Aber sie hatte verstanden, ganz sicher.

»Wer könnte auf Ihren Mann geschossen haben?«

»Weiß nicht.« Das hörte sich an, als überzog Waschlauge ihre Stimmbänder.

Rosenbaum sagte nichts, minutenlang, wartete nur und beobachtete sie. Er rechnete damit, dass ihre Emotionen in jedem Augenblick aufbrechen könnten, ein Vulkan der Gefühle, und mit den Eruptionen das herausschleuderten, was sie vor Rosenbaum verheimlichte. Sie rubbelte weiter und blieb gefasst. Sonst geschah nichts.

»Frau Fricke, zweifeln Sie daran, dass Ihr Mann immer auf dem Kran war, wenn er nicht nach Hause kam? Es ist wichtig, bitte sagen Sie es mir, wenn Sie einen Verdacht haben.«

Sie rubbelte weiter.

»Hatte Ihr Mann besondere Interessen oder Neigungen, besondere Kontakte, vielleicht Feinde?«

»Ne, hatte er nich. Gar nichts hatte er. Was sollte er auch machen mit dem Bein? Den Weibern hat er schöne Augen gemacht, aber wenn sie ihn dann humpeln gesehen haben, dann warn sie alle weg.«

»Aber es gibt doch bestimmt Leute, mit denen er engeren Kontakt pflegte. Freunde, Bekannte, Verwandte, Arbeitskollegen, die mir vielleicht weiterhelfen könnten.«

Die Witwe rubbelte weiter.

»Gibt es nicht irgendetwas, das mir bei der Suche nach dem Täter helfen könnte?««

Frau Fricke schenkte sich einen Becher mit Leitungswasser ein und setzte sich zu Rosenbaum an den Tisch. Auf ihrer Stirn befand sich fast so viel Flüssigkeit wie im Becher. Es hatte seit Wochen nicht geregnet und die Luft wurde jeden Tag schwüler. Da verdunstete nur wenig Schweiß von den Stirnen, der dann hinuntertropfte und Waschlauge oder Kaffee verdünnte.

»Also, die Mutter lebt nicht mehr. Der Vater war Verwalter auf Gut Dehlendorf, aber sie hatten kaum noch Kontakt. Dann noch zwei Brüder, auch kaum Kontakt.« Sie nahm einen Schluck und dachte nach. »Am besten kennen ihn wohl ein paar Kollegen von der Werft.«

Rosenbaum zog seinen Notizblock, und die Frau nannte vier Namen mitsamt Anschriften.

»Wo waren Sie eigentlich in der Nacht zum 9.6.?«

»Hier, wo sonst? Ich habe vier Kinder im Alter von sechs bis elf und einen verblödeten Vater. Wenn der mit den Kindern alleine ist, verprügelt er sie oder gibt ihnen Schnaps zu trinken oder beides. Was glauben denn Sie, wo ich nachts sonst bin?«

XI

Ein auffallend schmächtiges Kerlchen, 1,60 Meter groß, noch ganz jung, vielleicht Mitte 20 oder noch jünger, jedenfalls jünger wirkend, als wäre er noch nicht einmal ausgewachsen, ein Bübchen fast, in der blauen Offiziersuniform der Kaiserlichen Marine, die es mit auffälligem, vielleicht auch nur talentiert gespieltem Stolz trug. Wäre das Bübchen noch ein paar Jahre jünger gewesen, hätte man glauben können, dass seine Mutter ihm ein Kostüm zum Karneval geschneidert hätte. Aber die Uniform war echt, ähnlich wie die von Steinhauer, nur dass den Epauletten die Fransen fehlten und die Ärmeltressen nur sieben Millimeter breit waren: Ein Leutnant zur See, ein ganz junges Leutnantchen zur See, Leutnant Kiniras.

Wilhelm Kiniras war schon als Kind klein und kränklich gewesen und so dürr, dass seine Mutter ihm täglich zusätzlich fette Wurst und einen Löffel Butter extra gegeben hatte, über Jahre hinweg. Sie hatte dabei nie bemerkt, dass der Junge Wurst und Butter in einen kleinen Beutel stopfte, in seiner Hosentasche aus der Küche trug und in der Mülltonne auf dem Hof entsorgte. Das Kind blieb dürr. In der Schule war Willi Außenseiter, hielt sich von Raufereien fern, so gut er konnte, versagte im Fach Leibesübungen nahezu vollständig und brillierte in allen anderen Fächern, insbesondere in Latein und Mathematik, was dazu führte, dass bald aus Raufereien Abreibungen wurden. Er konnte dem nur entgehen, indem er die Gegenwart der Lehrer suchte. Während der Unterrichtspausen stellte er sich am liebsten neben die aufsichtführende Lehrkraft und diskutierte den Stoff der letzten Stunde, und bei der Planung schulischer Veranstaltungen ging er dem Lehrkörper hilfreich zur Hand. So färbte auch ein klein wenig von der Autorität der Kaiserlichen Zucht- und Lehranstalt auf ihn ab. In ihm reifte die Erkenntnis, dass zum Ausgleich seiner körperlichen Unzulänglichkeiten hoheitliche Autorität überaus hilfreich war. Also wurde er Berufsoffizier, der erste aus seiner Familie.

So wie die Erfahrungen in der Schule ihn zum Soldaten machten, hatten seine Talente mit Butter und Wurst ihn zum Geheimdienst geführt. Heimlich ist gut, hinten rum geht es leichter, eleganter und oftmals schneller. Wer nicht zu sehen ist, gibt kein Ziel ab. Der Frontalangriff ist etwas für fantasielose Herdentiere, für Lemminge und Lachse, clever geht anders. Früh experimentierte Kiniras mit Geheimtinte und legte sich falsche Namen zu. Solange sich sein Wirkungskreis auf Personen beschränkte, die seinen wirklichen Namen kannten, hatte er zwar nur mäßigen Erfolg. Aber der Weg war vorgezeichnet. Er führte zum Militär und zum Geheimdienst: Zum Marinenachrichtendienst MND.

Kiniras blickte aus dem Fenster auf den Spreebogen, die Moltkebrücke und die das gegenüberliegende Flussufer säumenden, frisches Grün tragenden Hainbuchen. Er beobachtete das anonyme Treiben der elektrischen Straßenbahnen, der Kutschen und Pferdefuhrwerke und der Fußgänger in der frühsommerlichen Hitze. Man saß, stand und ging nebeneinander, voreinander und durcheinander, ohne einander anzusehen oder sonst irgendwie aufeinander zu reagieren. Wenn es nicht derart signifikant selten Kollisionen gäbe, wenn die Menschen sich in den Omnibussen und Straßenbahnen und auf den Parkbänken nicht zielsicher immer nur auf freie Plätze setzen würden, könnte man den Eindruck haben, dass sie einander auch gar nicht wahrnahmen. Aber das System funktionierte ohne blaue Flecke, ohne dass man sich mit den Problemen und Schrullen der anderen belasten musste und weitgehend ohne Mord und Raub. Die Menschen lebten nahe beieinander, aber sie kannten sich nicht und vermissten nichts dabei. Und vor allem: Sie urteilten nicht übereinander. Anonym war gut. Natürlich, man musste seine Taten verantworten, aber nur vor dem, der sie wirklich beurteilen konnte, nicht gleich vor dem Mob.

Noch in der Nacht war Kiniras mit dem Schnellzug aus Kiel angereist, nachdem er Oberleutnant Steinhauer für die Dauer seiner Abwesenheit letzte Anweisungen zur Behandlung der brisanten Affäre gegeben hatte. Dann zog er seine Uniform an – aus Gründen der Klandestinität trug er in Kiel, wo er stationiert war, meist Zivilkleidung, war jedoch gehalten, bei wichtigen Terminen Uniform anzulegen – und ließ sich mit seinem unbeschreiblich unauffälligen N.A.W. Colibri 8 zum Bahnhof chauffieren, um den letzten Zug nach Berlin zu bekommen. Es kam ihm ungelegen, gerade jetzt zum Rapport zitiert zu werden. Im Zug hatte er nicht die Ruhe gefunden, an seinem Bericht für den nächsten Tag zu arbeiten. Ständig hatte ihm jemand über die Schulter geschaut, sodass er erst nach seiner Ankunft Zeit gefunden und dann bis in die frühen Morgenstunden detailliert daran gefeilt hatte.

Nervosität war für ihn selten ein Problem, aber er konnte die engen Räume der Abteilung IIIb, in deren Wartezimmer er gerade saß, überhaupt nicht leiden. In engen Räumen war es nicht möglich Abstand zu halten, dann fühlte er sich schnell von der Leibesfülle anderer erdrückt, was sich in der Vergangenheit mehrmals in klaustrophobische Panikattacken entladen hatte, ein Relikt aus der Schulzeit, als er immer wieder im Schwitzkasten seiner Mitschüler gezappelt hatte. Noch war Kiniras allein, aber gleich würde der polternde Major Nicolai den Raum erstürmen, und das machte ihn nervös. Dass er gleich einen heiklen Bericht abliefern sollte, kümmerte ihn hingegen nicht.

Es dauerte tatsächlich nicht lange und der Major krachte ins Zimmer. Als Kiniras aufsprang, halb vor Schreck und halb, um förmlich zu grüßen, winkte er ab. »Hören Sie auf, Mann. Sparen Sie sich das Getue für den Chef auf.

Nehme an, dass Sie gut vorbereitet sind. Sie werden einiges zu erklären haben.«

»Selbstverständlich, Herr Major.«

Nicolai lief die kurze Wand zwischen Fenster und Tür mehrmals auf und ab, zu nervös, um sich zu setzen. Auch Kiniras setzte sich nicht wieder, obwohl er es bei formaler Betrachtung gedurft hätte, denn er gehörte der Marine an, der ranghöhere Nicolai hingegen dem Heer. Kiniras blieb nicht aus Respekt oder Rücksicht stehen, sicher nicht, sondern weil der hektische Nicolai von unten betrachtet auf ihn bedrohlich gewirkt hätte.

Es war klar, dass Nicolai sich nicht für seinen jungen Kollegen einsetzen würde. Kiniras schätzte ihn nicht als korrekt oder gar rücksichtsvoll ein, sondern als ultrakonservativ, unnachgiebig, antisemitisch, kaisertreu, egoistisch und vor allem als intrigant. Nicolai war für ihn der Vater aller Lügen und gab als solcher einen hervorragenden Nachrichtendienstoffizier ab. Kiniras hatte im Grunde nichts dagegen. Intrigen und Lügen waren gut, wenn man sie beherrschte und natürlich, wenn sie sich nicht gegen einen selbst richteten. Kiniras übte noch, während der über zehn Jahre ältere Nicolai es bereits zu einer gewissen Meisterschaft gebracht hatte. Er hatte in den letzten Jahren die von ihm geleitete militärische Nachrichtenstation Königsberg zum Führungsstab für einen Spionagering in Russland ausgebaut und zum Erfolg geführt. Bei etlichen Russlandreisen hatte er die meisten Agenten selbst rekrutiert und fest an sich gebunden, und zwar durch ein kompliziertes Netz aus Lügen und Intrigen. Er hatte alle dazu gebracht, niemandem zu trauen außer ihm, gerade ihm. Da war klar, dass Nicolai alles daran setzen würde, selbst gut dazustehen und sich wahrscheinlich schon bis ins Detail überlegt hatte, was er sagen wollte, und dass er bei Schuldzuweisungen Kiniras überlegen sein würde. Kiniras Strategie musste also lauten, die Aktion nicht als im Wesentlichen gescheitert, sondern als teilweise erfolgreich darzustellen, eine Frage der Perspektive. Hinderlich dabei war allerdings, dass er selbst nicht verstanden hatte, was im Einzelnen passiert war.

XII

Die Buchstaben begannen zu verschwimmen, als er sie mit festem Blick fixierte, bis ihm die Augen vor Anstrengung tränten. Zum Schluss blieben sie jedoch, was sie vorher waren, kein Strich, kein Punkt war hinzugekommen oder verschwunden oder hatte den Platz oder auch nur die Ausrichtung gewechselt. Rosenbaum hatte es bereits dreimal versucht, jetzt gab er auf. Es blieb beim ›N.f.D.‹

Hm.

›Northern Frontier District‹, das nordöstliche Gebiet in Britisch Ostafrika? Unsinn. Also blieb nur eines: ›Nur für Dienstgebrauch‹.

Rosenbaum schob die Akte zur Seite und lehnte sich in seinem Drehstuhl zurück. Er befreite die angeschwollenen Füße vom steifen Leder und den gewürgten Hals vom gestärkten Kragen. Die tränenden Augen schlossen sich und der Mund entlockte der Zigarre einen entspannenden Zug. Den ganzen Tag war er unterwegs gewesen, um die vier Arbeitskollegen aufzusuchen, die Katharina Fricke ihm genannt hatte. Zwei hatte er nicht angetroffen, da musste er es an einem anderen Tag noch einmal versuchen. Aber immerhin, die anderen beiden waren zu Hause gewesen, wussten jedoch nichts Besonderes zu berichten oder wollten nichts sagen.

Alfred Paulsen wusste nichts. Ja, den Ficke, den habe er gekannt, aber nur oberflächlich; dass der jetzt tot sei, das sei ja wirklich schrecklich. Ne, einen Verdacht habe er nicht und Näheres wisse er auch nicht, er habe ihn nur hin und wieder in der Bierhalle gesehen und manchmal morgens auf der Werft, wenn er seinen Kran bestieg; war er erst mal oben angekommen, sei er für den Rest der Schicht nicht wieder runtergekommen, und seine Pausen habe er auch oben verbracht, aber so genau wisse er das nicht. Warum die Witwe – ach, er war verheiratet? – angegeben habe, er würde ihn näher kennen, wisse er nicht. Vielleicht habe sie ihn verwechselt.

Johannes Viehl wusste auch nicht viel und vor allem nichts Neues. Rosenbaums gern geübte Taktik, die Leute reden zu lassen und nur wenig zu fragen, versagte hier völlig, denn die Leute redeten nicht. Und so war für Rosenbaum das Interessanteste der letzten Stunden, ein wenig das Kieler Ostufer kennenzulernen, und auch das fand bei ihm nur mäßiges Interesse.

Steffen kam herein und stellte eine Platte mit kleinen toten Fischen auf Rosenbaums Schreibtisch. Die geräucherten Tiere lagen da, bis auf die Tatsache ihres Ablebens unversehrt, roh, mit Flossen, Gräten und traurigen Augen. Auch die Nahrungsaufnahme hatte hier etwas Ursprüngliches.

»Wir nennen das hier in Kiel ›Sprotten‹, eine Art kleine Heringe. Wir nehmen sie nicht aus, das gibt den würzigen Geschmack.«

Den Geschmack von Gallenflüssigkeit und Darminhalt, dachte Rosenbaum. »Gefüllte Bolle mit frischem Hackepeter und Ei haben Sie nicht zufällig dabei?«, fragte er.

»Sie sollten es wirklich einmal probieren«, erwiderte Steffen und versenkte eine Sprotte mit dem Habitus eines Schwertschluckers in seinem Schlund. »Gleich kommt Gerlach und bringt Kaffee mit.«

Als Gerlach erschien, wurden die restlichen Sprotten versenkt und ausgiebig Kaffee nachgegossen, wobei Rosenbaum sich auf den Kaffee beschränkte und darauf wartete, dass die beiden Assistenten fertig aßen, damit er sich eine Havanna anzünden konnte. Gerlach und Steffen lehnten das Angebot einer Zigarre ab und bevorzugten Steffens Eckstein No. 5.

»Ich hab noch einmal mit dem Professor gesprochen, über das Fernsprechgerät. Ich wollte unbedingt einmal ausprobieren, wie gut man damit jemanden erreichen kann.« Steffen machte eine Pause, in der er das Feuer des Streichholzes in seine Zigarette sog. »Es war desillusionierend. Der Professor hat zwar so ein Telefoniergerät auf seinem Schreibtisch stehen, aber er ist nie da. Und im Sektionssaal, wo er sich ständig rumtreibt, steht kein Gerät. Ich bat seine Sekretärin, dass er mich zurückrufen soll. Dann habe ich fast zwei Stunden auf den Anruf gewartet. Da hätte ich den Mann genauso gut persönlich aufsuchen können.«

»Du hast doch nur telefoniert, um nicht noch einmal die Pathologie betreten zu müssen«, wurde Steffen von Gerlach entlarvt.

»Wenn ein Telefon auf Ihrem Schreibtisch stünde, hätten Sie die Wartezeit nicht in der Schreibstube verbringen müssen, sondern hätten arbeiten können. Es bleibt dabei. Wir lassen uns die Geräte in unseren Zimmern installieren. Ich spreche mit Freibier darüber. Gleich Montag.«

»Aber wenn wir die Einzigen sind, die solche Apparate in der eigenen Stube haben, dann ruft uns trotzdem kein Schwein an«, widersprach Gerlach.

»Kein Schwein ruft mich an«, summte Steffen und kramte ein paar Notizzettel aus dem Sakko, dort, wo er auch die Zigarettenschachtel aufbewahrte, und machte sich Notizen. »Keine Sau interessiert sich für mich ...«

»Steffen!«, ermahnte ihn Rosenbaum.

»Ja, Entschuldigung.« Steffen holte weitere Zettel hervor und begann den vom ihm erwarteten Bericht. »Für eine genaue Todeszeitbestimmung war es bei der Untersuchung schon zu spät; irgendwann am 8. oder 9. Juni. Und die Schussdistanz war gering. Der Professor fand Schmauchspuren an Frickes Kleidung. Aufgesetzt war die Schusswaffe jedoch nicht. Die Spuren waren in einem größeren Umkreis um das Einschussloch auf der Kleidung verteilt. Der Professor meint, der Abstand habe wahrscheinlich zwischen 20 und 50 Zentimeter betragen. Er war sich aber nicht hundertprozentig sicher, dass es Schmauchspuren waren, weil die Jacke ziemlich verdreckt war.«

»Fricke trug also eine Jacke?«

»Tja, hm, offensichtlich.«

»Wie war denn das Wetter am 8.6. in Kiel?«

»Es war sonnig und ziemlich warm. Wir haben hier oft das eigenartige Phänomen, dass das Wetter bis zum Beginn der Kieler Woche, Mitte Juni, sehr gut ist und dann schlagartig in andauernden Regen umschlägt.«

»Ach, der Pauli-Effekt?« Rosenbaum hob grinsend die Augenbrauen.

»Der was?«

»Stellen Sie sich vor, sie wären ein bedeutender Physiker, nehmen wir an, Ihr Name wäre Wolfgang Pauli.«

»Wolfgang Pauli?«

»Ja, irgendein Name. Wir könnten auch ›Peter Pan‹ oder ›Al Gore‹ sagen, aber wir nennen Sie jetzt mal Wolfgang Pauli. Und in Ihrer Gegenwart gingen ständig wissenschaftliche Apparate kaputt, nur mal so angenommen. Sie bekämen deshalb Hausverbot in den Laboren Ihrer Kollegen und konzentrierten sich notgedrungen auf die theoretische Physik, denn für die Theorie braucht man kein Labor.« Rosenbaum machte eine rhetorische Pause, in der er die Reaktion auf seinen Scherz genießen wollte. Er hatte ihn sich schon lange zurechtgelegt und nur auf eine Gelegenheit gewartet, ihn einmal anzubringen. Und jetzt machten die Assistenten nicht den Eindruck, als hätten sie irgendetwas verstanden. »Wenn wir nicht von irgendwelchen übernatürlichen Phänomenen ausgehen, werden wir annehmen müssen, dass die Gleichzeitigkeit der Ereignisse nur Zufall ist. Es ist normal, wenn sich ein Wissenschaftler in einem Labor aufhält und es ist auch normal, wenn sich an einer Apparatur mal ein Fehler einstellt. Wenn Sie berücksichtigen, wie viele Apparate und wie viele Wissenschaftler es auf der Welt gibt, ist es nach dem Prinzip der statistischen Streuung nicht verwunderlich, ja sogar wahrscheinlich, wenn sich bei dem einen öfter und bei dem anderen seltener ein Defekt einstellt, ohne dass es einen Kausalzusammenhang gibt, nur Wahrscheinlichkeitsverteilung. Hatten Sie in der Schule keine Stochastik?«

»Nein.«

»Ist auch nicht so wichtig. Wir wollen ja keine Wahrscheinlichkeiten ausrechnen. Aber wir wollen uns darüber im Klaren sein, dass vieles, bei dem wir eine Gesetzmäßigkeit vermuten, nur Zufall ist.« Rosenbaum nahm einen zufriedenen Zug von der Havanna. Er hatte seine Zurückhaltung abgelegt, stellte nicht nur Fragen, sondern dozierte und philosophierte und es sprudelte nur so aus ihm heraus. Manchmal überkam es ihn, dann kam er in Fahrt, er brauchte nur ein Stichwort zu einem seiner Lieblingsthemen. Seine Assistenten sollten sich beizeiten daran gewöhnen, und sei es nur, um die Stichworte zu vermeiden.

»Stellen Sie sich vor, Sie lernen einen fröhlichen Menschen kennen, der zufällig gerade traurig ist. Angenommen, er ist zufällig auch beim nächsten Treffen traurig. Sie werden wahrscheinlich denken, dass es ein schwermütiger Mensch ist. Aber er ist ein fröhlicher Mensch, der nur zufällig zweimal traurig war. Solche Zufälle gibt es und es gibt sie öfter, als man denkt.«

Die Assistenten schauten sich gegenseitig an. Sie hatten ein Strategiegespräch erwartet, keine Unterrichtsstunde.

»Wir neigen dazu, Gesetzmäßigkeiten zu sehen, wo keine sind. Wir können es nicht ertragen, wenn Ereignisse nur zufällig geschehen. Wir brauchen eine Erklärung dafür. Und wenn wir keine haben, dann basteln wir uns eben eine, und die ist viel zu oft falsch. Die Menschen haben die zürnenden Götter erfunden, weil sie sich Blitz und Donner nicht erklären konnten.«

»Aber woher wollen wir wissen, ob etwas Zufall ist oder ob wir nur den Zusammenhang nicht kennen? Wenn zwei Leute ihr Verhalten heimlich miteinander abstimmen, dann ist es kein Zufall, wie sie sich verhalten. Aber wir wissen nicht, ob es Zufall ist.«

»Genau genommen ist Zufall nicht die Abwesenheit eines Kausalzusammenhangs, sondern die Abwesenheit eines für uns erkennbaren Kausalzusammenhangs. Solange wir den Zusammenhang nicht kennen, ist es für uns eben Zufall.«

»Na gut, das heißt dann so viel wie: Wir wissen nicht, was wir nicht wissen. Aber was bringt uns diese Erkenntnis?«

»Wir dürfen nicht unbesehen davon ausgehen, dass die beobachteten Zufälle auch in Zukunft passieren«, dozierte Rosenbaum weiter. »Sie sind eben Zufälle. Wenn Sie den nur zufällig traurigen Menschen ein drittes Mal treffen, wird er wahrscheinlich fröhlich sein. Und wenn Sie zur Besänftigung der Götter eine Opfergabe darbringen, wird es irgendwann dennoch zu einem Gewitter kommen. Und wenn Sie sich dann fragen, welche Sünde Sie begangen haben, dass die Götter trotz des Opfers grollen, dann sind Sie endgültig auf dem falschen Weg. Oder stellen Sie sich Leute vor, die bei einer Dürre lieber beten als Wasserleitungen zu bauen. Ein fataler Fehler.« Rosenbaum bemerkte eine dezente Zurückhaltung bei seinen Assistenten. Vielleicht war er zu weit gegangen, er, der Jude. Er war kein gläubiger Jude, aber er stammte von Juden ab. Steffen und Gerlach waren keine Antisemiten, aber sie lebten in einer latent antisemitischen Gesellschaft. Da war es von Rosenbaum vielleicht nicht sehr schlau, der christlichen Lehre zu widersprechen. »Egal. Jedenfalls wird Fricke bei der Hitze tagsüber wahrscheinlich keine Jacke getragen haben, sondern sie erst abends oder nachts angezogen haben.«

Zur Wahrung der Etikette waren die gutbürgerlichen Untertanen auch bei warmem Wetter gezwungen, angemessene Kleidung zu tragen und sie nicht zur Klimatisierung zu lockern, aber die Arbeiterklasse kannte solche Eitelkeiten nicht.

»Also war der Todeszeitpunkt wohl weit nach Feierabend«, folgerte Rosenbaum.

»Ist das nicht auch so was wie der Pauli-Effekt?«, wandte Gerlach ein.

»Nein, ich denke nicht. Wenn ich mir darüber im Klaren bin, dass meine Vermutung keine Gewissheit ist, sondern nur eine Wahrscheinlichkeit darstellt und ich die anderen Möglichkeiten nicht völlig ausklammere, dann darf ich durchaus mit Wahrscheinlichkeiten operieren.« Gern hätte Rosenbaum noch hinzugefügt, dass der Welt vermutlich viel Leid erspart geblieben wäre, wenn die Menschen nicht so fest überzeugt gewesen wären, den Willen ihrer Götter zu kennen, aber er ließ das lieber weg. Die Kreuzzüge, die Glaubenskriege, die Hexenverbrennungen, die Judenverfolgungen, er ließ es weg. »Kommen wir zur Schussrichtung, mein lieber Steffen. Was gibt es da zu berichten?«

Steffen blätterte in seinen Notizen und las dann vor: »Die Kugel drang unter dem rechten Rippenbogen in den Körper ein, zerriss das Zwerchfell und einige größere Blutgefäße, streifte die Wirbelsäule sowie den linken Lungenflügel und trat direkt unterhalb des linken Schulterblattes aus dem Körper wieder aus.«

»Stellen Sie das mal nach. Steffen ist der Täter, Gerlach ist Fricke.«

Die Assistenten legten ihre Zigaretten in den Aschenbecher, Steffen zog seine P08, dann stellten sie sich voreinander auf.

»Ist die auch gesichert?«, fragte Rosenbaum mit Blick auf die Waffe. »Sonst haben wir plötzlich einen Fall mehr und einen Mann weniger für die Arbeit.«

Die Luger P08 war seit einem Jahr Ordonanzwaffe bei Heer und Marine und Dienstwaffe der preußischen Polizei und erste Berichte über Unfälle, insbesondere beim Reinigen, hatten sich verbreitet. Steffen prüfte noch einmal die Sicherung und versuchte dann, die Waffe so auszurichten, wie es bei Fricke gewesen sein musste.

»Also, das Projektil flog von unten rechts nach oben links durch den Körper bei einer Schussdistanz zwischen 20 und 50 Zentimetern. Offenbar war der Täter Linkshänder«, sagte Steffen.

»Oder er stand nicht direkt vor Fricke, sondern etwas seitlich«, erwiderte Gerlach.

»In jedem Fall muss er deutlich kleiner gewesen sein als ich«, merkte wiederum Steffen an.

»Wie groß war Fricke denn?«, wollte Rosenbaum wissen.

Steffen kramte in seinen Notizen. »Das ... äh ... steht da nicht.«

»Aber Sie haben ihn doch gesehen. Bei der Sektion.«

»Also ... normal.«

»Wir wechseln mal die Rollen«, sagte Gerlach und nahm Steffen die Pistole aus der Hand. »So geht's schon besser, nicht? Ich bin 1,78 und du über 1,90, nicht?«

»1,92 Meter.«

»Also, ich bin knapp überdurchschnittlich groß, du 15 Zentimeter größer und Fricke war etwa durchschnittlich groß. Dann war der Täter ... eine Frau?« Gerlach war stolz auf seine Kombinationsgabe, dachte dann aber an den Pauli-Effekt. »Oder ein kleiner Mann.«

Rosenbaum dachte an den kleinen Mann, den Steinhauer am Vortag verabschiedet hatte. »Also: Der Täter war entweder ein Linkshänder oder ein Rechtshänder und entweder eine Frau oder ein Mann, der kleiner war als etwa 1,70. Was wir sicher ausschließen können ist ein Riese, dem beide Arme amputiert worden sind.«

»Immerhin«, versuchte Steffen halbherzig eine Aufmunterung. »Dann hab ich nach Werftangehörigen recherchiert, die dort aktuell nicht anwesend sind. Insgesamt sind 65 Leute krankgemeldet und 137 in Urlaub, fünf fehlen seit spätestens Donnerstag ohne Angabe eines Grundes. Ich werde mir die alle jetzt einzeln vornehmen.«

»Gut. Fangen Sie mit denen an, die grundlos fehlen. Gerlach, Sie helfen ihm. Zuerst reicht es, wenn Sie herausfinden, ob alle noch am Leben und unverletzt sind. Wie halten Sie es eigentlich mit der Sonntagsarbeit?«

»Wenn eine Leiche gefunden wird, gehen wir natürlich auch sonntags hin, wir können sie ja nicht einen Tag liegen lassen. Ansonsten ist es ein kirchlich angeordneter Ruhetag«, antwortete Steffen, und Rosenbaum merkte, dass wieder Gotteslästerungsgefahr bestand.

»Natürlich, den will Ihnen ja auch niemand nehmen. Aber wir gehen davon aus, dass wir Mordfälle innerhalb von 72 Stunden aufklären müssen, sonst wird's schwierig. Was würden Sie von einer Art Wochenendbereitschaft halten? Und eine Nachtbereitschaft, ich nehme an, nachts lassen Sie die Leichen auch nicht liegen? Wenn Sie das im wöchentlichen Wechsel machen, dann hat das den Vorteil, dass Sie wirklich sicher sein können, nirgendwo hinzumüssen, wenn Ihre Woche nicht dran ist. In Berlin haben wir damit gute Erfahrungen gemacht und die Kollegen sind auch sehr zufrieden.«

»Warum gerade 72 Stunden?«, wollte Steffen wissen.

»Natürlich nicht genau 72 Stunden. Aber nach unserer Erfahrung sollten die Ermittlungen möglichst schnell abgeschlossen werden. Je länger es dauert, desto größer ist die Gefahr, dass die Fälle nicht aufgeklärt werden. Das ist eine ganz eindeutige Statistik.«

»Ist es aber nicht auch so,« bohrte Steffen nach, »dass die leicht aufklärbaren Fälle auch schnell aufgeklärt werden und die unaufklärbaren Fälle ohnehin nicht innerhalb von 72 Stunden zu lösen sind? Macht man sich mit dieser Regel nicht eher etwas vor?«

Rosenbaum stutzte. Da war was dran. Stellte diese Regel womöglich das Produkt einer kollektiven kognitiven Verzerrung dar und hatte dieser mit deutlich mehr Muskel- und Fettzellen als mit Gehirnzellen ausgestattete Assistent mit einem Streich eine kriminalistische Grundregel zerschlagen? Und war nicht vielleicht sogar das Gegenteil richtig? Zerstörte man nicht womöglich in heiklen Fällen mit blindem Aktionismus die ohnehin geringen Erfolgsaussichten? Rosenbaums alter Mentor hatte vor vielen Jahren einmal zu ihm gesagt: ›Bevor Sie einen Stadtplan verwenden, vergewissern Sie sich, dass Sie sich in der richtigen Stadt befinden.‹ Und Rosenbaum hatte das nie verstanden. Jetzt war es im plötzlich klar: Man folgte lieber falschen Regeln als gar keinen. Deshalb empfand man es als nicht so wichtig, ob die Regel richtig oder falsch war, solange es keine alternativen Regeln gab. Der Pauli-Effekt, und Rosenbaum ärgerte sich, dass er seine eigene Lektion selbst noch nicht einmal verstanden hatte.

Rosenbaum entschloss sich, vorerst noch die Regel zu stützen. Nur nicht in blindem Aktionismus alte Regeln aufheben, da hatte sich mal jemand was dabei gedacht. »Spuren verwischen, Täter verschwinden«, antwortete er. »Wenn ein Mensch ermordet wird, ist seine Umgebung für kurze Zeit paralysiert. Das ist die Zeit, in der die Leute ehrlich sagen, was sie wissen. Später überlegen sie sich erst einmal, ob sie wirklich ehrlich sein wollen.«

Die Assistenten schauten sich gegenseitig an. Im Ergebnis beschäftigten sie sich im Moment doch lieber mit der Lage ihrer Arbeitszeit als mit den beruflichen Grundregeln. Schichtarbeit. Wie in einer Fabrik. Aber der Zeitausgleich. Das wäre vielleicht gar nicht ...

»Das Problem wird hier die dünne Personaldecke sein. Das ist in Berlin ganz anders. Ich werde gleich Montag mit Freibier drüber reden. Wollen wir morgen erst einmal freiwillig ein paar Überstunden machen?«

Die Assistenten nickten. Die Frage war natürlich keine Frage, sondern eine höfliche Form der Anordnung, eine, die keinen Widerspruch duldete, aber eine Bestätigung verlangte.

»Ach, sagen Sie mir noch zum Schluss: Haben Sie schon mal etwas von einem Peter Cornelius gehört?«

Die Assistenten hatten noch nichts von ihm gehört. Rosenbaum zeigte ihnen den Eingangsstempel auf dem Aktendeckel, danach den Stempel ›N.f.D.‹ Die Assistenten zogen zuerst die Augenbrauen und dann die Achseln in die Höhe und bestätigten, dass auch in Kiel ein N.f.D.-Stempel auf einer einfachen Polizeiakte recht ungewöhnlich sei. Es gebe hier sicher zuhauf Geheimsachen, allein wegen der Marine, aber auf einer einfachen Polizeiakte ...

Rosenbaum beauftragte Gerlach herauszufinden, wo sich die Akte befunden hatte und wer Peter Cornelius war. »Fragen Sie die Leute, die die Akte in den Händen hatten. Das dürfte noch recht überschaubar sein.«

XIII

John Invest war ein humanistisch gebildeter Mann, der Gedichte schrieb, Klavier spielte und neben seiner Muttersprache fließend Französisch, Deutsch und Italienisch sprach. Er stammte aus einer presbyterianischen Familie, hatte in Genf die Schule besucht und in Oxford studiert. An ihm ließ sich nichts Böses finden, er war nahezu ein Schöngeist. Nach außen aber gab er sich überlegen, selbstsicher, wie ein alter Haudegen, fast überheblich. Auf andere wirkte er leicht mal unangenehm, wozu auch seine permanent getragene Sonnenbrille beitrug. Er ließ sich nicht in die Karten gucken und nicht in die Augen.

Der Job fraß das alte Leben, erschuf jedoch kein neues. Es gab in der Welt der Geheimhaltung niemanden, dem man sich anvertrauen konnte, auch die Kollegen durften nur wissen, was sie direkt betraf. Sogar gegenüber dem eigenen Ehepartner musste eine erfundene Lebensgeschichte aufrechterhalten bleiben. Jane Invest war fest davon überzeugt, dass ihr Mann nach seinem Ausscheiden aus dem Stabsdienst der Royal Navy ein biederer Diplomat geworden war. Und auch wenn sie manches, was ihnen so passierte, nicht verstand, so fragte sie weder nach noch dachte viel darüber nach, denn das Diplomatengattinnenleben in Berlin gefiel ihr durchaus.

Invests Dilemma bestand darin, dass er die besten Voraussetzungen für eine grandiose Geheimdienstkarriere mitbrachte, nur die erforderliche Rücksichtslosigkeit nicht. Und ihn quälte eine Erkenntnis, die er mit den Jahren immer schwerer verdrängen konnte: Dass Selbstlosigkeit und Patriotismus nur das Sonntagsgesicht des Januskopfes waren. Das andere waren Zweifel, Verrat und Lüge. Zum Schluss entschied die Perspektive, bestenfalls.

Diesen Job konnten eigentlich nur Psychopathen machen. Deshalb war das Geschäft so gefährlich: Weil man dort ständig Psychopathen begegnete. Und manchmal befiel Invest eine Ahnung, ob er nicht auch zu ihnen gehörte, einer, der den Job gewählt hatte, weil er kein Leben besaß. Offenbar hatte er immer anders sein wollen, als er gegenwärtig war, und womöglich deshalb hatte er einen Beruf ergriffen, den er verabscheute. An diesem Tag mehr als an jedem vorherigen. Das war, was herauskam, wenn Misstrauen zum Prinzip erhoben wurde. Mit den Jahren entwickelte Invest eine Aversion gegen die Subversion.

»In meiner Eigenschaft als Militärattaché an unserer Botschaft in Berlin bin ich in Vertretung des Botschafters letztes Jahr nach Kiel gereist, um dem Prinzen Heinrich von Preußen, dem Bruder des Kaisers, am 14. August zum Geburtstag zu gratulieren«, begann Invest seinen Bericht.

Solche Geburtstagsaufwartungen gehörten seit einiger Zeit zu den Standardaufgaben britischer Chefspione. Die ehemals vom Außenministerium geleitete Sektion für Auslandsaufklärung war auf die Idee gekommen, den *special agent*, der die jeweilige Auslandsabteilung leitete, zum Militärattaché zu küren. Das hatte wegen des Diplomatenstatus beträchtliche Vorteile mit sich gebracht. Nachdem die Dienste in den Geschäftsbereich des Kriegsministeriums überführt worden waren, hatte die Auslandsaufklärung keinen Einfluss mehr auf die Posten in den Botschaften. Nur aufgrund nachdrücklicher Intervention des Kriegsministers beim Außenminister konnte die bewährte

Tradition doch noch fortgesetzt werden. Cumming hatte daraufhin geschwärmt, man könne das bestimmt noch viele Jahre so machen, man müsse nur aufpassen, dass man es nicht übertreibe. Irgendwann würden die Deutschen wohl mal dahinterkommen, aber so naiv, wie die seien, werde das sicher noch lange dauern.

Invest fuhr fort: »Prinz Heinrich ist besonnen, diplomatisch geschickt, überaus beliebt und international hoch angesehen, nicht nur bei uns in Britannien.« Was Invest nicht erwähnte, war eine gewisse intellektuelle Schwäche des Prinzen. Sie förderte in Britannien durchaus seine Beliebtheit, man sprach jedoch nicht darüber, solange er populär war. »Viele halten den Prinzen für den besseren Kaiser, doch niemand rechnet damit, dass er es jemals werden könnte. Der Kaiser hat sechs Söhne und unzählige Enkel, alle rangieren in der Thronfolge vor Prinz Heinrich. Im vergangenen Jahr kursierten aber Gerüchte, dass er zum Großadmiral und darüber hinaus zum Generalinspekteur der Marine aufsteigen sollte, was bekanntlich vor Kurzem auch geschah. Damit ist er für uns hochgradig interessant. So nahm ich alle sich bietenden Gelegenheiten wahr, nach Kiel zu fahren. Weiterer Anlass der Reisen war natürlich, Flotte und Werften in Augenschein zu nehmen.«

Invest hoffte, mit einer ausführlichen Einleitung werde sich der vermutete Unwille seiner Chefs in Rauch auflösen wie die Havannas in ihren Händen. Genau genommen hoffte er das gar nicht, Unwille und Wohlwollen wären ihm im Grunde gleichermaßen recht. Er ahnte nur, dass ihm Wohlwollen lieber sein sollte.

»Es war im beginnenden Herbst des letzten Jahres, als mir bei einem spätabendlichen Erkundungsgang an der Hörn in Kiel unvermittelt ein Betrunkener vor die Füße fiel. Ich half dem Mann auf, während er entsetzlich auf den Kaiser schimpfte. Er meinte, dass er an seinem Sturz schuld wäre und sowieso an allem. Ich vermutete zunächst, dass das ein Scherz sei, und antwortete, dass er vielleicht eher am Sturz des Kaisers schuldig werden könnte. Das fand er amüsant und so kamen wir ins Gespräch. Wir unterhielten uns über Ausbeutung und Weltrevolution. Es war erstaunlich, wie offen der Mann gegenüber einem Fremden Positionen vertrat, die ihn in Deutschland auf direktem Weg ins Gefängnis hätten führen können. Ich schob seine Unbekümmertheit dem Alkoholkonsum zu. Möglicherweise hatte es aber auch damit zu tun, dass er mich an meiner Aussprache ziemlich schnell als Brite identifizierte. Dabei dachte ich eigentlich, ich würde Deutsch ohne erkennbaren Akzent sprechen. Was sagen Sie?«

»Ja, ohne Akzent«, knirschte Kell. »Der Mann hatte sich sicher gedacht: Wer so gut Hochdeutsch spricht, muss ein Brite sein. Reden Sie weiter und werden Sie, wenn es geht, heute noch fertig.«

»Mein neuer Freund hegte heimliche Sympathie für England, weil es seinen Vorbildern Marx und Engels Heimat und Meinungsfreiheit gewährt hatte. In Anknüpfung an Engels befürchtete er wegen der deutschen Aufrüstung einen neuen Krieg.«

»Da hat er ja auch gar nicht mal unrecht«, kommentierte Cumming.

Invest sah das anders und hätte beinahe widersprochen. Für ihn verdeckte die öffentliche Hysterie, der *Naval Scare*, den Blick auf die tatsächlich wesentlich schwächere Bedrohung durch Deutschland, im Grunde gar keine Bedrohung, wenn man einmal unterstellte, dass die Deutschen in Kenntnis ihrer noch immer weit unterlegenen militärischen Stärke wohl keinen Krieg provozieren würden. Damit bliebe als paradoxe, aber wohl einzige Kriegsgefahr die Nervosität, die Angst vor dem Krieg übrig. Doch was sollte er tun, er, John Invest, Commander der Royal Navy? Er lebte von der Furcht vor deutschen Spionen und deutschen Kriegsschiffen, und Cumming und Kell würden ihn bis zum Ableben würgen, wenn er wagte, seine Ansichten auszusprechen oder gar den von ihm vorbereiteten schriftlichen Bericht vorzulegen. So großzügig und liberal die Briten ansonsten auch waren, bei der deutschen Gefahr verstanden sie keinen Spaß und duldeten keine abweichende Meinung, vor allem nicht von den eigenen Staatsschützern. Wenn Invest es recht überlegte, gehörte diese Haltung wohl untrennbar zum *Naval Scare*. Jede Bemerkung in diese Richtung wäre beruflicher Selbstmord. Also: Invests Worte blieben in seiner Brust und der Bericht in seiner Tasche.

XIV

Zwei der von Frickes Witwe genannten Arbeitskollegen hatte Rosenbaum noch nicht befragt. Die nahm er sich jetzt vor, an einem Sonntagvormittag. Das war schon immer eine günstige Zeit, Leute anzutreffen. Außer sie waren beim Frühschoppen in der Schänke, beim Fußball, dem neuen Mannschaftssport aus England, oder in der Kirche. Und wer jetzt nicht anzutreffen war, der kam spätestens nach zwei Stunden zum Mittagessen wieder nach Hause.

Ausgerüstet mit ›Cramers Garnisons- und Straßenführer von Kiel‹ erschloss sich Rosenbaum den noch unbekannten Rest von Gaarden, das zusammen mit den angrenzenden Dörfern Ellerbek, Wellingdorf und Dietrichsdorf den Wohngürtel der Werftarbeiter bildete. Er überquerte den Vinetaplatz, das Herz Gaardens, und lief durch Straßenschluchten zwischen hastig errichteten Mietshäusern, die den schier endlosen Wohnhunger der Werftarbeiter stillen sollten. Einige Straßenzüge kannte er schon vom Vortag, andere meinte er wiederzuerkennen, obwohl er dort noch gar nicht gewesen war; die gestalterischen Fantasien der Architekten waren so reich wie die Bewohner der von ihnen entworfenen Häuser. Die Wohnungen in diesem Teil von Gaarden waren nicht so hochwertig wie die in der Krupp'schen Kolonie, sie waren aber auch nicht zu vergleichen mit den zugigen, feuchten, dunklen und kalten Mietskasernen am Prenzlauer Berg oder in Wedding. Den Werftarbeitern in Kiel ging es gut, so gut, wie es Arbeitern in Deutschland zuvor nie gegangen war, es ging ihnen fast wirklich gut. Sie hatten ihr Auskommen, eine sichere Beschäftigung und eine Zukunft. Man war zufrieden, die Kriminalität niedrig und die Sonntage halbwegs gemütlich.

Zweimal spazierte Rosenbaum durch den Werftpark, ein zur Erholung der Werftarbeiter und ihrer Familien eingerichteter und mit mancherlei Amüsement ausgestatteter Park, einmal hin und einmal zurück, um mit dem Schiffstischler Kunze über Fricke zu sprechen.

»Guten Tag, ich bin Kriminalobersekretär Rosenbaum von der Kriminalpolizei Kiel. Sind Sie Johannes Kunze?«

»Jo, bin ick. Dach.«

Rosenbaum war schon daran gewöhnt, dass es in dieser Gegend einige sprachliche Besonderheiten gab. ›Dach‹ hatte in diesem Zusammenhang nichts mit einem Bauwerk zu tun, sondern war die landesübliche Abkürzung für die Floskel ›Ich wünsche Ihnen einen guten Tag‹.

»Ich hätte da ein paar Fragen wegen des Oberkranführers Fricke. Kannten Sie ihn?«

»Jo, natürlich kannt' ick em.«

»Also ja. Woher?«

»Von 'er Werf'.«

»Von der Werft?«

»Jo.«

Pause.

»Sie waren Arbeitskollegen?«

»Jo.«

Pause.

»Haben Sie zusammengearbeitet oder sind Sie sich nur mal über den Weg gelaufen?«

»Tosom.«

»Zusammen?«

»Ja, zu-sam-men.«

Pause. Lag es nun an den Verständigungsschwierigkeiten oder an dem besonderen Menschenschlag in dieser Großstadt? Die Leute redeten offenbar nicht gerne.

»Dann kannten Sie ihn also ganz gut. Waren Sie befreundet?«

»Ne, bloß nech. We wör keen Fründ.« Als eine kurze Pause eintrat, übersetzte Kunze seine Angaben: »Wir waren keine Freunde, niemals.«

»Sie mochten ihn nicht?«

»Hm.« Pause. »Kümm ick dorupp in Verdach?« Kunze

verdrehte die Augen. »Kom-me ich da-durch in Verdacht?«

»Weil Sie ihn nicht mochten? Natürlich nicht.«

»Fricke het sick immer Geld bi mi geborgt, aber ick hab dat oft nich zurückgekriegt, jedenfalls nich zum vereinbarten Termin.«

»Und dann?«

»Un denn wör Zoff … und dann gab es Streit. Irgendwann taucht er wieder auf und bezahlt mit einem dicken Bündel Banknoten alle Schulden. Dann ist ne Zeit Ruhe, bis er wieder Geld braucht und alles geht von vorne los.«

Pause.

»Wo hatte er das Geld denn plötzlich her?«

»Dat weet ick nich. Ne, dat weet ick wirklich nich … Ich weiß das nicht.«

»Hat er das nie erzählt?«

»Denn wüsste ich es ja.«

»Und wozu hat Fricke das Geld gebraucht, das er von Ihnen geliehen hat?«

»Dat weet ich ock nich so genau. He het viel um Geld gespielt. Vielleicht auch für seine Liebschaften.«

Pause.

»Was für Liebschaften?«

»Weet ick nich. Jedenfalls weiß ich nichts Genaues. Man hat da nur einige Gerüchte gehört.«

Pause.

»Was für Gerüchte?«

»So dies und das. Eigentlich weiß ich da überhaupt nichts Konkretes.«

»Aber irgendeinen Anhaltspunkt können Sie mir doch sicher nennen.«

»Nö.«

»Von wem haben Sie denn die Gerüchte gehört?«
»Weet ick nich mehr.«
Pause.
»Schuldet Fricke Ihnen noch was?«
»Nein, er schuldet mir nichts mehr.« Keine Pause. »Und ein Alibi hab ich auch. Ich war zu Hause bei meiner Frau, die ganze Nacht.«

Als Nächstes besuchte Rosenbaum Kranführer Gerhard Jochimsen, in der Elisabethstraße, erster Stock links, über einer Trinkhalle. Er war noch gezeichnet von der vergangenen Nacht, die er vermutlich in den Räumen unter seiner Wohnung verbracht hatte.
»War Fricke Ihr Vorgesetzter?«
»Er war Oberkranführer, ich bin Kranführer. Er teilte die Leute ein, machte die Urlaubs- und Vertretungspläne und so'n Zeug.« Jochimsen kratzte sich am Bauch und etwas weiter unten. »Aber sagen ließ ich mir von dem nichts.«
»Was war er denn so für einer?«
»Tja, was soll ich sagen«, fragte Jochimsen sich und gähnte den Restalkohol aus seinem Körper. »Fricke war einer, der ständig Geld brauchte. Wollen Sie auch einen Kaffee?«
Noch bevor Rosenbaum ablehnen konnte, rief Jochimsen nach seiner Frau, sie solle in die Küche kommen und zwei Tassen Kaffee aufbrühen.
»Ich hab mich oft gefragt, wofür er das Geld braucht. Ein bisschen für Spielschulden, aber so hoch waren die nicht, und für den Schnaps, und hier und da für'n Weibsbild, das er bezahlen musste, aber sonst? Jedenfalls brauchte er ständig Kohle und da hat er dann auch schon mal krumme

Sachen gedreht. Ach, was rede ich: Ständig hat er krumme Geschäfte gemacht. Ich hatte mir schon lange gedacht, dass der bei seinen Geschäften irgendwann einmal unter die Räder kommt.«

»Wissen Sie, bei wem er die Spielschulden hatte?«

»Ne, nicht genau. Das war irgend so ein Jude im Kaiser-Eck, glaub ich.«

»Und was waren das für Geschäfte, die er gemacht hat?«

»Hier mal was geschoben, da mal was mitgehen lassen. Er kannte viele Leute, einen, der was hatte, und einen, der was brauchte. Und er selbst lieferte dann zum fünf- oder zehnfachen Einkaufspreis. Bei einigen Sachen nahm er sogar Bestellungen entgegen.« Jochimsen schaute missmutig zur Tür, rief nach seiner Frau: »Ella!«, aber niemand kam zum Kaffee kochen. »Er sagte mal, dass er jedes gewünschte Holz liefern kann, dafür braucht er nur eine gewisse Vorlaufzeit. Er hatte gute Kontakte zu einigen Tischlereien hier in Kiel. Zuerst dachte ich, dass er das Holz von da bezog. Aber es war umgekehrt, die haben bei ihm gekauft.« Jochimsen stand auf, stellte sich ans weit geöffnete Küchenfenster und inhalierte tief die sommerliche Frische. »Und dann wurde halt für das neue Schiff, das sie am Ausrüstungskai gerade einrichteten, ein oder zwei Prozent mehr hiervon oder davon bestellt. Das fällt keinem auf, wenn man das richtig macht, sagte er mal zu mir.«

»Wollte er Ihnen auch was verkaufen?«

»Ne. Ich sollte ihm helfen bei seinen Betrügereien. Aber mir war das zu heikel. Man sieht ja, was er jetzt davon hat.«

»Feinde?« Fast hätte Rosenbaum noch hinzugefügt: Außer Ihnen?

»Davon können Sie ausgehen. Er hat ja fast jeden übers Ohr gehauen. Da ist schon mal einer wütend geworden, wenn rauskam, wie viel er bei seinen Preisen draufschlug. Einmal ist einer zur Werft gekommen und hat sich da beschwert, so laut, dass alle, die dabei standen, es mitbekommen haben. Später musste Fricke viel Geld bezahlen, damit die Leute den Vorfall wieder vergaßen. Es heißt, das mit seinem Bein sei womöglich gar kein Unfall gewesen.« Jochimsen rief noch einmal ungeduldig nach seiner Frau und kratzte sich ausgiebig das ehemals weiße Unterhemd, wobei er den Blick auf dunkle Flecken unter seinen Achseln freigab. »Und dann hatte der auch ständig Überdruck in seinem Schwanz, kam aber bei Frauen nicht gut an, wegen seinem Hinkebein, versteh'n Se? Und seine Alte hat ihn auch nicht mehr rangelassen. Die hatte ständig Scheidenpilz. Wenn Se mich fragen: Die hat das gezüchtet. Kann man aber auch verstehen. Immer wenn er mal rüber durfte, kam ein Balg dabei raus. Andererseits hat er es manchmal zu Hause bei der Ollen nicht mehr ausgehalten, kann man auch verstehen, so hässlich wie die ist. Dann blieb er auf seinem Kran und hat sich abgefüllt und sich einen runtergeholt. Und wenn er richtig blau war, hat er von oben auf die Leute runtergewichst. So einer war das.«

Rosenbaum erinnerte sich an eine ganze Reihe von Situationen, in denen er trotz wolkenlosem Himmel das Gefühl hatte, einen Regentropfen abbekommen zu haben. Er hatte nie darüber nachgedacht, dass es etwas anderes gewesen sein konnte als Wasser.

»Das war ganz selten, dass sich mal ein Weibsbild für den interessierte, ohne dass er dafür was bezahlen musste, ganz selten. Neulich mal, die Alte von Marckmann. ELLAA!«

Rosenbaum zuckte zusammen, so unvermittelt laut rief Jochimsen nach seiner Frau. »Soll ich mal versuchen?«, fragte Rosenbaum, »also, einen Kaffee aufbrühen, meine ich.«

Jochimsen antwortete nicht sofort. Es schien für ihn undenkbar zu sein, dass ein Mann, noch dazu ein Mann im Anzug, Kaffee kochte.

»Ich mach uns mal einen. Das Wasser ist ja offenbar fertig.« Ein Kessel stand auf dem Herd und etwas Dampf trat aus. »Wo stehen denn die Kaffeebohnen und die Mühle?«

Das wusste Jochimsen nicht so genau, aber vereint suchten und fanden sie, was sie brauchten. Und weil es Jochimsen offenbar unangemessen vorkam, sich in seiner Küche von einem Mann, noch dazu von einem Mann im Anzug, bedienen zu lassen, half er mit. Kaffeebohnen fanden sie nicht, aber eine Dose mit der Aufschrift ›Kaffee‹ und einem braunen Mehl darin. Kurz darauf hielten beide eine Tasse in der Hand und tranken.

»Sie wollten gerade von Fricke und Marckmanns Frau erzählen«, nahm Rosenbaum das Gespräch wieder auf.

»Genau, also die Alte von Marckmann, die hat tatsächlich die Beine breit gemacht für den Krüppel. Genaues weiß ich aber nicht. Nur dass der Marckmann wohl ziemlich randaliert hat, als er davon erfuhr.«

»Verständlich. Wusste Frickes Frau davon?«

»Weiß nicht.«

»Was ist denn der Marckmann für einer?«

»Im Grunde das genaue Gegenteil von Fricke. Groß und kräftig, aber nicht sehr plietsch. Einer, den man nicht wahrnimmt, auch wenn er neben einem steht. Kennen Sie das? Es gibt solche Leute, an die sich niemand erinnert. Da hat mal einer im Scherz gesagt, der Marckmann könnte gut Spion werden, so unauffällig, wie der war. Und das fand er gut. Der träumt davon, mal richtig groß rauszukommen als Geheimagent. Dann saß er nächtelang in einer Trinkhalle und faselte etwas davon, dass er sich beim Geheimdienst bewerben wollte. Und wenn die Deutschen ihn nicht nehmen, dann würde er zu den Engländern gehen.«

»Und? Hat er das gemacht?«

»Quatsch. Der hat nur geredet. Einer, der so was macht, redet nicht drüber. Und einer, der drüber redet, macht es nie. Und überhaupt, der Marckmann, das ist ein ganz sensibles Kerlchen. Der könnte das von den Nerven her gar nicht aushalten.«

»Wo wohnt der denn?«

»Gar nicht weit, in der Iltisstraße.«

Rosenbaum nahm einen letzten Schluck. Richtiger Kaffee war das nicht, eher Muckefuck, Kaffee für Arme aus Bucheckern und Eicheln und solchem Zeug.

»Eine letzte Frage noch: Woher wissen Sie das eigentlich alles?«

»Was?«

»Na, beispielsweise, dass Fricke vom Kran runteronanierte und seine Frau ständig Scheidenpilz hat. So was erzählt man doch nicht so rum, oder?«

»Wieso? Glauben Sie mir nicht?«

»Ich will doch nur wissen, woher Sie Ihre Kenntnisse haben.« Natürlich war die Frage unverschämt und nicht durch Zufall stellte Rosenbaum sie erst, als die Befragung fast beendet war.

»Da beschweren sich die hohen Herren immer, wenn man nichts aussagt, und jetzt beschweren sie sich auch, wenn man was sagt.«

Manchmal dachte Rosenbaum, Verhörtaktik habe auch immer etwas mit mangelnder Fairness zu tun. Er wusste aber auch, dass demonstrative Empörung oft der Versuch war, eine Antwort zu umgehen.

»Ich möchte doch nur wissen, woher Sie Ihre Kenntnisse haben. Das heißt doch nicht, dass ich Ihnen nicht glaube.«

»Fricke hat es mir erzählt. Er hat immer viel erzählt.«

Eine Viertelstunde später stand Rosenbaum vor Marckmanns Wohnungstür und schellte. Es war inzwischen Mittag. An einem Sonntag um die Mittagszeit saß eine deutsche Arbeiterfamilie zu Hause bei Tisch. In bürgerlichen Kreisen war das nicht immer so. Da war man auch schon einmal bei Verwandten oder Freunden zum Essen eingeladen oder ging ins Gasthaus. Aber Arbeiterfamilien blieben tunlichst zu Hause. Bei Marckmann jedoch war niemand zu Hause.

Fünf Minuten später stand Rosenbaum vor Frickes Wohnungstür und schellte. Es hatte gerade Gemüsesuppe mit Kartoffeln gegeben – und weil Sonntag war – mit einem kleinen Stück Rauchfleisch darin.

»Vor allem der Große, der frisst mir noch die Haare vom Kopp«, sagte die Witwe.

Der Opa guckte seine Tochter beschämt an.

»Nich' du, den Bengel da mein ich«, beeilte sich Katharina Fricke, die Ehre des Vaters wiederherzustellen, und deutete auf den Elfjährigen. »Der Opa isst wie ein Spatz. Doch saufen tut er wie ein Loch. Aber das deichseln wir auch noch alles.« Die Witwe bot Rosenbaum Suppe an, es sei noch was übrig, nur das Fleisch sei alle. Rosenbaum lehnte dankend ab. Er war zwar durchaus hungrig, aber er konnte dieser Familie nichts wegessen. Katharina Fricke entließ die Kinder in ihr Zimmer – in den Hof durften sie während der Mittagsruhe nicht – und begann abzuräumen.

»Frau Fricke, kennen Sie Erika Marckmann?«

Sie räumte weiter ab, wortlos.

»Frau Fricke ...«

»Und? Und wenn ich sie kenne, das Flittchen? Was dann?«

»Ihr Mann hatte ein Verhältnis mit Frau Marckmann, wussten Sie das?

»Er war eben ein Hurenbock und sie ein Flittchen. Das passt doch gut zusammen.«

»Aber Sie waren mit ihm verheiratet.«

»Wenn ich das vorher gewusst hätte, was der für einer war, dann hätte ich den nie geheiratet. Macht mit so 'ner Nutte rum. Und alle Welt weiß das.« Ein Teller glitt ihr aus der Hand und hätte sich auf dem Terrazzoboden in tausend Scherben aufgelöst, wenn er nicht aus Blech gewesen wäre.

»Aber jetzt sind Sie nicht mehr mit ihm verheiratet.«

Plötzlich hatte die Frau ein Motiv. Ein geschundener Mensch wehrt sich irgendwann. Rosenbaum saß stumm auf einem Stuhl, blickte an die Wand und wartete auf eine Reaktion. Vergeblich. »Wissen Sie etwas von den Geschäften, die Ihr Mann gemacht hat?«

»Ne«, antwortete sie. Nach einer Weile schob sie beiläufig hinterher: »Was für Geschäfte?«

»Kleine Gaunereien und Betrügereien. Er hat damit viel Geld verdient. Wo ist das geblieben?«

»Weiß nicht.«

»Frau Fricke, ich untersuche den Mord an Ihrem Ehemann. Es ist nicht nur Ihre staatsbürgerliche Pflicht, Angaben zu machen, sondern Sie machen sich sogar strafbar, wenn Sie es nicht tun.« Das war keine Gesprächsstrategie mehr, sondern geplatzter Kragen.

Die Tränendrüsen der Frau, die sich von Zwiebeln, Erniedrigungen und Waschlaugen nicht mehr beeindrucken ließen, hatten vermutlich über viele Jahre keine Tätigkeit mehr ausgeübt, die über das bloße Befeuchten der Augäpfel hinausgegangen war. Jetzt war es schon zum zweiten Mal innerhalb von 24 Stunden anders. Beim ersten Mal noch zögerlich und verschämt, jetzt stürmisch und dammbrechend.

»Wo sollen wir denn hin? Wir müssen hier raus, das ist eine Werkswohnung, und die Leute stehen Schlange dafür. Gestern war einer von Germania hier. Die warten noch nicht mal, bis er unter der Erde ist. Am nächsten Ersten müssen wir raus. Wo sollen wir hin?«

Der Wohnraumkündigungsschutz, den das Bürgerliche Gesetzbuch einige Jahre zuvor in einem nahezu revolutionären Akt von Sozialstaatlichkeit in das deutsche Recht eingepflanzt hatte, galt nicht für Werkswohnungen. Denn eine Werkswohnung durfte nur beanspruchen, wer im Werk arbeitete. Das soziale Netz war in Deutschland bereits geknüpft, aber die Maschen waren weit und es schien, dass die Frickes durch sie hindurchfielen.

»Wenn es kein Unfall war, kriegen wir nicht einmal die gesetzliche Unfallrente. Und wo soll ich dann hin mit vier kleinen Kindern und einem Opa, der nie in die Rentenkasse gezahlt hat, ohne Wohnung und mit nur ein paar Kröten von der Witwenrente, die nicht einmal zum Sterben reichen?« Katharina Fricke saß am Küchentisch und floss in ihr Taschentuch. Rosenbaum hatte in seinem Leben auch schon Geldnot kennengelernt. Jetzt kam er sich wie ein Schurke vor, die Witwe angeschrien zu haben.

»Er hat das Geld zum größten Teil mit nach Hause gebracht. Immer wenn eines seiner Geschäfte klappte, ist er erst einmal einen darauf trinken gegangen und ein bisschen hat er damit auch gespielt. Und dann hat er noch einen Teil mit seinen Flittchen durchgebracht. Aber den Rest hat er mir gegeben. Ich hab ein Konto bei der Kieler Spar- und Leihkasse eröffnet und alles einbezahlt.« Katharina Fricke verschwand kurz im Schlafzimmer, kam mit einem dunkelblauen Sparbuch wieder heraus und gab es Rosenbaum. Fast 1.000 Mark Spareinlage, davon könnte die Familie fünf, vielleicht sechs Monate leben.

»Ich hab alles eingezahlt. Nur einmal hab ich mir Seidenstrümpfe gekauft, auf dem Wochenmarkt, die waren ganz billig.« Sie schnäuzte die Nase. »Er kam doch kaum noch den Kran hoch mit seinem Bein. Sie hätten das mal sehen sollen, das war ein Elend. Und es wurde immer schlimmer. In ein oder zwei Jahren hätte er kündigen müssen. Und dann? Er war doch erst 38. Dafür hat er das alles gemacht, damit wir leben können, wenn er nicht mehr arbeiten kann.«

Fricke war erst 38, so alt wie Rosenbaum, seine Frau war noch ein wenig jünger. Mit dem Bein hatte er keine Chancen mehr auf dem Arbeitsmarkt, ausrangiert wie der Opa. Doch das Sparguthaben war Hehlerlohn. Rosenbaum musste das Sparbuch beschlagnahmen, damit das Guthaben eingezogen werden konnte. Jedenfalls hätte er es gemusst. Wenn er in einem Fall von Hehlerei ermittelte, hätte er das.

»Ihr Mann soll Spielschulden gehabt haben.«

»Wieso denn das? Schulden hätte er mit dem Geld bezahlen können, das er verdient hat.«

»Vielleicht wollte er nicht mit leeren Händen nach Hause kommen.«

»Davon weiß ich nichts.«

»Was können Sie mir noch über die Geschäfte Ihres Mannes erzählen?«

»Ich weiß darüber nichts.«

»Gar nichts? Halten Sie das alles nicht für wichtig?«

»Fragen Sie Kalle Mandel. Der hat ihm dabei immer geholfen. So'n Jude ...« Sie überspielte den Ausrutscher mit Tischwischen und Rosenbaum überhörte es. »Jedenfalls wird der mehr wissen als ich.«

»Wie kann ich ihn erreichen?«

»Weiß ich nicht. Ich glaube, der wohnt in Gaarden, aber ich weiß das nicht so genau.« Dann fügte sie noch hinzu: »Herrmann hat ihn immer im Kaiser-Eck getroffen.«

XV

Die Achse quietschte, die Deichsel knarrte, die Koffer weichten durch, Rosenbaum auch, der Kofferträger fluchte, Rosenbaum auch. Zwar hatte es seit Wochen nicht geregnet und es war in den letzten Tagen immer schwüler geworden, aber dass es gerade an diesem Nachmittag einen Wetterumschwung geben sollte, hatte sich erst mit einer Vorlaufzeit von wenigen Minuten angekündigt. So schlimm würde es nicht werden, prognostizierte der Kofferträger, den Rosenbaum kurzfristig am Bahnhof angeworben hatte und der schnell fertig werden wollte, um wie-

der am Bahnhof Geld zu verdienen. Er lud Rosenbaums Koffer am Hansa-Hotel auf seinen Handkarren und legte vorsorglich eine gewachste Leinendecke darüber. »So geit dat ahlns good«, war seine Einschätzung gewesen, bevor er begonnen hatte, den Karren Richtung Großer Kuhberg 48 zu ziehen, keine 700 Meter, keine zehn Minuten, kein Problem.
Bei gutem Wetter.
Aber jetzt regnete es außergewöhnlich heftig. Kurz vor dem Ziel rutschte dem Kofferträger die Deichsel aus den klammen Händen und der Karren rollte die letzten 50 Meter den Kuhberg wieder hinunter, bis er an einer Häuserwand zum Stehen und das Gepäck auf der Straße verstreut zum Liegen kam. Und der Kofferträger fluchte und Rosenbaum auch.

Rosenbaum hatte sich für das Zimmer bei der Witwe Amann und ihrem Spitz im Großen Kuhberg entschieden. Den Ausschlag hatte gegeben, dass es in fußläufiger Entfernung zur Blume, zur Altstadt und zum Bahnhof lag. Für seinen allmorgendlichen Weg zur Arbeit brauchte er nur den Exer zu überqueren, den Knooper Weg entlang bis zur Wilhelminenstraße – für diesen Abschnitt könnte er auch die Straßenbahn nehmen – und dort rechts rein, schon war er da, nicht mal ein Kilometer Fußweg. Und immerhin: es roch nicht.
Jetzt roch es allerdings doch ein wenig, und zwar nach nassgewordener Kleidung. Trocken geblieben waren kaum ein Stück aus dem Koffer und kaum ein Stück am Leib. Alles hing an einer provisorisch in seinem neuen Zimmer befestigten Wäscheleine, die die Witwe freundlich zur Verfügung gestellt hatte. Auch Hose, Hemd und

Morgenmantel ihres verstorbenen Mannes stellte sie zur Verfügung.

Nach erfolgreich verrichteter Arbeit an Rosenbaums Kleidung stellte der Regen seine Tätigkeit wieder ein, ließ die Sonne wieder aufgehen und hinterließ einen frustrierten Polizeibeamten. Rosenbaum saß in seiner neuen Behausung, in einem der beiden Sessel am Rauchertisch mit umgekrempelter Hose und in einem Morgenmantel mit umgekrempelten Ärmeln und steckte sich eine mit viel Glück vor dem Regen gerettete Zigarre an, eine einsame Willkommenszigarre bei gedrückter Stimmung.

Lottchen und die Kinder würden jetzt in der schönen neuen Wohnung in Schöneberg sitzen. Sie hatten sie erst vor Kurzem bezogen, als das Haus gerade fertiggestellt worden war, kurz bevor Rosenbaum von seiner anstehenden Strafversetzung nach Kiel erfahren hatte. Eine schöne, geräumige und helle Wohnung hatten sie sich ausgesucht. Sie lag in einem weiß und gelb verputzten Haus, das wie fast das ganze Viertel im Stil des Nürnberger Historismus gehalten war. Deshalb wurde es das ›Bayerische Viertel‹ genannt, was die Franken den Berlinern nur schwer verzeihen konnten. Eine aufgelockerte Bebauung mit viel Grün und eine großbürgerliche, intellektuelle Nachbarschaft mit hohem Judenanteil prägten das Viertel. Nirgendwo anders hätte Rosenbaum wohnen wollen, aber nach fünf Wochen war er versetzt worden.

Er paffte an seiner Zigarre, mehr aus Langeweile als zum Genuss, und ließ seinen Blick an den trocknenden Wäschestücken vorbei auf die gegenüberliegende Wand fallen, mit einem leeren Bücherregal, daneben ein Sekretär, den er nicht benutzen konnte, weil er von Wäschestücken umhüllt war. Dabei hätte er jetzt gerne einen Brief an sein

Lottchen geschrieben. Links das Bett unter dem Fenster, rechts ein großer Kleiderschrank, vier mal vier Meter, das Zuhause für eine unabsehbare Zeit.

Rosenbaum dachte darüber nach, ob er mehr unter der Trennung von seiner Familie oder unter der Schmach der Strafversetzung litt. Am meisten würde er wohl leiden, wenn die Familie unter der Strafversetzung zu leiden hätte, wenn man beim Bäcker über Lottchen tuschelte oder wenn die Kinder in der Schule wegen ihres Vaters gehänselt werden würden. Noch war dergleichen nicht passiert, jedenfalls wusste Rosenbaum nichts davon. Vielleicht war es nur eine Frage der Zeit. Vielleicht müsste die Familie wegziehen, weg aus Berlin, vielleicht würden sie dauerhaft in Kiel leben. Jedenfalls durfte hier niemand von seinem dunklen Geheimnis erfahren.

Rosenbaums Blick fiel aus dem Fenster auf den Hinterhof und weiter auf das schmuddelige Kuhbergviertel, und er dachte an das schmuddelige Gaarden, das ein wenig war wie das schmuddelige Moabit seiner Kindheit. Gedankenversunken vergaß er die Zigarre in seiner Hand. Die Glut war vor Langeweile erloschen.

Rosenbaums Erinnerungen machten ein Sprung und landeten auf den beiden Treppenstufen vor der Buchhandlung seines Vaters. Dort hatte er als Kind gerne gesessen und war vom Vater regelmäßig weggescheucht worden, weil er die Kunden beim Betreten des Ladens behinderte. ›Wir besetzen Industrieanlagen, nicht Buchläden‹, hatte der Vater gesagt. Er war Sozialist, er kannte Wilhelm Liebknecht, August Bebel, Paul Singer, Karl Marx und Friedrich Engels. Und gerade im Arbeiterviertel Moabit einen Buchladen zu betreiben, war für ihn mehr Bildungsauftrag als Brotverdienst. Von den wenigen Leuten aus der

Gegend, die überhaupt Bücher lasen, hatten viele kaum das Geld, sie zu kaufen. Also verlieh der Vater die Bücher gegen eine geringe Gebühr. Oft hatte die Mutter ihn angefleht, den Laden in ein Viertel zu verlegen, wo die Leute auch Bücher kauften, aber er blieb stur. Der kleine Josef bewunderte seinen Vater für dessen Konsequenz und hasste ihn für die Vernachlässigung der Familie. Und jetzt war er es selbst, der nicht bei seiner Familie war.

Seine Eltern hatten ihn auf das Französische Gymnasium, das Collège Français, in Tiergarten geschickt, eine weltoffene und tolerante Schule, die hauptsächlich von Kindern aus intellektuellen, oftmals jüdischen Elternhäusern besucht wurde. Rosenbaum empfand seine Schulzeit dank der umsorgenden Mutter als glücklich und behütet, wenn ihm auch der tägliche Wechsel zwischen großbürgerlicher Schule und proletarischer Wohngegend nicht immer leicht fiel.

Nach dem Abitur begann er das Jurastudium an der Berliner Friedrich-Wilhelms-Universität, musste es aber aus Kostengründen abbrechen, als sein Vater zwei Jahre später starb. Danach leistete er den Wehrdienst ab. Das Leben als Soldat war geordnet, widersprach aber seiner pazifistischen und freiheitlichen Grundeinstellung und eröffnete ihm keine Karrieremöglichkeit, weil er wegen seiner jüdischen Herkunft nicht Offizier werden konnte. Er quittierte den Militärdienst, sobald er konnte, und ging zur Polizei.

In weiter Entfernung rasselte eine Türschelle, kurz darauf klopfte es an der Zimmertür. Die Rückkehr der Gegenwart hatte sich vollzogen und drohte nun ins Surreale abzurutschen. Die dicke Witwe erschien im Türrahmen, den sie voll ausfüllte, dann Fräulein Kuhfuß, Kuhfüßchen, Hedi,

Rosenbaums erster Besucher in seinem neuen Zuhause. Schließlich machten sich noch Patschuli, Jacaranda und Moschus bemerkbar. Rosenbaum stand hastig auf und begrüßte Hedi, die lächelnd zurück grüßte. So standen sie noch eine Weile da, als die Witwe sich schon wieder verzogen hatte.

»Sie wollten doch Regen – jetzt war er da«, sagte Hedi und Rosenbaum wurde klar, dass ihr Lächeln nicht so sehr Freundlichkeit widerspiegelte, eher Belustigung angesichts Rosenbaums hochgekrempelter Ärmel und Hosenbeine.

»Woher wissen Sie, dass ich hierher gezogen bin?«

»Ich bin bei der Polizei«, antwortete sie und lehnte sich ohne Aufforderung an die Kante des Sekretärs, halb sitzend, halb stehend, breitbeinig, als suchte sie sicheren Halt in einer anfahrenden Straßenbahn. Oder als wollte sie ihre Seidenstrümpfe ausziehen. Neben ihr hing eine nasse Unterhose.

»Ich habe hier ein Billett für Sie zu dem Empfang des Bürgermeisters am Kieler-Woche-Samstag.« Sie legte ein Kärtchen auf den Sekretär. Rosenbaum hatte für solche gesellschaftlichen Ereignisse nichts übrig, gar nichts.

»Aber Sie sollten da nicht allein hingehen.«

›Sie will mitkommen, sie will mich begleiten zu diesem wunderbaren Empfang‹. Rosenbaum hielt inne und musste überlegen, ob er das nur gedacht oder auch gesagt hatte.

»Ich habe deshalb auch ein Billett für Kommissar Schulz besorgt.«

Oh.

»Der will aber nicht.«

Ja. Jajaja …

»Nicht so schlimm, halten Sie sich einfach an Direktor Freibier. Der ist ganz sicher da. Der ist immer da. Eigentlich ist er immer überall, wo es ein gesellschaftliches Ereignis gibt.«

»Aber ... würden Sie nicht vielleicht mitkommen?«

»Ich? Nein«, sagte sie und lachte ihn fast aus.

Hm.

Hatte die erst wenige Tage alte Aufforderung an Hedi und Steffen, ihre Köpfe auch zum Denken zu gebrauchen, Hedi bereits verändert? Wurde man so leicht zu Pygmalion?

»Wir hatten uns ja eigentlich auf Hedi geeinigt, aber darf ich Sie auch Mata nennen?«

»Martha?«

»Ja, Mata.«

»Warum?«

»Sie erinnern mich an jemanden.«

»An wen?«

Das könnte jetzt peinlich werden. Rosenbaum hätte kaum erklären können, dass Fräulein Kuhfuß für ihn diese unglaublich hübsche Tänzerin in ihrem indischen Tempelgewand war. Allerdings durfte er auch nicht kneifen. Los, Feigling!

»Eine alte Bekannte. Sie kennen sie nicht.«

Feigling!

»Ja, gut, nennen Sie mich Martha.« Sie lächelte verlegen. Natürlich lächelte Mata Hari niemals verlegen. Sie lächelte verführerisch, geheimnisvoll, abgründig. Ja, so lächelte Mata Hedi.

»Sie haben mir noch nicht auf meine Frage geantwortet, ob es Ihnen hier gefällt«, sagte sie.

»Tja, es geht.«

»Warum sind Sie denn hierhergekommen, wenn es Ihnen nicht gefällt?«

»Ich wurde versetzt.«

»Sie haben doch Familie, nicht? Da wird man nicht einfach ungefragt versetzt, wenn man nichts ausgefressen hat.«

Rosenbaum schaute aus dem Fenster. »Wie wird das Wetter, wird es jetzt häufiger regnen?«, fragte er.

»Ein paar Tage wird es noch schön bleiben, bis zum Beginn der Kieler Woche.« Mata schloss ihre Schenkel und wurde wieder zu Hedi.

Jemanden mit einem fremden Namen zu belegen, missachtete dessen Persönlichkeit. Hedi war nicht Mata Hari und nicht Eliza Doolittle. Rosenbaum schämte sich für seine Frage. »Ich denke, ich nenne Sie doch lieber Hedi.«

Seit dem Gewitter war es draußen nicht mehr so schwül, während die Luft in Rosenbaums Zimmer allmählich den Feuchtigkeitsgrad der Wäsche annahm. Am Abend entschloss er sich, einen Spaziergang zu unternehmen, runter zum Hafen, mit dem Fördedampfer rüber nach Gaarden. Rosenbaum verspürte Durst und entschloss sich, in einer Schänke ein Bier zu trinken. Vielleicht im Kaiser-Eck. Wo das war, hatte er, rein zufällig, schon von der Witwe Amann erfahren: in der Kaiserstraße, Ecke Medusastraße, keine hundert Meter entfernt vom Vinetaplatz, wo Rosenbaum schon am Vormittag gewesen war. Zu dieser späten Stunde hatte die Gegend rasant von ihrer sonntäglichen Freundlichkeit verloren. Es war eine schummrige, hinterhältige Atmosphäre, man konnte sich nicht sicher sein, was hinter der nächsten Straßenecke lauerte, wahrscheinlich gar nichts, aber irgendein Messer oder eine Faust befürchtete man doch. Rosenbaum war in einem solchen Viertel groß geworden, aber seinen Kindern hätte er ein derartiges Quartier nicht zumuten wollen.

Das Kaiser-Eck war verraucht und verrucht. Schwere,

dunkle Vorhänge verhinderten das Eindringen von Sonnenstrahlen und sonderten fast so viel Nikotin ab wie die Gäste. Die ursprünglich, vermutlich weiß gekreideten Wände schmuddelten in einem hellen Beigeton. Die Stühle und Tische wiesen Spuren von überschüssigem Testosteron und plötzlichen Alkoholunverträglichkeiten auf. Voll war es nicht, zwei unrasierte und mutmaßlich schlecht riechende Gestalten an der Theke und drei an den Tischen. Gesprochen wurde nur das Nötigste. Rosenbaum bestellte ein Bier. Wählen konnte er nicht, es gab nur Holsten Edel.

»Kann man hier einen Kalle Mandel treffen?«, fragte er den Wirt.

»Wer wüll dat weeten?«

»Ich«, antwortete Rosenbaum in der Vermutung, gefragt worden zu sein, wer wissen wolle, ob man hier Kalle Mandel treffen könne. Die Vermutung war wohl richtig, die Antwort aber trotzdem falsch. Der Wirt wandte sich wortlos ab. »Die Witwe von Hermann Fricke sagte mir, ich könnte ihn hier treffen«, schob Rosenbaum hinterher.

»Het se di hergeschickt?«

Ob sie ihn hergeschickt hatte, hieß das wohl. Rosenbaum nahm zur Antwort einen Schluck Bier.

»Mörgen. Hüt het he frie.«

»Morgen Abend? Vielen Dank.«

XVI

Ein junger Adjutant rief Kiniras und Nicolai nach nebenan zu Oberstleutnant Karl Brose, Chef der Abteilung IIIb und Deutschlands oberster Staatsschützer, der sie erwartete, um sie zu verspeisen, jedenfalls stand das zu befürchten. Es stellte sich nur die Frage, in welcher Reihenfolge er das Mahl beginnen wollte und wie viel Appetit er hatte.

Dabei war Brose für Grausamkeiten eigentlich gar nicht zu haben. Er tötete nur, wenn es sein musste, und diese disziplinierte Zurückhaltung verlangte er auch von seinen Männern. Er war ein braver preußischer Soldat, schon vor der Reichsgründung, der sich nie zum Nachrichtendienst beworben und nach seiner Ernennung zum Chef der Spionageabwehr der Obersten Heeresleitung auch nie als besonders kühn, innovativ oder erfolgreich hervorgetan hatte. Nie hatte er zum Nachrichtendienst gewollt, nie hatte er Soldat sein wollen. Viel lieber wäre er Ministerialdirigent im Finanzministerium oder Referent des Handelsministers geworden, gern auch Regierungspräsident in Liegnitz oder Breslau, wo er geboren wurde, jedenfalls eine Position mit überschaubarem Verantwortungsbereich und geregelten Arbeitszeiten, das hätte ihm gelegen. Nach dem Wehrdienst war er jedoch vorläufig beim Militär geblieben, weil in den Ministerien oder bei der schlesischen Provinzverwaltung in Breslau gerade keine adäquate Stelle frei war. Als eine frei wurde, war er gerade nicht abkömmlich. Später war er wieder abkömmlich, aber die Stelle nicht mehr frei. Brose tat immer dort seine Pflicht, wohin er gesetzt wurde. Niemals hätte er sich wegbeworben, solange er gebraucht wurde. Und er war immer dort gebraucht worden, wo man nicht gerne freiwillig hinging. Die Zeiten waren hart, die Bedrohung aus dem Ausland, insbesondere Frankreich und England, und die Bedrohung im Inland durch die Sozialisten und sonstigen Umstürzler war erschreckend groß. Mit der Zeit fand er sich damit ab, dass das Schicksal ihn nicht nach seiner Meinung fragte. Schließlich wurde er von Leuten, die den Geheimdienst als unehrenhaft ansahen, zum Chef der Abwehr gemacht und hatte neun Jahre auf dieser Position ausgeharrt.

Mit seinem überquellenden Schnauzbart, dem weit hinter die Stirn gewanderten Haaransatz, den auffälligen Tränensäcken und der eine Vorliebe für deftige Küche bezeugenden Körperform hatte er Ähnlichkeit mit dem früheren Reichskanzler Bismarck. Aber viele Honoratioren jener Zeit sahen aus wie Bismarck. So konnten sie die in jenen Jahren flächendeckend aufgestellten Bismarck-Denkmäler heimlich auch ein wenig auf sich beziehen. Ein kleiner Trost für Brose, der sonst nie etwas auf sich bezog.

»Meine Herren, wir sind die Abteilung IIIb des Großen Generalstabs in dessen Hauptquartier, dem Generalstabsgebäude in der Moltkestraße 5. Für Außenstehende wäre zu vermuten, dass es uns hier gülden ginge und dass wir Platz im Überfluss haben. Aber die IIIb ist hier zusammengepfercht in ein paar Räumen im dritten Stockwerk. Auf dem Dachboden haben wir zwar etwas Platz, der kann aber im Wesentlichen nur als Archiv genutzt werden. Ein entsetzlicher Unsinn, sag ich Ihnen: Geheimdienste sollten eigentlich gar kein Archiv haben. Grässlich, das. Aber das mit Abstand größte Ärgernis ist, dass sich die absolut überflüssigen Heuschreckenschwärme von der Abteilung für Landesaufnahme hier breitmachen. Die zeichnen ihre topografischen Kärtchen vom Reichsgebiet, als wär's ein Malkurs in der Vorschule, überprüfen sie immer wieder akribisch, rechnen nach, messen neu aus, korrigieren sich hier und da um ein paar Millimeter und fügen ab und an eine neue Arbeitersiedlung oder eine Industrieanlage hinzu.« Seinem Naturell nach hätte es Brose bei der Landesaufnahme sicher gefallen, aber das Schicksal machte diese Leute nun einmal zu seinen Gegnern. Nachdem er seinem Ärger Luft gemacht hatte, bot er den Besuchern einen Stuhl an und forderte Nicolai auf, mit seinem Bericht zu beginnen.

»Schätze, dass zunächst unser junger Freund hier die Gelegenheit haben sollte, sich zu erklären«, entgegnete Nicolai und gab sich Mühle, den schnoddrigsten Offizierston anzuschlagen, zu dem er fähig war. »Wurde schließlich von ihm geleitet, die Aktion.«

Jetzt wurde Kiniras klar, warum Nicolai so nervös war: Alle Verantwortung lastete auf ihm. Er, Kiniras, hatte damit im Grunde gar nichts zu tun, er war nur in Amtshilfe tätig geworden. Zuständig war nicht der MND, sondern die Spionageabwehr der IIIb. Hier ging es nicht um Kiniras' Kopf, sondern um den von Nicolai. Diese Erkenntnis beruhigte Kiniras nicht, er war ja schon ruhig, sondern ließ ihn abwägen, ob er Nicolai opfern sollte, um sich bei Brose einzuschmeicheln, oder ob er Nicolai großzügig retten sollte, um sich so dessen Loyalität zu sichern.

»Wenn ich die Ankündigung ihres Berichts richtig verstanden habe, geht es also um unsere Unterseeboote«, wandte sich Brose jetzt an Kiniras.

»Nicht direkt, Herr Oberstleutnant«, antwortete Kiniras und genoss Nicolais Qualen. »Die deutsche Tauchboot-Entwicklung ist nicht sehr weit fortgeschritten, sodass die

Abteilung IIIb nur wenige Befürchtungen wegen einer Geheimdienstattacke in diesem Bereich hatte, was sich allerdings als Fehleinschätzung herausstellte.« Das hörte sich so an, als wollte er Nicolai opfern. Aber er hatte sich noch nicht entschieden. »Einen beträchtlichen Anteil daran dürften aber auch wir vom MND haben. Wir haben die Germaniawerft lediglich in die Sicherheitsstufe drei eingeordnet, sodass die IIIb gewissermaßen von uns fehlgeleitet wurde.«

Er könnte auch Nicolai schlachten und so tun, als hätte er um ihn gekämpft. Ach nein, Nicolais Dankbarkeit würde ihm nützen, wenn er in verantwortlicher Position überlebte.

»Die Germaniawerft gehört bekanntlich der Industriellenfamilie Krupp. Und der Kaiser will die Krupps wegen ihrer Stahlwerke bei Laune halten. Die Germaniawerft hat allerdings kaum gewichtige Aufträge bekommen, meistens nur Unterseeboote, die aus der Sicht der Admiralität weniger schlagkräftig und auch nicht so heroisch sind, sondern feige aus dem Hinterhalt agieren. Die großen Kreuzer und Großlinienschiffe werden zumeist in den Kaiserlichen Werften gebaut, wo Sicherheitsstufe 1 herrscht.« Kiniras mochte U-Boote nicht, obwohl sie wie er im Verborgenen agierten. Aber seine Abneigung gegen körperliche Nähe und enge Räume führten dazu, dass er Unterseeboote nur kurz betreten konnte und nur, wenn die Luke offen blieb. Dabei wäre er von seiner Körpergröße her geradezu ideal zur Verwendung als U-Bootoffizier gewesen und war auch aufgrund seiner hervorragenden fachlichen und persönlichen Beurteilungen bereits mehrfach von Vorgesetzten entsprechend vorgeschlagen worden, was er immer wieder ablehnte, ohne freilich seine Klaustrophobie zu erwähnen.

Dadurch erwarb er den Ruf ganz besonderer Bescheidenheit. Das war eine die Karriere in besonderem Maß fördernde Eigenschaft, nicht weil sie Sympathie hervorrief oder eine besondere charakterliche Stärke darstellte, sondern weil sie dem Vorgesetzten ein Gefühl der Überlegenheit vermittelte.

»Warum hat denn das Reichsmarineamt nicht gleich darauf verzichtet, bei Germania überhaupt Kriegsschiffe in Auftrag zu geben?«, fragte Nicolai, der offensichtlich behilflich sein wollte, die Verantwortung auf die Marine zu lenken. »Man hätte doch die gesamte Kriegsmarine dort konzentrieren können, wo ohnehin hohe Sicherheitsanforderungen bestehen. Und Germania hätte sich auf den zivilen Schiffbau konzentriert.«

»Aber die Aufträge aus der zivilen Schifffahrt sind in den letzten Jahren deutlich zurückgegangen. Und das Wissen um Konstruktion und Bau von Unterseebooten ist bei Germania bereits vorhanden«, antwortete Kiniras. »Germania hat da weltweit einen sehr guten Ruf. Man hätte die gar nicht ohne Weiteres daran hindern können, Unterseeboote zu bauen. Wenn wir die Boote nicht abnehmen, tut es jemand anders. 1903 hat die Germaniawerft das Unterseeboot ›Forelle‹ als Prototyp auf eigene Kosten gebaut. Als kurze Zeit später der russisch-japanische Krieg ausbrach, kaufte Russland die ›Forelle‹ und bestellte drei weitere Boote desselben Typs. Der bestehende Genehmigungsvorbehalt für den Export von Kriegswaffen wurde umgangen, indem die Torpedorohre der ›Forelle‹ ausgebaut und gesondert geliefert wurden. Das Boot wurde als ›Forschungsschiff‹, die Torpedorohre als ›alte Messingteile‹ deklariert. Im Grunde war das völlig legal. Im Ergebnis ist es also besser, wenn wir bei Germania bauen lassen, sonst tut es jemand anderes. Außerdem haben wir auf diese Weise einen Fuß in der Tür und können beobachten, was die da so treiben. Übrigens gehen die meisten Aufträge für neue Unterseeboote inzwischen auch schon an die Kaiserliche Werft in Danzig. Am Anfang haben die dort nur Murks gemacht. Wir mussten die Ingenieure von der Germaniawerft um Hilfe bitten. Die haben zähneknirschend zugestimmt und sich das gut bezahlen lassen. Inzwischen können die in Danzig das aber auch ganz gut. Dennoch gehen bis auf Weiteres immer wieder einzelne Aufträge an die Germaniawerft. Wie dem auch sei, der Export wäre wahrscheinlich sogar genehmigt worden, wenn man die ›Forelle‹ als Unterseeboot für die russische Admiralität deklariert hätte, weil eigentlich nichts Geheimes dran gewesen ist. Denn im Grunde funktionieren die Unterseeboote überall auf der Welt gleich.«

»Aber wenn ich mich recht entsinne, hat man doch vor einigen Jahren das erste Unterseeboot der Kaiserlichen Marine als das weltweit beste Tauchboot frenetisch gefeiert.«

»Ja, das war die U1, ein Zufallstreffer. Schon die U2 war ein völliger Fehlschlag. Seit ihrem Stapelhub lag sie fast nur zu Reparaturen in den Werften. Ob ein Unterseeboot gut oder schlecht ist, bestimmt sich nicht so sehr nach der Technologie, die ist überall fast gleich, sondern nach der Qualität des Baus, also dass eine Bohrung präzise erfolgt und dass eine Niete auch wirklich hält. Und das beherrschen unsere deutschen Werften sehr gut. Nur, das kann man nicht ausspionieren. Die bestehende Technologie hat allerdings einige Nachteile, die noch nicht gelöst sind. Beispielsweise beim Überwasserantrieb: Klein, leicht und sicher genug sind beim derzeitigen Stand der Technik nur Petroleummotoren. Die sind aber extrem laut, nicht umsteuerbar und nicht in den Fahrstufen variabel. Problematisch sind auch immer wieder auftretende Verpuffungen und giftige Dämpfe. Das wäre bei Dieselmotoren anders, die sind aber noch zu groß. Ein weiteres Problem mit dem Antrieb ist die geringe Geschwindigkeit. Auch beim Unterwasserantrieb gibt es große Probleme. Verbrennungsmotoren kann man nicht nehmen, weil der gesamte Luftsauerstoff in kurzer Zeit verbraucht wäre. Außerdem würden Abgase entstehen, die in Blasenbahnen zur Wasseroberfläche steigen und das Boot leichter ausmachen ließen. Es bleibt daher nur der Elektroantrieb, der allerdings Akkumulatoren erfordert, die sehr groß, schwer, von relativ kurzer Lebensdauer und extrem teuer sind. Hinzu kommt, dass die Kapazität der Akkumulatoren ziemlich gering ist, was den Aktionsradius unter Wasser stark begrenzt. Schließlich stellt die Orientierung unter Wasser ein erhebliches Problem dar. Bei einem Tauchgang ist ein Unterseeboot nahezu blind. Es kann kaum zuverlässig navigieren und feindliche Ziele können nur dann sicher angepeilt werden, wenn sie sich direkt vor dem Bug befinden. Bei Manövern hat sich darüber hinaus gezeigt, dass im Verband fahrende Unterseeboote sich aus Versehen sogar gegenseitig unter Feuer nehmen könnten. Überall in der Welt wird geforscht und entwickelt, um diese Schwierigkeiten zu lösen, und hier und da gibt es interessante Ansätze. So soll in Wien ein Forscher, ein gewisser Alexander Behm, dabei sein, eine Apparatur zu entwickeln, die unter Wasser Schallwellen ausstrahlt und anhand der Reflektionen feststellen kann, wie weit andere Objekte entfernt sind. Echolot nennt er das. Die Idee soll ihm bei einer Bergwanderung gekommen sein, als das Echo je nach Größe des Tals unterschiedlich lange brauchte. Also, es tut sich viel, doch bei der Germaniawerft weiß man davon kaum etwas, weil keiner der Lösungsansätze bereits ausgereift ist. Erst wenn die technische Entwicklung in einem dieser Bereiche den Durchbruch schafft, würde man es bei Germania bauen, und dann erst wird dort Spionage interessant sein.«

»Na gut, mein lieber Leutnant, man könnte denken, alles sei im Lot. Aber irgendwas muss dann ja wohl doch anders gewesen sein, als man dachte, nicht?«

»Ja, Herr Oberstleutnant. Was man nicht berücksichtigt hatte, war, dass die Engländer ein gesteigertes Interesse an der deutschen Torpedotechnik haben dürften, denn da sind wir weltweit führend.«

»Torpedotechnik?«, fragte Brose und zog die Augenbrauen hoch. Eine gespielte Überraschung, die zum Schluss doch eher Hohn war.

»Ja, Torpedotechnik.«

»Und wieso hat niemand daran gedacht, dass bei Germania die Torpedotechnik ausspioniert werden könnte?«

»Weil die Torpedos bei Germania weder entwickelt noch gebaut werden. Die haben damit eigentlich gar nichts zu tun.«

»Und wieso kann man trotzdem bei Germania nach der Torpedotechnik spionieren?«

»Weil im Zeichenbüro der Germaniawerft wie auch in den Zeichenbüros aller anderen Werften, die Unterseeboote oder Torpedoboote bauen, Konstruktionspläne der aktuellen Torpedomodelle aufgehoben werden. Man braucht sie dort, wenn beim Bau der Unterseeboote Detailabstimmungen erforderlich werden. Das ist unerlässlich und wäre auch nicht weiter von Bedeutung, wenn die

Sicherheitsstufe im erforderlichen Maß angepasst worden wäre.«

»Und da hat niemand dran gedacht?«

»Nein, Herr Oberstleutnant, niemand.«

»Sie nicht, der Sicherheitsoffizier der Werft nicht, Major Nicolai nicht – niemand.«

Herr Oberstleutnant auch nicht, kam es Kiniras in den Sinn und Nicolai schien ähnlich zu denken, aber sie sagten nichts.

»Wir sind rückständig in U-Boottechnik, aber führend in Torpedotechnik?«

»Ja, Herr Oberstleutnant.«

XVII

Noch waren die Temperaturen angenehm. Zwischen der Sonne und Rosenbaum standen dicke Mauern. Ab Mittag, wenn die Sonne das Büro von an der Fensterseite angriff, sollte er besser unterwegs sein. Die Erfrischung vom Sonntag hatte nicht wesentlich länger vorgehalten, als seine Wäsche zum Trocknen brauchte.

Rosenbaum saß an seinem Schreibtisch, rauchte seine allmorgendliche Havanna und schlürfte den allmorgendlichen Kaffee. Steffen und Gerlach saßen davor, rauchten Zigaretten und schlürften Kaffee. Rosenbaum berichtete über seine Ermittlungen vom Vortag und wies Gerlach an, Erkundigungen über Kalle Mandel und Heinz Marckmann einzuholen.

»Marckmann«, sagte Steffen und wühlte in seinen Notizen. »Marckmann, Marckmann ... Hier: Heinz Marckmann, der steht auf meiner Liste! Ich sollte ja mit den Arbeitern sprechen, die in der Tatnacht in der Nähe des Ausrüstungskais gearbeitet haben. Da gehörte er dazu.«

»Aha«, sagte Rosenbaum, als wären sie der Lösung des Falles einen entscheidenden Schritt näher gekommen.

»Und was sagt er?«, fragte Gerlach.

»So weit bin ich noch nicht gekommen. Die Liste ist wirklich sehr lang und Interessantes ist da bislang nicht zutage getreten. Ich denke, wir sollten dafür noch einen Hilfsbeamten beantragen.«

»Ja, tun Sie das.«

Sie diskutierten noch ein wenig über Katharina Fricke und Heinz Marckmann, ihre bisher einzigen Verdächtigen, kamen jedoch schnell darin überein, dass sie bislang viel zu wenig wussten, um überhaupt jemanden zu verdächtigen.

Dann berichtete Steffen weiter: »Über die seit dem Tattag fehlenden Werftangehörigen, nach denen ich forschen sollte, hab ich auch noch nichts Interessantes herausbekommen. Von den fünf Arbeitern, die fern blieben, hab ich einen in der Trinkerheilanstalt in Heiligenhafen ausfindig gemacht. Zu den anderen habe ich bislang keine genauen Informationen. Im Personalbüro von Germania erzählte man mir, dass das dort nichts Besonderes sei. Es gebe welche, die würden manchmal einfach so verschwinden und meistens nach einiger Zeit wieder auftauchen. Und dann wollen die ohne irgendein Problembewusstsein ihren Job wiederhaben. Werftarbeiter sind halt keine Finanzbeamte.«

»Und? Kriegen die ihren Job wieder?«, fragte Gerlach.

»Natürlich nicht. Werftarbeiter sind wie Kinder, meinen die im Personalbüro. Wenn man denen so etwas durchgehen ließe, hätten die überhaupt keine Disziplin mehr. Das Wohlwollen der Werft besteht darin, dass man auf Strafanzeige und Schadensersatz verzichtet.«

»Strafanzeige?«

»Offenbar meinen die, dass es strafbar wäre, nicht zur Arbeit zu kommen.« Steffen hob die Schultern und breitete die Arme aus.

»Was haben wir denn über den zwischenzeitlichen Verbleib der Kranführer-Akte herausgefunden?«, fragte Rosenbaum, während er einen Zug von der Havanna zelebrierte und auf die vor ihm liegende Mordakte ›Fricke‹ blickte.

»Nichts«, antwortete Gerlach, während er und Steffen die Antwortzüge aus ihren Zigaretten sogen und auf die Mordakte ›Fricke‹ blickten. »Als das Revier Gaarden die Akte schloss, wurde sie dort aus dem Register ausgetragen. Ein Bote hätte sie zur Blume bringen müssen. Sie hätte dann im hiesigen Register eingetragen und, weil sie bereits geschlossen war, direkt ins Archiv überführt werden müssen. Sie wurde aber nicht eingetragen, sie ist bis heute nicht offiziell eingegangen. Ich habe dann den Polizeiboten Robert Harms befragt. Der sagte nur, dass er ständig irgendwas von da nach dort bringe und sich überhaupt nicht mehr an diese eine Akte erinnert. Wir versuchten dann gemeinsam, den letzten Mittwoch, also den Tag, an dem er die Akte transportiert hat, zu rekonstruieren. Harms sagte, dass er täglich zwischen vier und fünf im Revier Gaarden sei und einen Packen Akten von der Blume dalasse und einen anderen Packen für die Blume mitnehme. Ob die Fricke-Akte dabei war, konnte er nicht sagen.«

»Also: Niemand erinnert sich, niemand weiß was. Es ist, als wäre die Akte in ein Zeitloch gefallen. Und was ist mit dem Eingangsstempel?«, wollte Rosenbaum wissen.

»Peter Cornelius war ein Komponist, Peter von Cornelius ein Maler. Beide lebten im 19. Jahrhundert in Mainz beziehungsweise in Berlin und sind seit Langem tot. In Kiel und den Umlandgemeinden ist und war kein Peter Cornelius gemeldet«, antwortete Gerlach, als würde er etwas Unerhörtes sagen.

»Ist das vielleicht ein Deckname?«, fragte Rosenbaum.

»Oder ein Marineoffizier? Militärangehörige sind bei den Einwohnermeldeämtern nicht gemeldet«, ergänzte Gerlach.

»Aber diese eitlen Fatzkes würden nicht nur ihren Namen, sondern zu allererst ihren Rang auf einen Eingangsstempel schreiben. Und überhaupt: Eine Akte geht doch nicht bei einem Offizier persönlich ein, sondern bei einer Dienststelle«, erwiderte Steffen.

»Also doch ein Deckname?«, beerdigte Gerlach seine Idee.

»Vielleicht. Oder auch nicht.« Bei seinen Worten fiel Rosenbaum ein, dass er sich noch ummelden musste, er war ja kein Marineoffizier. Gleich morgen.

»Ich fand übrigens, dass Harms, also der Bote, bei dem Gespräch nervös gewirkt hat. Irgendwas stimmte mit dem nicht«, fiel Gerlach noch ein.

»Mit Spekulationen kommen wir nicht weiter. Bringen Sie mir den Mann her. Den nehmen wir auseinander.«

»Hier her, in Ihr Büro?«

»Ja, in die Höhle der drei Löwen, und dann fressen wir ihn. Und wir beide«, jetzt wandte sich Rosenbaum an Steffen, »wir besuchen mal Marckmann.«

Wieder keiner zu Hause.

Die Nachbarstür öffnete sich und ein Kopftuch mit neugierigen Augen darunter erschien. »Dor is keener dor.«

»›Da ist keiner da‹«, übersetzte Steffen flüsternd, als Rosenbaum die Augenbrauen hochzog.

»De Mann is zur Schicht und de Fru het he rutschmeten.«

»›Der Mann ist zur Arbeit und die Frau …‹«

»Ist gut«, zischte Rosenbaum und wandte sich dann der Nachbarin zu. »Wie lange ist denn das her, dass er seine Frau rausgeworfen hat?«

»Se wart doch gestern schon dor, nich? Wer sünd Se denn?«

»Wir sind von der Polizei. Das ist Kriminalobersekretär Rosenbaum und ich bin Kriminalassistent Steffen.« Steffen zog seine Polizeimarke aus der Hosentasche und zeigte sie vor. »Wir haben nur ein paar Fragen an Herrn Marckmann und seine Frau. Die beiden sind vielleicht Zeugen.«

Die Frau betrachtete wohl zum ersten Mal in ihrem Leben eine Marke der Preußischen Landespolizei. Sie starrte sehr ausgiebig darauf und überlegte währenddessen, wie sie sich verhalten sollte. Sie platzte vor Neugier, doch Auskünfte geben wollte sie eher nicht.

»Wat is 'n passiert?«

»Das wissen wir auch noch nicht so genau. Wissen Sie, wo die Frau Marckmann jetzt wohnt?«

»Ne, dat weet ick nich. Is dat wegen de Toden dor up Germania?«

»Wann kommt denn Herr Marckmann nach Hause?«

»Weet ich uck nich. Und ick heff nu uck keene Tied mehr.« Sie schloss die Tür und man konnte sicher sein, dass sie durch das Schlüsselloch spionierte.

»Wir gehen«, sagte Rosenbaum zu Steffen, der sich gerade anschicken wollte, die Nachbarin wieder herauszuklingeln. »Hat keinen Zweck, die will nicht. Und merken Sie sich: Beide Augenbrauen hochziehen ist die Aufforderung weiterzureden, eine Braue hochziehen und die andere runterdrücken ist das Zeichen, nicht verstanden zu haben. Jedenfalls bei mir.«

Kurz darauf erwischten sie Marckmann auf dem Werftgelände. Ein großer, blonder Mann, ein Modellathlet mit auffällig leiser Stimme. Er gehörte einer mobilen Gruppe an, die gerade in der Maschinenhalle hinter dem Ausrüstungskran eingesetzt wurde. Der Vorarbeiter hatte einer Befragung vor Ort zugestimmt, ohne wirklich eine Wahl gehabt zu haben, sonst wäre Marckmann zur Blume mitgenommen worden.

»Was wollen Sie denn von mir?«, fragte Marckmann. »Ich weiß nichts.«

»Sie sollen Oberkranführer Fricke gekannt haben«, antwortete Steffen.

»Ja, klar.«

»Wieso klar? Ich kenne nicht alle Kieler Polizisten und es gibt hier viel mehr Werftarbeiter als Polizeibeamte.«

»Mein Trupp arbeitet oft hier bei der Ausrüstung. Da arbeitet man auch schon mal zusammen.« Marckmann führte die beiden Polizisten durch die große Halle, vorbei an Fräsmaschinen, Antriebsriemen und Schweißgeräten, hier und da lagen Getriebe, Motoren und andere stählerne Ungetüme und warteten auf eine Reparatur.

Steffen erkundigte sich, was hier hergestellt wurde.

»Wir bauen gerade den Motor von U2 um. Der hatte immer Lagerprobleme und jetzt wird die Aufhängung verändert. Die Ingenieure haben sich ausgerechnet, dass dann geringere Verwindungskräfte auftreten.«

»Was genau ist Ihre Aufgabe dabei?«, fragte Steffen nach.

»Ich bin Schiffsschweißer. Ich schweiße zum Beispiel die Aufhängungen an den Motorblock oder an die Spanten.«

»Und wie lange arbeitet Ihr Trupp schon daran?«

»Seit einer Woche und wir sind noch lange nicht fertig. Das ist eine unglaubliche Kleinarbeit. Die Leute denken immer ›grober Klotz und grober Keil‹ und so. Aber wir müssen das ganz präzise machen.«

Hinter der großen Halle kamen sie in einen kleinen Raum mit ein paar Stühlen und, einem Tisch bedeckt mit Brotkrümel und einem vollen Aschenbecher darauf. Hier konnten sie ungestört reden.

»Seit einer Woche also. Dann waren Sie ja hier, als Fricke da vorn gefunden wurde.«

Eingekreist. Zugeschlagen.

»Nicht direkt. Ich hatte Nachtschicht. Als Fricke morgens gefunden wurde, war ich schon zu Hause.« Während Marckmanns Antworten zunächst spontan und fast zutraulich übergequollen waren, wurden sie jetzt verzögert und misstrauisch.

»Wann ist denn so eine Nachtschicht zu Ende?«

»Warum ist das von Interesse?«

»Weil wir wissen möchten, was Sie mit Fricke zu tun hatten.«

»Mit seinem Tod, meinen Sie? Ich hab ihn nicht umgebracht.« In Marckmanns Stimme lag Entrüstung, gespielt oder echt, ließ sich nicht entscheiden.

»Natürlich nicht. Das behauptet ja auch niemand. Wir fragen doch nur, um uns ein allgemeines Bild von dieser Nacht machen zu können. Möglicherweise sind Sie nach Schichtende am Ausrüstungskran vorbeigekommen und haben keine Leiche gesehen. Dann wissen wir, dass der Mord erst danach stattgefunden haben muss.«

»Ich bin da nicht vorbeigekommen.«

»Und wann war jetzt Schichtende?«

»Schichtwechsel ist immer um sechs.«

»Um sechs wurde Fricke gefunden. Das hätten Sie dann ja mitbekommen müssen.«

»In dieser Nacht war ich früher weg, etwa um eins. Ich hatte plötzlich Schwindelanfälle, das ist gefährlich beim Schweißen. Und da bin ich dann nach Hause gegangen.«

»Kann Ihre Frau das bestätigen?«

»Wieso meine Frau?«

»Wenn Sie nach Hause gegangen sind, müsste Ihre Frau das doch mitbekommen haben.«

»Nein.«

»Warum nicht?« Nach einer Weile: »Herr Marckmann, warum nicht?« Und noch eine Weile: »Ist Ihre Frau ausgezogen?«

»Sie wohnt jetzt bei ihrer Schwester.« Dann fügte er leise hinzu: »Wir lassen uns scheiden.«

»Hat das was mit Fricke zu tun?«

»Wieso mit Fricke?«

»Herr Marckmann, das ist sehr ermüdend, wenn Sie

ständig Gegenfragen stellen. Sie werden uns dadurch nicht dazu bringen, auf Fragen zu verzichten, im Gegenteil.«

»Ich kann hier nicht so lange Pause machen. Ich muss weiterarbeiten.«

»Dann beantworten Sie einfach unsere Fragen und schon sind wir wieder weg.«

Marckmann rutschte auf seinem Stuhl hin und her. Einmal sah es so aus, als wollte er aufstehen. Dann traute er sich doch nicht und rutschte wieder zurück.

»Die hatten was miteinander.«

»Ihre Frau hat Sie mit Fricke betrogen?«

Marckmann schaute entnervt aus dem Fenster und Steffen sah ein, dass diese Nachfrage überflüssig und verletzend war. Rosenbaum, der durchaus zufrieden mit der Fragetaktik von Steffen war, hatte bisher geschwiegen. Aber jetzt musste er einer Entgleisung des Gesprächs vorbeugen.

»Wie war denn Ihr Verhältnis zu Fricke?«, wollte er wissen.

»Wir sind uns aus dem Weg gegangen.«

»Das ist alles? Sie haben ihn nicht zur Rede gestellt? Ihn nicht verhauen? Haben Sie nicht um Ihre Frau gekämpft?«

»Nein, hab ich nicht.«

Marckmann verschwieg etwas. Er mauerte. So wie Katharina Fricke gemauert hatte.

»Wie können wir Ihre Frau erreichen?«

»Die hat damit nichts zu tun. Die wurde von Fricke ja genauso reingelegt. Der hat sie betrunken gemacht und dann hat er sie gefickt. Und als sie schwanger wurde, wollte er davon nichts mehr wissen.«

Sie war schwanger? Die Polizeibeamten schauten sich überrascht an. Sie war schwanger?

»Sie ist schwanger?«

Marckmann richtete seine Augen zum Fenster, wo es nichts Interessantes zu sehen gab. Er schaute sich auch nichts an, sondern richtete nur seine Augen dahin.

»Herr Marckmann, ist Ihre Frau schwanger?«

»Nicht mehr«, antwortete er kaum hörbar. »Er wollte, dass sie es wegmachen ließ.«

Ohne es gewollt zu haben, offenbarte Marckmann gleich zwei Straftaten seiner Frau. Ehebruch war in jener biederen Zeit die eine, die jedoch nur auf Antrag des betrogenen Ehepartners strafrechtlich verfolgt wurde. Aber Schwangerschaftsabbruch war streng verboten und unter schwere Strafe gestellt, Zuchthaus bis zu fünf Jahren, ohne dass irgendjemand einen Antrag stellen musste. Die Kirche wollte nicht, dass ihr ein Schäfchen genommen, und der Kaiser wollte nicht, dass ihm ein potenzieller Soldat genommen wurde. Zwar gab es schon vereinzelte Bestrebungen, Ehebruch und Abtreibung zu legalisieren oder zumindest zu liberalisieren, aber dafür war die Zeit noch lange nicht reif.

Die Beamten schauten sich noch einmal an. Beiden war klar, dass jetzt ein Ermittlungsverfahren gegen die Frau eingeleitet werden musste. Bei der Kieler Kriminalpolizei gab es noch keine besonderen Zuständigkeitsverteilungen. Jeder Beamte ermittelte bei jeder Straftat, soweit sie für ein kriminalpolizeiliches Tätigwerden für wichtig genug erachtet wurde. Und so war es Rosenbaums Pflicht, ein Ermittlungsverfahren wegen Abtreibung nach Paragraf 218 des Reichsstrafgesetzbuches einzuleiten. Er hätte sich darum nicht gerissen. Es war ihm sogar zuwider. Zwar fand er, dass auch ungeborenes Leben zu schützen sei, aber solange das Gesetz derart drakonische Strafen androhte und die individuelle Situation der Schwangeren nicht berücksichtigte, solange wäre es ihm lieber gewesen, kein Strafverfahren einleiten zu müssen. Dennoch, er musste es, und als preußischer Beamter, der er war, würde er es tun. Genauso wie er ein Verfahren gegen die Witwe Fricke wegen Hehlerei einleiten musste. Er würde auch das noch tun. Ganz sicher.

Rosenbaum gewährte Marckmann eine Beruhigungspause, bevor er ihn erneut nach dem Aufenthaltsort seiner Frau befragte. Erst die Androhung, ihn aufs Präsidium mitzunehmen, und der Vorhalt, dass man den Aufenthaltsort sowieso rauskriegen werde, veranlassten Marckmann, die Adresse anzugeben.

»Schreiben Sie es auf«, sagte Rosenbaum und legte ihm einen Block und einen Stift hin.

»Los, schreiben Sie! Oder können Sie nicht schreiben?«

Marckmann nahm den Stift und schrieb in einer ungelenken Kinderschrift: ›Erika Marckmann, Augustenstraße 12, Gaarden-Ost, bei Familie Kranz‹.

Rosenbaum sammelte Block und Stift ein. »Ach, Herr Marckmann, was ich noch fragen wollte: Haben Sie eigentlich Kinder?«

»Nein.«

»Warum nicht?«

Marckmann gab keine Antwort. Er kämpfte mit den Tränen und damit, sich das nicht anmerken zu lassen.

»Wir gehen jetzt, auf Wiedersehen, Herr Marckmann.« Rosenbaum zog Steffen aus dem Raum. Sie ließen Marckmann allein und den letzten Rest an Selbstachtung.

»Fricke hat Marckmanns Frau geschwängert, was er selbst offenbar nie geschafft hatte. Der musste ihn einfach hassen.« Steffen stolperte auf dem Weg zum Hallenausgang aufgeregt neben dem forsch schreitenden Rosenbaum her und war ergriffen von seiner eigenen Kombinationsgabe.

»Marckmann ist viel zu groß«, bremste Rosenbaum ihn.

»Vielleicht hatte er ja vor ihm gekniet«, kombinierte Steffen weiter.

»Ja sicher, gekniet. Aber er hat mit der rechten Hand geschrieben.« Rosenbaum schritt durch das Hallentor und Steffen tänzelte um ihn herum wie ein Sohn, der seinen Vater um Taschengeld anbettelte.

»Das war derart unbeholfen und krakelig wie ein Linkshänder, wenn er die rechte Hand benutzt, um als Rechtshänder zu gelten.«

»Oder wie ein Rechtshänder, der kaum Lesen und Schreiben gelernt hat, wie es bei vielen Werftarbeitern wohl der Fall sein dürfte.«

»Aber wir hatten doch schon gesagt, dass der Täter auch ein Rechtshänder sein kann, wenn er nicht frontal vor Fricke gestanden hat, sondern seitlich neben ihm.«

»Mensch Steffen, ein großer und kräftiger Kerl kniet seitlich neben einem Krüppel und erschießt ihn dann. Stellen Sie sich diese Szene doch mal vor.« Rosenbaum blieb stehen. »Wenn das stimmt, dann hat er ihn vielleicht um etwas angefleht.«

»Vielleicht wollte er, dass Fricke seine Frau in Ruhe lassen sollte, Fricke ging nicht darauf ein und dann peng.« Steffen tänzelte weiter um Rosenbaum herum und seine Augen wurden immer größer. Dann kam ihm ein ganz anderer Gedanke. »Aber: Von der Erika Marckmann hatte Fricke verlangt, das Kind wegmachen zu lassen, obwohl sie sich ein Kind möglicherweise sehr gewünscht hatte und von ihrem Mann nicht hatte bekommen können. Sie hat Fricke wahrscheinlich auch gehasst. Und Marckmann hat sie sogar noch in Schutz genommen. Vielleicht hat sie Fricke erschossen, Marckmann weiß das und will sie schützen.«

»Tja, eine Tragödie mit antiker Dramaturgie. Vorerst sind da noch viel zu viele Vielleichts mit bei. Sie besuchen am Nachmittag mal die Frau Marckmann und sprechen mit ihr. Aber jetzt beruhigen Sie sich wieder.« Rosenbaum, der ebenso erregt war, ohne es allerdings zu zeigen, steuerte vor der Halle auf den Vorarbeiter von Marckmanns Trupp zu.

»Marckmann sagt, dass er in der Nacht zum 9.6. wegen Schwindelattacken vorzeitig nach Hause geschickt wurde. Können Sie das bestätigen?«

»Ha, der ist einfach gegangen, der Schlingel. Plötzlich war er weg. Hat sich nicht abgemeldet und nichts. Erst am nächsten Tag kam er an und sagte, dass ihm schwindelig geworden war. Dafür hat er eine Abmahnung erhalten. Der kann froh sein, dass er nicht gefeuert wurde.«

Im Führerhaus des Ausrüstungskrans schepperte es, Steffen schaute hoch. »War das ein Schuss?«

»Ich würde sagen, da ist ein Maulschlüssel auf ein Stück Blech gefallen«, antwortete der Vorarbeiter.

»Um wie viel Uhr war Marckmann denn verschwunden?«, fragte Rosenbaum.

»Kann ich nicht so genau sagen. Vielleicht um eins?«

»Was passiert denn da oben gerade?«, wollte Steffen wissen und schaute noch immer zum Führerhaus, wo er nur erkennen konnte, dass zwei oder drei Arbeiter irgendetwas herumwerkelten.

»Das ist wegen der Konstruktionspläne. Die sollen jetzt in so einen Metallkasten rein und der wird da oben gerade eingeschweißt. Dafür durfte ich dann auch gleich wieder zwei Leute abstellen. Und noch zwei Leute für die beiden kleinen Kräne da hinten.«

»Wieso Konstruktionspläne?«

»Die Kranführer müssen wissen, was sie zu tun haben. Und dazu brauchen sie die Pläne.«

»Und warum kommen die jetzt in solche Kästen?«

»Wegen Geheimhaltung und so. Aber Genaues weiß ich auch nicht. Mir wird nur gesagt, was ich zu tun hab, aber nicht warum.«

Genauere Auskünfte gab es anschließend bei Claussen, den Rosenbaum und Steffen in seinem Büro aufsuchten.

»Ja, wir haben die Sicherheitsvorschriften für die Planzeichnungen verschärft. Der Kranführer hat immer einen nahezu vollständigen Satz der Konstruktionszeichnungen da oben. Die braucht er, um zu wissen, wo er was hinseilen muss und wie er das am besten macht. Gerade bei diesen unheimlich engen Unterseebooten müssen Sie sich schon die Reihenfolge gut überlegen, sonst geht unter Umständen gar nichts mehr. Die sind so eng, die Dinger, und man kommt nirgendwo richtig ran.«

Rosenbaum hätte in einem Anflug von Chauvinismus fast gesagt: ›Wie bei einer Jungfrau.‹ Aber er verkniff sich das.

»Eigentlich müsste die Werft Uhrmacher für diese Biester einstellen«, fuhr Claussen fort, indem er einen sehr viel eleganteren Vergleich als Rosenbaum fand und dafür dessen stillschweigende Anerkennung erhielt.

»Hier, da drinnen, da liegt der Petroleummotor von U2, den mussten wir ausbauen.« Clausen deutete auf die Halle, in der Marckmann arbeitete. »Und das Boot sieht jetzt aus wie eine geöffnete Konservenbüchse.«

Auch nicht schlecht. Rosenbaums Achtung vor den sprachgewandten Fähigkeiten seines Gegenübers stiegen.

»Jedenfalls, damit der Kranführer die Pläne nicht jedes

Mal mitnehmen muss, wenn er auf Klo geht, kann er sie da oben jetzt einschließen.«

»Wieso gerade jetzt? Hat das was mit Frickes Tod zu tun?«

»Nein, wieso? Ich kann Ihnen dazu auch gar nichts erzählen. Sie sollten darüber besser mit Oberleutnant Steinhauer sprechen.«

Zum Zeichen, dass ihm etwas in den Sinn gekommen war, hob Claussen Zeigefinger und Augenbrauen. »Ach, bevor ich es vergesse, das wollte ich Ihnen ja noch zeigen«, sagte er und zog ein abgerissenes Stück Papier aus seinem Schreibtisch. Es war eine aus dem Wachbuch des Werkschutzes herausgerissene Seite von der Tatnacht, unter anderem mit dem Eintrag: ›1.15 Uhr: Wg. Lärm Ausrüstungskai abgesucht. Keine weiteren Vorkommnisse.‹

»Warum erfahren wir das erst jetzt?«, fragte Rosenbaum behutsam, während Steffen fast aus der Haut fuhr: »Wird uns noch mehr vorenthalten? Sollen wir gleich alles beschlagnahmen, um uns ein eigenes Bild machen zu können?«

»Ich habe das auch erst jetzt erfahren. Vor einer halben Stunde kam unser Wachdienstleiter zu mir und brachte mir den Zettel. Er habe ihn in einem Papierkorb gefunden. Tja, und dann hab ich ja jetzt sofort Bescheid gegeben.«

»Ist denn organisatorisch nicht sichergestellt, dass wichtige Vorkommnisse gemeldet werden?«

»Doch, die Wachbücher werden jeden Tag von Oberleutnant Steinhauer kontrolliert.«

Rosenbaum und Steffen schauten sich beredt an und verabschiedeten sich höflich.

Eine halbe Stunde später standen sie in einem kleinen Zimmer einer Gaardener Arbeiterwohnung vor dem Wachmann Peter Schröder, der den herausgerissenen Eintrag gemacht hatte. Schröder hatte das Zimmer von einer Witwe möbliert gemietet, ähnlich wie Rosenbaum, nur dass es viel kleiner und ärmlicher war und dass Schröder sich vermutlich nie etwas Besseres würde leisten können. Ein Bett, ein Stuhl, ein Tisch, ein Schrank – zu wenig Sitzmöglichkeiten für alle, also blieben alle stehen.

»Etwa kurz nach eins hörten wir mehrere laute Hammerschläge aus Richtung Hörn, als wir gerade unseren Wachgang begonnen hatten. Dann haben wir den Rundgang zuerst normal fortgesetzt und als wir bei der Hörn ankamen, also am Ausrüstungskai, haben wir nach der Ursache der Hammerschläge gesucht, aber nichts gefunden. Wir haben geglaubt, dass der Lärm vom Bahnhof herübergezogen ist. Wenn die dort rangieren und eine Deichsel abrutscht und runterknallt, hört sich das so an.«

»Wieso haben Sie erst in aller Ruhe Ihren Rundgang fortgesetzt?«

»Hammerschläge auf einer Werft sind nichts Besonderes. Außerdem haben wir Anweisung, unsere Wachgänge nicht zu unterbrechen. Denn solche Sachen könnten auch ein Ablenkungsmanöver sein, weil man uns von irgendwas weglocken will.«

»Oder hatten Sie vielleicht Angst davor, in eine Schießerei zu geraten?«, fragte Steffen und fing sich einen strafenden Blick von Rosenbaum ein.

»Wie viele Hammerschläge waren das denn?«, fragte Rosenbaum.

»Ungefähr 15.«

»15?«, entfuhr es Steffen. Dieses Mal strafte Rosenbaums

Blick nicht. »Und Sie glauben ernsthaft, dass 15 Deichseln abgerutscht sind?«

»Aber ... wir haben doch den Eintrag ins Wachbuch gemacht und als wir am nächsten Tag hörten, dass der Kranführer erschossen worden ist, dachten wir, dass wir verhört werden. Und als nichts kam, fragten wir beim Wachdienstleiter nach. Wir haben die Sache doch erst wieder ins Rollen gebracht. Wieso sind wir denn jetzt die Bösen?«

Steffen entschuldigte sich. Wenn man Angst hatte, konnten Schüsse auch mal zu herunterknallende Deichseln werden, unwillkürlich.

XVIII

»Wir sind dann ein wenig gemeinsam am Handelshafen entlang gegangen. Er wollte mich in eine Spelunke schleppen, aber ich erklärte ihm, dass ich den Qualm darin nicht vertrage.« John Invest hatte sich verplappert, sich vor seinen Chefs Cumming und Kell lächerlich gemacht. Cumming konnte sich ein Grinsen nur unzureichend verkneifen.

»Natürlich vertrage ich den Qualm, ha! Aber ich wollte nicht, dass der Mann noch mehr trank, der war doch schon völlig betrunken.«

Cumming und Kell blickten einander an. Sie glaubten ihm nicht. Er vertrug den Qualm nicht. Und zur Demonstration, dass er durchschaut war, stand Cumming mit den Worten »Klar, nichts mehr trinken!« auf und öffnete das Fenster.

»Sir, es regnet«, intervenierte Invest. Er hatte sehr genau verstanden, dass Cumming sich über ihn lustig machte und war entschlossen, die Rolle des Clowns nicht zu übernehmen. Dabei hatte er größte Mühe, sich gegen Cumming zu behaupten. Denn der war, was Invest nur vorgab zu sein: ein verwegener Haudegen.

Cumming stammte aus einfachen Verhältnissen und hatte es einmal besser haben sollen als seine Eltern. Weil sie ihm ein ziviles Universitätsstudium nicht finanzieren konnten, wurde er mit 14 auf das Britannia Royal Naval College in Dartmouth geschickt, damals ein Sammelbecken für begabte Söhne aus mittellosen Familien, wo sich die Überzeugung verbreitet hatte, dass die wirtschaftlichen oder gesellschaftlichen Verhältnisse der Eltern keinen Einfluss auf die Talente der Nachkommen hätten. Diese Überzeugung hatte irgendwie etwas Kommunistisches, obwohl natürlich keiner der Absolventen auch nur im entferntesten Kommunist war. Man nahm die Chance wahr, die sich einem bot, und fragte nicht weiter nach. Man war militärisch, staatstragend und königstreu, aber weitgehend unpolitisch.

So schlug der kleine Mansfield, der lieber Faustkämpfer oder Fallensteller geworden wäre, die Offizierslaufbahn ein. Er verbrachte einige unglückliche Jahre als Offizier auf unterschiedlichen Kriegsschiffen, wo er schneidig und vorbildlich war und geschniegelt auszusehen hatte, bis eine immer kläglicher werdende Seekrankheit seine Borddienstverwendungsfähigkeit, und dieses Wort gab es wirklich, aufhob. Er kam zur Auslandsabteilung der ›Naval Intelligence Division‹ und wurde Spion. Bei Einsätzen in Frankreich, Deutschland und auf dem Balkan blühte er auf. Er gab sich oft als reicher deutscher Geschäftsmann aus, ein Husarenstück, sprach er doch kein Wort Deutsch. Er liebte die Gefahr, genau genommen, dass er ihr immer wieder trotzen konnte. Seine Aktionen wurden waghalsiger, seine Erfolge spektakulärer. Mit 50 bewarb er sich schließlich auf die Stelle des Auslandsleiters des neu gegründeten SSB. Seine Frau hatte es verlangt, und er war dem nachgekommen, nicht so sehr aus Liebe, sondern weil sie ein großes Vermögen sowie den Familiennamen ›Cumming‹ mit in die Ehe gebracht hatte und drohte, bei einer Scheidung beides wieder mitzunehmen. Dann hätte Cumming wieder Smith heißen und von seinem Beamtensold leben müssen. So war er also ein spät kastrierter Hengst, der natürlich alles besser gemacht hätte als seine Leute, insbesondere dann, wenn die Missionen fehlschlugen.

»Na gut, mein Lieber, erzählen Sie weiter«, sagte Cumming und schloss das Fenster wieder.

»Also, der Mann, den ich da traf, dieser Betrunkene, stellte sich schon im Laufe unseres ersten Gesprächs als eine potenzielle Informationsquelle heraus, die überaus interessant werden konnte. Von Beruf war er Schiffsschweißer. Das ist eine ziemlich neue, hoch qualifizierte Tätigkeit. Bislang werden die Schiffsplanken meistens noch genietet. Mit dem Schweißen lässt sich aber eine sehr viel stabilere Verbindung erzeugen, noch dazu mit geringerem Aufwand. Man geht davon aus, dass in naher Zukunft insbesondere die Druckkörper der Unterseeboote geschweißt werden können, was dann ungeahnte Tauchtiefen ermöglicht. Die Methoden sind allerdings noch nicht ganz ausgereift. Deshalb werden die meisten Schiffe weiterhin genietet. Aber es ist nur eine Frage der Zeit, bis sich das ändert.«

»Interessant«, meldete sich Kell, einen Punkt an der mit frischem Stuck verzierten Zimmerdecke fixierend und den Durchbruch aller nachrichtendienstlichen Bemühungen erahnend. »Können wir da mit dem Schweißen was von den Deutschen lernen?«

»Äh ... nein. Die neueste Methode ist das elektrische Lichtbogenschweißen. Die auf britischen Werften angewendeten Techniken sind da sogar noch etwas besser als die deutschen. Das wusste ich anfangs aber auch nicht. Ich habe unserem Mann übrigens den Decknamen ›Thunderbolt‹ gegeben, wegen dieses Lichtbogens beim Schweißen.«

»Und was soll das jetzt?« Cumming stand auf und schenkte sich einen Scotch ein. Kell orderte auch einen. Invest, der zu Whiskey ein ganz anderes Verhältnis hatte als zu Zigarren, traute sich nicht.

»Immerhin arbeitete Thunderbolt auf der Germaniawerft, eine der führenden deutschen Werften für Kriegsschiffe. Dort werden insbesondere die meisten deutschen Unterseeboote gebaut.«

»Unterseeboote. Ja! Die entscheidende Geheimwaffe für den Seekrieg. Und da haben wir jetzt einen Mann genau an der Front?« Kells Augen funkelten.

»Äh ...«

»Was?« Aus dem Funkeln wurden Blitze.

»Die Schlagkraft der U-Boot-Waffe ist bei der derzeitigen Technologie eher eingeschränkt, wie ich erst später erfahren sollte.«

»Sie sind unser Fachmann für Marinetechnik und erfahren immer alles erst später?« Kell klang bedrohlich.

»Ja, Sir. Die U-Boot-Waffe hat bisher sowohl bei den Deutschen als auch bei uns nur eine untergeordnete Rolle gespielt. Daher war auch mein Fokus nicht so sehr drauf gerichtet.« Invest schluckte. »Könnte ich vielleicht auch einen Scotch haben?« Er bekam einen.

»Gut, erzählen Sie einfach weiter.« In Cummings Tonfall gesellte sich zum Zynismus eine Spur Ungeduld. »Wir wollen Sie auch nicht mehr unterbrechen. Und wenn wir Sägegeräusche machen, wecken Sie uns einfach wieder auf.«

»Und kommen Sie zum Punkt, Sunny.« Kell war im Gegensatz zu Cumming sehr viel geradliniger und spröder.

»Ja, ich hielt den Mann also für geeignet, in unsere Dienste zu treten. Die Loyalität zu seinem Vaterland war schwach ausgebildet, seine Sympathie für Großbritannien enorm und seine weltanschauliche Prägung in unserem Sinne beeinflussbar. Ich ließ ihn von unseren Leuten überprüfen und fand meinen Eindruck bestätigt.«

Invest wusste, dass es nicht reichte, jemanden als Agenten anzuwerben. Spionage war meist von Geld bestimmt, oft von Rache, manchmal von Liebe und hin und wieder von innerer Überzeugung. Wäre Großbritannien keine Monarchie, sondern ein kommunistischer Staat gewesen, hätte man es bei Thunderbolt mit innerer Überzeugung versuchen können. Allein dass Marx und Engels dort unbehelligt hatten leben können, war aber nur Ausdruck der im Empire herrschenden Liberalität; für einen Kommunisten nicht gerade die höchste Tugend. Invest hatte versucht, den schwachen Punkt bei dem Mann zu finden. Liebe konnte, jedenfalls wollte er nicht anbieten, und das Rachebedürfnis für den Sturz, bei dem sie sich kennengelernt hatten, war offensichtlich nicht sehr ausgeprägt. Blieben also nur Geld und vielleicht die Kriegsgefahr.

»Ich schnitt sehr behutsam und vereinzelt nachrichtendienstliche Themen an. Er war durchaus aufgeschlossen. Als er hörte, dass die eigentliche Kriegsgefahr von einem dichten deutschen Spionagenetz in England ausgeht, war er regelrecht entsetzt. Ich ließ ein paar Aufsätze von Friedrich Engels heraussuchen, in denen er die deutsche Politik als Kriegstreiberei anprangert, und übergab sie Thunderbolt bei unserem zweiten Treffen. Die Aufsätze waren zwar schon 30 Jahre alt, aber sie erzielten trotzdem bei Thunderbolt ihre Wirkung. Ich konnte ihn auf den Gedanken bringen, dass es zur Verhinderung des Krieges eine militärische Transparenz, also Spionage braucht und dass der deutsche Nachrichtendienst das intensiv praktiziere, die britischen Dienste da aber noch einiges aufzuholen hätten und ein beiderseitiger Spionageerfolg den Krieg verhindern könne. Ich ließ ihn sich erst einmal mit diesen Gedanken vertraut machen. Wir verabredeten ein weiteres Treffen, bei dem ich ihm zu verstehen gab, dass ich entsprechende Kontakte hätte und mich für ihn verwenden würde, falls er etwas für das Kräftegleichgewicht tun wollte. Man muss sie behandeln wie Kinder.« Aus dieser Bemerkung sprach Invests Verachtung für Verräter und die Tatsache, dass er keine Kinder hatte. Und doch widersprach die Bemerkung dem, was Invest eigentlich meinte. Durch die Anwerbung hatte er Verantwortung für Thunderbolt übernommen, mittels einer Lüge. »Außerdem stellte ich eine gute Bezahlung in Aussicht. Bei einem weiteren Treffen sagte er schließlich zu. Er erzählte, er hätte einen Kameraden, der an die Konstruktionszeichnungen der deutschen Torpedos herankomme. Der schuldete ihm noch etwas, müsse aber trotzdem zusätzlich bezahlt werden. So ist es mit den Idealen. Am Ende wollen sie alle doch nur Geld.«

Und wenn er nur Geld wollte, dann war Invests Lüge für Thunderbolts Verhalten gar nicht ursächlich, sondern nur das Geld. Also doch keine Verantwortung. Invest schwenkte sein Whiskeyglas und wärmte es mit der Handinnenfläche an, bevor er dem König über dem Kamin zuprostete und langsam einen kleinen Schluck nahm, alles natürlich ohne Soda, Wasser oder Eis. Whisky ist des Briten Cognac.

»Wir überprüften Thunderbolts Kameraden. Ein völlig unpolitischer Mann, ein braver und unauffälliger Untertan. Thunderbolt wollte nicht so recht herausrücken, weshalb der Bekannte ihm etwas schuldete. Er sagte, das sei etwas Persönliches. Ich habe letztendlich entschieden, es auch mit diesem Mann einmal zu versuchen. Wir nannten ihn dann Magpie.«

»Magpie?«

»Ja, die diebische Elster. Er sollte Konstruktionszeichnungen für uns entwenden, da fand ich diesen Decknamen passend.« Noch ein kleiner Schluck. Nur nippen, davon wurde man nicht betrunken, aber vielleicht würde es helfen. Natürlich trank man Whiskey nicht wegen des Alkohols, man rauchte auch Zigarren nicht wegen des Nikotins.

»Haben Sie Ihre Schattenexistenz nicht irgendwann einmal satt?«, hatte Thunderbolt ihn neulich gefragt. »Niemand wird sich an Sie erinnern, keiner Ihren Namen kennen, als hätten Sie nie gelebt. Es sei denn, eines Ihrer Projekte fliegt auf und man macht Ihnen in Deutschland oder Österreich den Prozess wegen Spionage und verurteilt Sie zum Tode.«

Sie saßen zusammen im Kieler Bahnhofsrestaurant der ersten und zweiten Klasse. Man konnte dort hingehen, fünf- oder zehnmal im Jahr, und fiel nicht auf, jeder war anonym, alle auf der Durchreise, niemand kehrte zurück, und niemand wurde angeschaut. Und außerdem gab es hier einen für deutsche Verhältnisse vorzüglichen Single Malt. Der Job verlangte nicht, dass Invest mit Thunderbolt trinken ging, und niemand hätte es bei Invests Abneigung gegenüber Verrätern erwartet, aber er tat es. Die beiden verstanden sich über alle sozialen und nationalen Grenzen hinweg und wähnten sich gemeinsam mit denselben Attributen ausgestattet: Niedertracht und Verrat.

»Sie führen aber auch kein Leben auf der Sonnenseite«, antwortete Invest und ihm wurde klar, warum er diesen Job machte: *Wegen* der Schatten. Sein Wesen verlangte nach Namenlosigkeit. Dann konnte er sein, wie er war. Und dafür war er bereit, andere in den Abgrund mitzureißen. Aber was soll's: Sie wollten ja nur Geld.

XIX

»Was heißt *verschwunden*?«
»Also … nicht mehr da.«
»Sie veralbern mich gerade.«
»Nein.«
»Er ist weg?«
»Ja … verschwunden eben.«

Es war kurz vor Mittag und die Sonne begann, das Büro zu erobern. Rosenbaum tupfte den Schweiß von seiner Stirn und setzte sich auf den Stuhl an seinem Schreibtisch. Eigentlich sank er eher hinab und unter ihm befand sich zufällig der Stuhl, sodass es aussah, als setzte er sich. Nur ist ›sich setzen‹ eine finale Handlung, die zum Ziel hat, danach zu sitzen, und Rosenbaum verfolgte kein Ziel mit der Aktion, ihm war nicht einmal wirklich bewusst, dass sich unter ihm ein Stuhl befand. Es war wie bei einem Schlachtschiff, das nach einem schweren Treffer sank und auf einer Sandbank aufsetzte, bevor es vollständig unterging. Und genauso verdutzt, wie man vermutlich auf der Brücke des Schiffes feststellte, dass man nicht mehr weitersank, herrschte auch in Rosenbaums Amtsstube eine verdutzte Stille, nur dass sich niemand über den Stuhl wunderte, sondern über die Nachricht des Assistenten: Harms war verschwunden.

»Der Polizeibote Harms, mit dem Sie gestern noch gesprochen haben und von dem wir den Eindruck gewannen, dass er uns etwas verheimlichte, ist heute unentschuldigt dem Dienst ferngeblieben und weder zu Hause noch in einem Krankenhaus oder einer Ausnüchterungszelle auffindbar?«

»Ja, er ist … verschwunden.«

Die Verdutztheit griff weiter um sich, infizierte nach Rosenbaum auch Steffen und Gerlach und verursachte Feuerwerke von unausgesprochenen ›Hms‹ und ›Tjas‹. Gerade als Rosenbaum mühsam begann, sich zu fangen, und mit den Worten ›Wir leiten eine Fahndung ein, wir sind doch die Polizei‹ die Überwindung der Verdutztheit ankündigen wollte, eilte Hedi herbei. »Ich dachte mir, dass ich das am besten gleich zu Ihnen bringe«, sagte sie und übergab einen Zettel, den Rosenbaum – von rezidivierender Verdutztheit überfallen – mehrmals lesen musste:

POLIZEIWACHTMEISTER ROBERT HARMS
WURDE IN DEN DIENST
DER KAISERLICHEN MARINE GENOMMEN –
TRITT LÄNGEREN ÜBERSEEAUFENTHALT AN –
KEINE AUSSAGEGENEHMIGUNG
ZU BISHERIGER TÄTIGKEIT ERTEILT –

GEZ. KPT. ADOLF ISENDAHL –
GEHEIMER ADMIRALITÄTSRAT –
REICHSMARINEAMT, BERLIN

Einen Augenblick lang schien Rosenbaum zu wanken und drohte, Stuhlsandbank hin oder her, weiter zu sinken, und Steffen beobachtete Rosenbaums hochgezogene Augenbrauen, die sicher gerade niemanden auffordern wollten weiterzureden, sondern signalisierten, nichts verstanden zu haben, was Steffen aber wegen seiner eigenen Verdutztheit verborgen geblieben war.
Tja.
Hm.
Nach einigen wortlosen Sekunden entfernte sich die verdutzte Hedi mit den Worten: »Ich geh dann mal wieder.«
Hm.
»Er hat keine Aussagegenehmigung«, entfuhr es Rosenbaum. Der Damm war damit gebrochen, Wortfluten ergossen sich in den Raum.
»Die Marine gewährt ihren Angehörigen grundsätzlich keine Aussagegenehmigung über dienstliche Vorgänge«, steuerte Gerlach bei.

»Aber es geht um einen behördeninternen Vorgang der Polizei, der geschah, als Harms noch Polizeiangehöriger war«, entströmte es Steffen. »Er muss dazu auf Anweisung eine dienstliche Stellungnahme abgeben. Dazu braucht er keine Aussagegenehmigung des Reichsmarineamts.«

»Man muss die Stellungnahme gegenüber dem Dienstvorgesetzten abgeben. Aber Harms ist jetzt kein Angehöriger der Polizei mehr, sondern Angehöriger der Marine«, flutete Gerlach zurück. »Sein Dienstvorgesetzter dürfte womöglich dieser Kapitän Ihsensonstwas sein.«

»Und dem wird er wahrscheinlich ohnehin schon alles erzählt haben.« Rosenbaum versuchte, sich mit aller Anstrengung zu erinnern, aber es fiel ihm einfach keine Dienstanweisung ein, die einen solchen Fall regelte. Es gab sie wohl auch nicht.

»Aber es kommt doch nicht darauf an, ob er zum Zeitpunkt der Stellungnahme Polizeiangehöriger ist, sondern zum Zeitpunkt des Ereignisses, über das er berichten soll. Sonst könnte doch jeder Bürgermeister und jeder Postamtsleiter seine Untergebenen nach allen Dienstgeheimnissen aus ihren vorherigen Stellungen ausfragen.« Steffens Kopf errötete und man musste Angst um seinen Blutdruck bekommen.

»Schnickschnack! Wenn jeder Dienstherr seine ehemaligen Untergebenen jederzeit zu sich beordern könnte, um eine Stellungnahme zu einem weit zurückliegenden Ereignis …«

»Völlig egal, wessen Angehöriger er ist und wem er was erzählen darf: Die haben ihn und wir haben ihn nicht, und die geben ihn uns nicht. Das ist alles, worauf es ankommt.« Mit einem Handstreich schloss Rosenbaum die Schleusen und tauchte wortlos aus den Fluten auf, paddelte zur

Wachtmeisterei, wo der Telegraf stand, und diktierte ein Telegramm an das Reichsmarineamt:

Wachtmeister Harms benötigt keine Aussagegenehmigung für dienstliche Stellungnahme bei SEINER Dienststelle –
ER IST ANGEWIESEN, sofort auf seiner Dienststelle zu erscheinen –
Sie werden höflichst ersucht, die Anweisung an ihn weiterzuleiten –

Rosenbaum wartete schwitzend, durstig und wortlos neben dem Telegrafen auf die Antwort. Sie kam nach einer halben Stunde:

Ihr Protest wurde zur Kenntnis genommen –

Tja.
Hm.
Eine Stunde später hatte Rosenbaum in Erfahrung gebracht, dass die Dienststelle des für alle drei großen Kieler Werften zuständigen Sicherheitsoffiziers bei der Kaiserlichen Werft eingerichtet war. Weitere 30 Minuten später stand er in Steinhauers Büro. Er aktivierte für die Verhandlungen um Harms all sein diplomatisches Geschick, jedenfalls versuchte er es, wenngleich er wusste, dass die Erfolgsaussichten eher gering waren. Eigentlich hatte er um eine Liste von verletzten und vermissten Marineangehörigen bitten wollen, gab dieses Vorhaben jedoch vor dem Versuchsstadium als vorläufig aussichtslos wieder auf.

»Wie lange sind Sie hier eigentlich schon Sicherheitsoffizier?«, fragte Rosenbaum.

»Seit drei Jahren.«

»Und warum?« Nein, das war nicht diplomatisch.

»Was kann ich für Sie tun?«

Steinhauer war nicht mehr jung, vielleicht Mitte 40. Für einen jungen Offizier hätte die Stellung vielleicht ein Sprungbrett sein können, für ihn war es eher ein Abstellgleis. Die Arbeit eines Sicherheitsoffiziers war am erfolgreichsten, wenn sie nicht bemerkt wurde. Aber dann gab es auch kaum Chancen sich zu profilieren. Auf diesem Posten würde Steinhauer den Rest seiner beruflichen Tage verbringen. Genau wie Rosenbaum vermutlich auf seinem, zwar hatte er die Hoffnung noch nicht aufgegeben, aber realistisch betrachtet waren seine Chancen, in den nächsten Jahren aus Kiel wieder wegzukommen, wohl nicht groß – und er war erst 38.

Irgendein dunkles Ereignis in Steinhauers Vergangenheit hatte ihn an seinen Posten genagelt. Genau wie bei Rosenbaum. Vielleicht hatte er als junger Offizier eine Barkasse gegen eine Spundwand gesteuert. Vielleicht hatte er die Frau eines Vorgesetzten geschwängert oder beim Duell einen Kameraden erschossen. Vielleicht Spielsucht, vielleicht Trunksucht. Rosenbaum würde es wohl nicht in Erfahrung bringen, ein dunkles Geheimnis eben, und er hoffte, auch sein eigenes Geheimnis möge niemand erfahren.

»Ich möchte gerne mit Wachtmeister Robert Harms sprechen.«

»Ist nicht hier, der Mann.« Zur Präsentation der Abwesenheit von Wachtmeister Harms breitete Steinhauer die Arme aus und zeigte die Handinnenflächen vor, kein Wachtmeister darin. Es war eine Mischung aus Hohn und Humor und zugleich eine Demonstration der Stärke.

»Aber Sie wissen, wo er ist.«

»Wenn Sie keine weiteren Fragen mehr haben, Herr Obersekretär ... Sie verstehen, ich habe viel zu tun.«

Einen Stuhl hatte Steinhauer Rosenbaum erst gar nicht angeboten und jetzt machte er einen Schritt zur Tür, um ihn hinauszuführen. Rosenbaum setzte sich.

»Zu der Frage, was es mit den neu eingeschweißten Stahlkästen auf den Kränen auf sich hat, verwies mich Oberingenieur Claussen an Sie.«

Steinhauer zögerte und Rosenbaum hielt es durchaus für möglich, dass er ihn jetzt hinauswarf.

»In diesen Kästen sollen tagsüber geheime Konstruktionszeichnungen aufbewahrt werden. Bislang sollten sie im Panzerschrank des Zeichenbüros unter Verschluss gehalten werden, aber auf einfache Anforderung wurden sie an Zeichner und Ingenieure herausgegeben, vielleicht auch an die Putzfrau, wenn sie sie gewollt hätte. Das haben wir nun unterbunden. Von nun an muss die Herausgabe durch mich genehmigt und über Grund und Dauer Buch geführt werden. Früher lagen mehr oder weniger vollständige Kopien der Pläne in den Führerhäuschen der großen Kräne einfach so herum. Die Kranführer haben sie gewissermaßen auf Vorrat im Zeichenbüro abgeholt, damit sie bei Bedarf nicht immer hoch- und runterklettern mussten. Die blieben dort auch über Nacht. Niemand führte darüber Buch, niemand kontrollierte, wo sie abblieben, wenn das jeweilige Schiff fertig war. Und wenn es irgendwann zu voll oder zu unordentlich wurde, hat sich einer der Kranführer bequemt, alles zusammenzuknüllen und wegzuwerfen. Auf diese Weise wurden schon die geheimsten Pläne im normalen Werksmüll der Werft gefunden. Jetzt haben wir auf den Kränen die Stahlkästen eingeschweißt, wo die Pläne tagsüber eingeschlossen werden. Die Kranführer holen morgens aus dem Zeichenbüro die Pläne, die sie am jeweiligen Tag brauchen, und nachts müssen sie vollständig wieder zurück ins Zeichenbüro.«

Rosenbaum war überrascht von der plötzlichen Erzähllaune Steinhauers, der sich nun auch noch zu ihm setzte. Am liebsten hätte er gefragt, ob diese Maßnahmen etwas mit Frickes Tod zu tun hatten, doch wollte er die neue Entspannung nicht sofort wieder gefährden. Erst mal einlullen. Erst mal sondieren. »Was ist denn das besonders Geheime an der Germaniawerft?«

»Was für eine Frage: Drei der vier bislang in Dienst gestellten Unterseeboote der Kaiserlichen Marine wurden in der Germaniawerft gebaut. Unterseeboote sind eine sehr wichtige und schlagkräftige Waffe.«

»Ich dachte, U-Boote seien überflüssig.«

»Das ist nur Propaganda, das ist politischer Wille, oder besser: politischer Unwille. Ich sag nur: Staatssekretär von Tirpitz. Aber Seine Kaiserliche Hoheit Prinz Heinrich und sogar der Kaiser selbst haben sich eindeutig für Unterseeboote ausgesprochen. Das kann der Staatssekretär nicht einfach unbeachtet lassen.« Bereits die Worte ›Staatssekretär von Tirpitz‹ hörten sich an, als hätte Steinhauer den Teufel beim Namen genannt oder sonst irgendetwas Unerhörtes gesagt. Jetzt beugte er sich zu Rosenbaum wie zu einem Vertrauten. »Gerade hier in Kiel. Hier wurde das Unterseeboot gewissermaßen erfunden. Haben Sie noch nie etwas vom Brandtaucher gehört?«

Hatte Rosenbaum nicht und tat so, als würde er von Steinhauer eine skandalöse Enthüllung erwarten.

»Hier in Kiel gebaut, bei Howaldt, vor fast 60 Jahren und zwar mit privatem Erfindergeist und durch private

Finanzierung. Die Marineführung hatte den Nutzen von Unterseebooten noch nicht erkannt. Der Brandtaucher setzte eine bahnbrechende Erfindung um: die Höhensteuerung durch Flutung. Aus Kostengründen wurde aber auf Trimm- und Ballasttanks verzichtet, die Flutung erfolgte in den Innenraum, wo das Wasser, wenn es denn erst einmal hineingelassen wurde, nicht mehr sicher kontrollierbar war. Deshalb wurde der Brandtaucher verschiedentlich auch Zauberlehrling genannt.« Ein entrücktes Lächeln eroberte Steinhauers Gesicht. Das Thema gefiel ihm. »Diese Unkontrollierbarkeit wurde dem Brandtaucher auch tatsächlich zum Verhängnis, bereits bei seinem allerersten Tauchgang 1851 in der Kieler Förde. Ein Teil des Wassers lief ins Heck, das Heck senkte sich ab und das restliche Wasser floss hinterher. Die mitgeführten Trimmgewichte konnten die Hecklastigkeit nicht mehr ausgleichen. Zum Auftauchen war vorgesehen, dass man mit Pressluft das Wasser wieder aus dem Bootskörper hinausdrückt. Am Heck jedoch waren keine Lenzklappen vorhanden, durch die das Wasser hätte hinausgepresst werden können. Die Besatzung hat das Wasser schlicht und einfach nicht wieder aus dem Boot herausbekommen, und der Brandtaucher konnte nicht mehr auftauchen. Die Besatzung wurde gerettet, aber das Boot wurde erst viele Jahre später beim Bau des neuen Torpedohafens wiedergefunden und gehoben.«

Das war offensichtlich Steinhauers Thema. Die moderne Technik faszinierte ihn. Womöglich befand er sich gar nicht auf dem Abstellgleis, sondern erfüllte hier seine Träume. Rosenbaum hörte weiter interessiert zu.

»Oder das Versuchs-U-Boot, auch noch nichts von gehört? Wurde auch bei Howaldt gebaut, auch rein privat finanziert. Es hatte bereits einen relativ modernen Elektromotor für die Unterwasserfahrt. Probleme machten dann die Akkumulatoren. Sie waren in von innen geteerten Holzkästen untergebracht. Die waren aber nicht dicht. Säure trat aus und ätzte ein Loch in die Bootswand. Das Versuchs-U-Boot sank, bevor es die erste Tauchfahrt unternommen hatte. Es hat übrigens nie einen Namen bekommen, wie ein missgebildetes Kind, das gleich nach seiner Geburt die Klippen hinuntergeworfen wird.«

Mit zwei hochgezogenen Augenbrauen staunte Rosenbaum, welch ein Mitleid dieser gestandene Offizier für missgebildete U-Boote entwickelte.

»Bei Howaldt hatten sie dann erst einmal die Nase voll von Unterseebooten«, sprach Steinhauer weiter, »aber bei Germania bekamen sie Lust drauf. Dort wurde dann die Forelle gebaut, und zwar 1903, nur sechs Jahre nach dem Versuchs-U-Boot. Wieder rein privat. Obwohl inzwischen fast im gesamten westlichen Ausland die Marineführungen Unterseeboote entwickelten und ihre Einsatzmöglichkeiten abschätzten, verschlief die Admiralität der Kaiserlichen Marine diese Entwicklung. Die Forelle war ein grandioses Boot, wohl das beste Unterseeboot, das es zu jenem Zeitpunkt gab – das weltweit erste Unterseeboot, das für militärische Zwecke wirklich tauglich war. Und jetzt raten Sie mal, was damit passiert ist.«

»Es sank?«

»Es wurde nach Russland verkauft, weil die Kaiserliche Marine sich dafür nicht interessiert hatte. Erst als es weg war, wurde Tirpitz nervös.«

Konnte es das geben? Ein erwachsener Mann, der in Kriegstechnik verliebt war wie in eine Frau?

»Haben Sie eigentlich eine technische Ausbildung?«, wollte Rosenbaum wissen.

»Nein. Ich hätte gerne Ingenieurwesen studiert. Aber es ging nicht.«

»Warum nicht?«

»Ich musste zur Marine. Das war eben so.«

Das war wohl so. Die Väter, jedenfalls die konservativen Väter, bestimmten in jener Zeit die Berufe der Söhne, und bei einem konservativen Vater war es oft die Offizierslaufbahn. Aber Steinhauer hatte offensichtlich einen Weg gefunden, Zwang und Neigung miteinander zu versöhnen.

»Aber sind Unterseeboote nicht viel zu langsam und zu verwundbar, um eine gute Waffe zu sein?«

»In einem offenen Schlagabtausch mit feindlichen Kriegsschiffen hätten sie keine Chance, da haben Sie recht. Denn die bisherige Torpedotechnik erlaubte nur eine Reichweite von 4.000, maximal 5.000 Meter, und das auch nur bei eingeschränkter Treffgenauigkeit. Der Gefechtsabstand moderner Großkampfschiffe ist aber inzwischen auf 10.000 Meter und darüber angewachsen. Wenn ein Unterseeboot in einer Entfernung von 5.000 Meter vor einem feindlichen Schlachtschiff auftaucht, reiben die sich vielleicht erst einmal verwundert die Augen, aber dann kommt eine Kanonensalve und das U-Boot ist weg, bevor es überhaupt gefechtsklar ist und seine Torpedos auf das Ziel ausgerichtet hat. Neue technische Entwicklungen erhöhen zwar die Reichweite, aber die Treffgenauigkeit leidet dabei enorm und man hat im Grunde nicht viel gewonnen. Nein, ganz klar: In einem offenen Kampf können Unterseeboote nur verlieren. Ihre Stärke ist das Versenken von Handelsschiffen. Das ist völkerrechtlich sogar erlaubt, wenn das Handelsschiff gerade einen militärischen Auftrag durchführt, beispielsweise Truppen- oder Waffentransporte. Das Völkerrecht sieht allerdings vor, dass das Schiff zunächst gestoppt und sein militärischer Auftrag überprüft und nach dem Versenken die Besatzung aufgenommen werden muss. Das ist für ein Unterseeboot natürlich unmöglich. Außerdem muss im Kriegsfall damit gerechnet werden, dass ein Handelsschiff mit militärischem Auftrag auch eine getarnte Bewaffnung besitzt, sodass es ein aufgetauchtes U-Boot leicht unter Feuer nehmen und versenken kann. Wenn man sich an das Kriegsvölkerrecht hält, sind Unterseeboote also insofern eine stumpfe Waffe. Wenn man es mit dem Völkerrecht hingegen nicht so ernst nimmt, können Unterseeboote im Kampf gegen Handelsschiffe durchaus schlagkräftig sein. Aber man kann natürlich in Friedenszeiten die Entwicklung eines ganzen Waffentyps nicht mit dem beabsichtigten Bruch des Völkerrechts begründen. Der einzige offiziell für sinnvoll gehaltene Einsatz ist deshalb, Unterseeboote zum Absichern von gesperrten Seegebieten wie ein mobiles Minenfeld einzusetzen. Dazu könnte man eigentlich auch Minen nehmen, die sind viel billiger als Unterseeboote. Aus diesem Grund hat Tirpitz die U-Bootwaffe zunächst als wenig attraktiv angesehen.«

»Aber sie wurden dann ja doch gebaut.«

»Ja, es setzten sich zum Glück Leute durch, die Fantasie besitzen und das strategische Denken nicht verlernt haben. Ich persönlich hatte die Ehre, Seiner Kaiserlichen Hoheit Prinz Heinrich das ungeheure Potenzial der Unterseeboote erklären zu dürfen, und er war begeistert.« Über Steinhauers Gesicht huschte ein Hauch von Stolz, bevor er seine Erinnerungen zur Seite schob und begann, Rosenbaum Seestrategie zu erklären. »Also, man muss Unterseeboote nicht einsetzen wie Fregatten, verstehen Sie? Man muss ja auch Kavallerieschwadronen nicht einsetzten wie Infanteriebataillone. Unterseeboote sind eine leise und unsichtbare Waffe, die überall in der Welt operieren kann, ohne zuvor das Terrain erobert zu haben. Das ist der Vorteil, den kein anderer Waffentyp besitzt. Stellen Sie sich vor, Sie würden nachts im Hafen von New York auftauchen und niemand merkt das. Sie könnten ganz nah an Militäranlagen vorbeifahren und sich alles genau ansehen und, wenn Sie wollen, suchen Sie sich von der feindlichen Flotte das Flaggschiff heraus, versenken es, tauchen wieder ab und fahren nach Hause. Sie müssen nicht mit der Keule alles niederhauen und hoffen, dass das Richtige dabei ist, Sie können exakte Operationen ohne ungewünschte Begleitschäden ausführen.«

»Und Ihre Aufgabe ist es also, diese Unterseeboote vor Spionageangriffen zu schützen.« Diese Äußerung von Rosenbaum stand so brutal und fantasielos auf dem Betonboden der Realität, dass sie Steinhauers Schwebezustand mit einem schmerzhaften Absturz beendete.

»Nicht nur die U-Boote, auch die anderen Schiffe in ihrer Bauphase und die Torpedotechnik, *vor allem* die Torpedotechnik. Das ist nicht ganz einfach, weil die Dinger intensiv erprobt werden müssen. Früher wurden die Torpedoausstoßversuche fast ausschließlich in der Kieler Innenförde im Torpedoschießstand Schwartzkopff in Düsternbrook gemacht. Es gibt auch noch einen anderen Schießstand nahe der dänischen Grenze, aber der ist ziemlich weit weg. Gute Bedingungen herrschen auch in der Eckernförder Bucht, riesiges Gebiet, kaum von der Schifffahrt genutzt, Wassertiefe bis zu 20 Meter, gut abzuschirmen. Da fahren sie gerne von der Torpedowerkstatt in Friedrichsort aus hin. Die finden das da so gut, dass sie dort einen regelrechten Schießstand einrichten wollen. Die wirklich geheimen Torpedoversuche finden schon seit einiger Zeit dort statt. Und bei so wenig Verkehr ist es dort auch nicht so gefährlich wie hier bei Schwartzkopff, zumal die Größe von Schwartzkopffs Sperrbezirk inzwischen von der Reichweite der modernen Torpedos um ein Vielfaches übertroffen wird. Neulich hat ein verirrter Torpedo fast einen zivilen Frachtsegler aus Holz getroffen. Aus Holz, verstehen Sie? Das Ding hätte sich in seine Atome aufgelöst, auch wenn kein Sprengkopf montiert war. Kurz vor dem Aufprall ging aber der Torpedoantrieb auf Störung. Selten haben die Männer sich so über einen missglückten Torpedoversuch gefreut.«

»Torpedowerkstatt, sagen Sie? In Friedrichsort?«

»Ja, nichts Großes, ein paar Hallen und ein paar Stege. Über tausend Beschäftigte, aber kein Platz. Der Standort geht auf ein Torpedodepot der Marine zurück. Dort befindet sich seit einiger Zeit auch die ›Kaiserliche Torpedowerkstatt‹, ein Betrieb, der zunächst die Torpedos für die Kaiserliche Marine herstellte, mangels hinreichender Fertigungskapazitäten jetzt aber nur noch die technische Entwicklung betreibt. Die Herstellung findet seit einigen Jahren ausschließlich in einem großen Stahlbaubetrieb in Berlin statt.«

»Also bei Germania haben die mit dem Bau der Torpedos gar nichts zu tun?«

»Nein, da liegen ein paar Muster und Attrappen rum und natürlich haben die die Konstruktionspläne, aber sonst haben die mit den Dingern nichts zu tun.«

XX

Die Frage war brisant, Kiniras musste intensiv darüber nachdenken. Von der geschickten Beantwortung konnte einiges abhängen. Niemandem nach dem Munde reden, aber auch niemanden verärgern. Ob es ›nicht irgendwie kurios‹ sei, wenn wir ›bei den Unterseebooten rückständig und bei den Torpedos führend‹ sind, hatte Brose wissen wollen. Natürlich, er gehörte zum Heer und Dummheiten bei der Marine interessierten ihn, und zwar am meisten solche, die von Fehlschlägen im eigenen Verantwortungsbereich ablenken konnten.

Sicher, das war schon kurios. Torpedos sind die geborenen Waffen der Unterseeboote und Kanonen sind die geborenen Waffen der Schiffe. Aber bloße Logik bringt noch nicht die Entscheidung. Dummheiten, Emotionen und Irrationalitäten, Durchsetzbarkeiten, Eigennutz und Verhandlungsgeschick, politische Mehrheiten, Allianzen und natürlich wirtschaftliche Interessen treffen die Entscheidung.

Alfred von Tirpitz hatte dem Kaiser vor langer Zeit einmal bestätigt, er sei ein überaus bedeutender Herrscher und seine Absicht, die Marine aufzurüsten, wäre zur Sicherung der Größe von Kaiser und Reich absolut erforderlich und hätte geradezu visionären Charakter. Prompt wurde Tirpitz, der bis dahin mit dem Rang eines Kapitäns zur See Chef der ›Inspektion für das Torpedowesen‹ in Kiel gewesen war, zum Konteradmiral befördert und zum Staatssekretär des Reichsmarineamtes ernannt, war damit dem Kaiser direkt unterstellt und durfte die kaiserlichen Visionen konkretisieren und sofort umsetzen. Dazu erschuf er einen Plan, der sich über 20 Jahre erstrecken und ihm für diese Zeit eine sichere Stellung garantieren sollte. Natürlich sah Tirpitz für seine Torpedos, die er zuvor so viele Jahre liebevoll umsorgt und bei denen er regelrecht Trauer empfunden hatte, wenn mal eines bei Probeschüssen verloren gegangen war, natürlich sah er für sie einen angemessenen Platz in seinem visionären Plan vor. Selbst wenn dieser Plan zum ausschlaggebenden Anlass für das Wettrüsten zwischen Britannien und Deutschland werden sollte, eines konnte sicher niemand behaupten, nämlich dass der darin vorgesehene Ausbau der Torpedowaffe einen erwähnenswerten Anteil daran hatte.

Wie ein liebender Vater pflegte Tirpitz auf die Unzulänglichkeiten der Torpedowaffe angesprochen zu antworten: ›Das kommt schon noch‹, und es hörte sich an wie: ›Er schafft das Abitur bestimmt irgendwie.‹ Unterseeboote hingegen mochte Tirpitz nicht, und er fand, man könnte die Torpedos auch von Torpedobooten oder Großkampfschiffen abfeuern. Sicher konnte man das, aber warum sollte man denn diese Schiffe nicht besser mit Kanonen ausrüsten, die den Torpedos in jeder Hinsicht, in Reichweite, Treffgenauigkeit, Geschwindigkeit, Sprengkraft, Zuverlässigkeit und Kosten überlegen waren?

Kiniras war das im Grunde alles egal. Aber er wurde gefragt und musste jetzt antworten.

»Nun ja, ich bin kein Militärstratege. Aber man kann die Torpedos auch von Torpedobooten und Großkampfschiffen abfeuern.«

»Aber zu Unterseebooten würden sie doch viel besser passen. Ein Schlachtschiff kann man doch mit riesigen Kanonen ausstatten. Wozu braucht so ein Schlachtschiff dann noch Torpedos?«, fragte Brose.

»Unterseeboote sind keine schlagkräftige Schiffsklasse und werden es auch nie sein. Menschen sind ja keine Fische«, antwortete Kiniras.

»Aber sind Menschen denn Enten?«

Diese Frage von Nicolai war entgegen seiner Neigung kein Keulenschlag, sondern ein wohl gezielter und dosierter Hieb mit einer scharfen Klinge aus geschliffenem Stahl. Ein Angriff auf Kiniras. Das durfte er sich nicht gefallen lassen, er musste zurückschlagen, und er fühlte sich dazu in jeder Hinsicht berechtigt, war Nicolai doch von seinem Wohlwollen abhängig.

»Es gibt Leute, die sagen, dass man mit Unterseebooten irgendwelche nebulösen Spezialaufträge mit chirurgischer Genauigkeit durchführen könne und dass man sich allein deshalb teure Unterseebootflottillen leisten sollte.« Ein letztes Zögern, und dann der Schlag auf die Nase. »Diese Leute haben nicht begriffen, dass militärische Planung sich vom Führen eines Gemischtwarenladens grundlegend unterscheidet. Sie müssen ihr Ziel festlegen und dann müssen sie sich die dazu erforderlichen Mittel beschaffen. Das Ziel wurde bereits vor 15 Jahren durch den Tirpitz-Plan definiert, nämlich der britischen Seemacht in der Nordsee einen wehrhaften Verteidigungsring entgegenzustellen. Dazu brauchen sie Großkampfschiffe und keine chirurgischen Instrumente. Wer sich hier verhält wie beim kalten Büffet, nämlich ›von allem ein bisschen‹, der hat zum Schluss von allem zu wenig. Natürlich schadet es nicht, wenn sie ein Unterseeboot haben, das unbemerkt im Hafen von New York auftauchen kann. Aber wenn die dafür erforderlichen Mittel dort eingespart werden, wo sie wichtiger sind, haben sie zum Schluss doch nur einen Gemischtwarenladen.«

»So, so, das Ziel ist also, die britische Seemacht in der Nordsee zu bekämpfen«, spottete Nicolai. »Kennen Sie denn das Interview unseres Kaisers nicht, das letztes Jahr im ›Daily Telegraph‹ abgedruckt war? Sagte er da nicht ausdrücklich, dass der Grund für den deutschen Flottenbau nicht die britische Seemacht sei, sondern der Schutz unserer Besitzungen in der Südsee?«

»Ja, das sagte er. Natürlich sagte er das. Was hätte er sonst sagen sollen, wenn durch die britische Presse gerade die Angst vor einer deutschen Invasion geistert? Es ist erklärte Strategie der Reichsregierung, internationale Konflikte zu vermeiden, solange die Sollstärke der Flotte noch nicht erreicht ist. Problematisch ist allerdings, dass dadurch leider auch eigene Stellen verwirrt werden.«

»Ist gut, meine Herren. Ich hatte Sie zur gemeinsamen Berichterstattung hergebeten, nicht damit Sie sich hier streiten. Ich denke, wir sollten die Marineführung oder gar den Kaiser jetzt nicht kritisieren, sondern uns auf die Feststellung der Tatsachenlage beschränken. Fahren Sie fort.« Brose hatte selbstverständlich nichts dagegen, dass das Reich aufrüstete. Und es war ihm, wie der gesamten Heeresführung auch recht, dass das im Wesentlichen bei der Marine geschah. So konnte das Heer unter sich bleiben und würde nicht durch einen aufgeblasenen Verwaltungsapparat an Schlagkraft verlieren.

»Die Torpedotechnik muss mit fünf großen Problemkreisen kämpfen: Reichweite, Geschwindigkeit, Treffgenauigkeit, Sprengkraft und Sichtbarkeit.« Kiniras' Tonfall war wieder friedlicher, aber er hatte sich noch immer nicht entschieden, ob er Nicolai hinrichten sollte. »Dabei ist die Sichtbarkeit bis heute ein ungelöstes Problem. Torpedos ziehen bei ruhiger See einen Schweif aus Abgasbläschen und Propellerstrudel hinter sich her, den man weithin erkennen kann. Und es gibt keine sinnvollen Ansätze, das abzustellen. Das heißt, man muss damit leben, dass ein Torpedo von Weitem zu sehen ist. Das leitet auf Reichweite, Geschwindigkeit und Treffgenauigkeit über. Je langsamer und ungenauer der Torpedo ist, desto größere Ausweichchancen bestehen für das Zielobjekt. Noch vor zehn Jahren erreichten die Torpedos Geschwindigkeiten um die 20 Knoten und hatten dabei eine Seitenabweichung von zehn Prozent im Verhältnis zur Entfernung. Bei einer angenommenen Ziellänge von 100 Metern musste man also auf 500 Meter heranfahren, um ein stehendes Ziel zu treffen. Bei bewegten Zielen musste man sich auf unter 300 Meter nähern. Seither hat sich viel getan. Die Motoren wurden stärker, der Propellerantrieb hat sich verbessert und der Strömungswiderstand hat sich verringert. Dadurch erreichen die modernen Torpedos 35 Knoten und mehr, wodurch die Zielobjekte weniger Möglichkeiten haben auszuweichen. Außerdem kann mehr Sprengstoff mitgenommen werden. Die wichtigste Neuentwicklung sind aber die neuen GA-Apparate, die den Geradeauslauf verbessern. Während heute alle ausländischen Torpedos noch Seitenabweichungen von rund fünf Prozent aufweisen, sind die deutschen Torpedos mit GA-Apparaten der BMAG ausgerüstet, was zu einer maximalen Seitenabweichung von einem Prozent führt.«

»Die BMAG? Stellen die nicht auch unsere guten preußischen Dampflokomotiven her?« Der wohl einzige Grund dieses Einwurfes von Nicolai war, seine Versöhnungsbereitschaft zu demonstrieren.

»Ja genau. Die ›Berliner Maschinenbau Actien-Gesellschaft vormals L. Schwartzkopff‹. Die bauen seit Langem sehr erfolgreich Dampflokomotiven. Deren zweites Standbein sind die Torpedos. Das Werk steht übrigens hier in Berlin, in der Chausseestraße. Die deutschen Torpedos werden in der kaiserlichen Torpedowerkstatt in Friedrichsort, das ist ein kleines Dorf an der Kieler Förde, entwickelt und getestet und größtenteils bei der BMAG gebaut. Aber das ein oder andere konstruieren die Ingenieure der BMAG auch selbst, und mit dem GA-Apparat ist ihnen wirklich ein Geniestreich gelungen. Der Apparat ist im Prinzip ein Kreiselkompass, der auch geringfügigste Kursabweichungen erkennt und über ein ausgeklügeltes mechanisches Steuersystem korrigiert. Die Torpedos werden hier gebaut und dann zum Einschießen zum Torpedoschießstand Schwartzkopff in Kiel und seit Kurzem auch zu dem neuen Schießstand auf der Insel Alsen gebracht, bevor sie ausgeliefert werden. Das Reichsmarineamt hat sich die exklusiven Rechte an dem GA-Apparat der BMAG gesichert und höchste Geheimhaltungsstufe verhängt, so geheim, dass der Apparat nicht zum Patent angemeldet wurde, weil man nicht auch noch das Patentamt bewachen wollte. Die neue Torpedogeneration, die jetzt gebaut wird – das ist aktuell das Modell G/6 und in Planung für etwa 1911 ist G/7 – kann mit diesem Apparat eine Reichweite von 10.000 Meter und mehr erzielen und unter günstigen Umständen auch treffen. Damit werden die Torpedos wieder interessant für die großen Schlachtschiffe, die einen Gefechtsabstand von über 9.000 Meter einhalten. Diese neue Torpedogeneration benötigt besondere Abschussvorrichtungen, die jetzt in die neuen Unterseeboote, Torpedoboote und Großkampfschiffe eingebaut werden. Solange die ausländischen Mächte nicht die GA-Apparate der BMAG haben, besitzt die Kaiserliche Marine einen gewaltigen technischen Vorsprung. Auf die Konstruktionspläne genau dieser Apparate wurde ein Spionageanschlag verübt, den wir vereitelt haben.« Das hörte sich ungewollt nach Rettung an. Kiniras konnte aber noch immer auf Hinrichtung umschwenken, indem er haufenweise schmutzige Details nachschob.

»Dann erzählen Sie doch mal von diesem Spionageanschlag«, schlug Brose vor. Er liebte es gar nicht, auf die Folter gespannt zu werden. Nur sein ausgleichendes Wesen hielt ihn davon ab, sich drastischer auszudrücken.

»Vor zwei Monaten sprach ein Mann bei uns, also dem Marinenachrichtendienst MND in Kiel, vor und berichtete, dass der britische Geheimdienst Bestrebungen anstellt, die deutsche Torpedotechnik auszuspionieren. Der Nachrichtenoffizier, mit dem er sprach, fand das aber nicht sehr spannend. Der MND betreibt selbst nur Auslandsaufklärung. Von Spionageabwehr ist man dort eher gelangweilt.« Vorsicht, jetzt nur nicht den Brose beleidigen. »Die Marine, die deutsche wie alle anderen auf der ganzen Welt, will im Grunde nur wissen, wie groß die feindlichen Geschütze sind, wie genau sie schießen und wo sich ihre Verbände befinden. Der Nachrichtenoffizier machte eine Notiz, schickte den Mann nach Hause und widmete sich dann wieder den feindlichen Flottenbewegungen und Hafenbeobachtungen. Als seinem Vorgesetzten dieser Fehler nach einigen Tagen auffiel, machte man Meldung zur IIIb und strafversetzte den zuständigen Offizier, und zwar, soweit ich weiß, stilvollerweise als dritten Offizier auf ein Torpedoboot.«

»Ja, ähem.« Nicolai bekam erst nach einigen lautlosen Sekunden und nur wegen des jetzt auf ihm ruhenden Blicks seines Chefs mit, dass er dran war. »Ich bekam diese Meldung auf den Tisch, als ich gerade intensiv mit dem Ausbau der neuen Nachrichtenstation in Königsberg beschäftigt war. Wir hatten nämlich ...«

»Ja ist gut. Wie ging es weiter?« Nachrichten aus Königsberg wollte Brose nicht hören. Kiniras hatte das gesamte Kontingent an Ausschweifungstoleranz aufgebraucht. Für Nicolai war nichts mehr übrig. Er hatte sich Chancen auf Broses Nachfolge ausgerechnet, wenn der im nächsten Jahr in Ruhestand treten sollte. Sie rieselten leise dahin.

»Major Nicolai übertrug die Angelegenheit wiederum mir als dem zuständigen Verbindungsoffizier des MND. Ich nahm sofort Kontakt zu dem Informanten auf und bestellte ihn ein. Der Mann berichtete dann, er sei bei der Germaniawerft beschäftigt und habe dort Zugang zu den Konstruktionsplänen. Der britische Geheimdienst sei nun über einen Verbindungsmann, einen Schiffsschweißer von Germania, an ihn herangetreten und habe sich so Zugang zu den Plänen verschaffen wollen. Der Mann berichtete weiter, dass er nach langem Zögern zunächst zugesagt habe. Aber dann habe er Gewissensbisse bekommen, sich umentschieden und jetzt gewissermaßen als Doppelagent seinem Vaterland zu Diensten sein wollen. Ich schickte den Mann erst einmal wieder nach Hause. Meine anschließenden Recherchen stützten seine Darstellungen. Er hatte in seiner Position wirklich Zugang zu den Plänen, darunter befanden sich auch die Konstruktionspläne des neuen G/6-Torpedos inklusive des GA-Apparats und der Abschussvorrichtungen für Unterseeboote. Das dürfte also für die Tommys hochgradig interessant sein. Auch den Schweißer gab es, dem seinem Lebenswandel nach zu urteilen subversive Tätigkeiten durchaus zuzutrauen waren. Der Informant selbst schien durchaus glaubwürdig, wenngleich sein Leumund von nicht unerheblichen Spielschulden – er spielte regelmäßig um Geld, Doppelkopf und Poker – getrübt war.«

»Und Sie halten es für glaubhaft, dass der Informant sich aus schlechtem Gewissen und Patriotismus umentschieden hat?«, fragte Brose.

»Ja, Herr Oberstleutnant. Jedenfalls entschied ich, selbstverständlich nach Rücksprache mit Major Nicolai, den Mann in unsere Dienste zu nehmen. Ich gab ihm den Decknamen ›Doppelkopp‹, wegen seiner Spielsucht und weil er ja irgendwie Doppelagent war.«

»Also Sie haben entschieden, zwar nach Rücksprache mit Major Nicolai, aber nicht er hat entschieden, sondern Sie haben entschieden?«

»Ja.«

Aus dem Rieseln wurde ein Bröckeln und Brose wandte sich wieder Nicolai zu. »Wieso haben Sie diese brisante Angelegenheit einem so jungen und unerfahrenen Mann übertragen, und noch dazu außerhalb der IIIb?«

»Gestatte mir, darauf hinzuweisen, dass Leutnant Kiniras trotz seines jugendlichen Alters als überaus fähig einzuschätzen ist. Und er hat mir ständig Bericht erstattet.«

»Ist das Ihre Begründung?«

»Habe einzugestehen, die Angelegenheit anfangs unterschätzt zu haben. Uns war nicht klar, dass die Engländer auf die Torpedopläne abzielen würden. Bei Germania werden außer zivilen Schiffen meist nur U-Boote gebaut. Und da haben wir nichts zu verheimlichen. Wenn die Briten bei uns offiziell anfragen, würden wir ihnen unsere U-Boot-Pläne sogar mit der Post schicken.«

»Ja, das hat uns ja Leutnant Kiniras schon erzählt. Aber Sie würden hoffentlich nicht die Torpedopläne mitschicken. Wer um Himmels willen hat das verbockt? Wer hat entschieden, dass die Germaniawerft von Spionageattacken nicht bedroht sei?« Nicolai sah Kiniras an, Kiniras blickte zurück. Wenn sie möglicherweise gemeinsam in einem Boot saßen, wäre es nicht schlau, ein Leck zu schlagen, auch wenn es auf der Seite war, wo der andere saß. Aber Kiniras saß in keinem Boot, er stand eher am Ufer. Dennoch, beide schwiegen, wenn auch aus unterschiedlichen Gründen.

XXI

Genug eingelullt. Jetzt wurden wieder die Messer gewetzt.

»Hat eigentlich der Einbau der Stahlkästen auf den Kränen etwas mit Frickes Tod zu tun?«, fragte Rosenbaum und seine Stimme wurde lauter und fester.

»Nein«, antwortete Steinhauer mit ebenso lauter und fester Stimme.

Mit diesem kurzen Wortwechsel waren die beiden keine Freunde mehr. So schnell konnte das gehen bei Beamten wie bei Staaten. Rosenbaum verspürte plötzlich Durst und hätte gern nach einem Glas Wasser gefragt, hielt den Moment jedoch nicht für angemessen.

»Aber das ist doch kein Zufall, dass beides gleichzeitig passierte.«

»Doch.« Um glaubhaft zu sein, war diese Einlassung zu kurz. Nach einem Augenblick fügte Steinhauer hinzu: »Das hatten wir ja schon vor fast zwei Wochen geplant.«

Also wussten sie schon vor zwei Wochen von der Sache, die Saubande, dachte Rosenbaum, zog die aus dem Wachbuch gerissene Seite von der Tatnacht aus der Tasche und zeigte sie Steinhauer. »Kennen Sie das?«

»Was soll das sein?«

»Ein aus dem Wachbuch des Werkschutzes entfernter Eintrag, wonach in der Tatnacht am Ausrüstungskai Schüsse gefallen sind.«

»Nein, kenne ich nicht.«

»Sollten Sie aber. Sie prüfen doch die Wachbücher.«

»Sonst noch was?«

»Was ist mit Harms? Warum haben Sie ihn weggeschafft? Was weiß er, was ich nicht wissen soll?«

Steinhauer schwieg.

»Was ist mit Harms?« Rosenbaum sah Steinhauer an, dass er kurz davor war auszupacken. Ein kleines Stück musste er noch nachhelfen, nur ein kleines Stück. Und danach könnte er vielleicht nach einem Glas Wasser fragen. »Ich will doch nur einen Mörder fassen. Ich werde keine Militärgeheimnisse verraten.«

»Sie wollen nur einen Mörder fassen? Nur *einen* Mörder fassen? Jedes Mal, wenn ein Soldat den Finger am Abzug krümmt, stirbt ein Mensch. Wenn eine Granate einschlägt, sterben zehn Menschen. Wenn ein U-Bootkommandant den Abschuss eines Torpedos befiehlt, sterben Hunderte, vielleicht Tausende. Und Sie wollen *einen* Mörder fassen. Es geht nicht um *einen* Mörder oder *ein* Opfer. Es geht um Tausende, um Millionen. Das Spiel ist viel größer, als Sie sich vorstellen können. Was, wenn dieser eine

Mord Millionen Menschen das Leben gerettet hat? Ha, *einen* Mörder.«

Rosenbaum schwieg. Was hätte er auch sagen sollen? Er konnte das Paradoxon nicht aufklären. Er war selbst Teil des Systems. Einen Menschen zu töten, konnte ein Mord sein oder eine Heldentat, je nach Situation. Aber sogar in derselben Situation konnte es beides sein, eine Frage der Perspektive.

Nach einer Weile fragte Rosenbaum doch: »Heißt das, Frickes Tod hat Millionen Menschen das Leben gerettet?«

»Hören Sie auf.«

»Wir leben in Friedenszeiten. Das bedeutet doch wohl, dass das Militär im Moment den Finger am Abzug nicht krümmt und dass – im Moment – keine Granaten einschlagen. Also keine militärische Aktion. Also: Was steckt hinter dieser Geheimniskrämerei?«

»Was sollen solche Fragen? Das bringt doch nichts.«

»Ist es Weltpolitik? Bündnispolitik? Ist es die Rivalität mit England?«

»Ach was, Rivalität. Die Briten gönnen uns unsere Weltmachtstellung nicht. Wir sind nicht deren Rivalen, sondern die sind unsere Unterdrücker. Deutschland hat nach den USA die zweitgrößte Volkswirtschaft der Welt. Aber die eingebildeten und versnobten Briten halten sich noch immer für was Besseres.« Steinhauer kam in Fahrt, wurde emotional, vergaß seine Vorsicht und es brodelte, was ihm auf der Seele lag. Nur noch ein wenig Schmierseife hinzugeben und der Geysir würde Fontänen von Geheimnissen ergießen.

»Deutschland ist aus britischer Sicht erst einmal ein Emporkömmling, und wer sich zum ersten Mal an einen fremden Tisch setzt, der sollte fragen, ob er Platz nehmen darf«, bereitete Rosenbein die Schmierseife vor. »Der Kaiser hat sich ursprünglich vielleicht sogar England als Bündnispartner gewünscht und wollte sich stark und attraktiv darstellen, so wie ein Mann beim ersten Rendezvous den Bauch einzieht und seine Armmuskeln zeigt, während die Frau mit ihren Haaren spielt. Dabei hat der Kaiser aber übertrieben, sodass die Briten Angst bekamen und ihre Erbfeindschaft mit Frankreich beilegten, um einen Bündnispartner gegen Deutschland zu haben. Als dann auch noch Russland der Entente beitrat, wurde die vollständige Niederlage der kaiserlichen Diplomatie deutlich. Der Kaiser wollte alle gegeneinander ausspielen und stand zum Schluss mit Österreich-Ungarn allein da. Er wollte Bündnispolitik besser machen als Bismarck und hat zum Schluss alles ruiniert. Und – so oder so – England und Deutschland sind Gegner und bedrohen einander.«

»Die deutsche Flotte ist doch keine Bedrohung für die Briten, ich bitte Sie!«, brodelte Steinhauer zurück. »Und die haben doch nicht aus Angst vor uns Deutschen ihre Bündnisse mit Japan, Frankreich und Russland geschlossen. Die haben sich mit Frankreich nicht mehr in den Kolonien bekämpfen wollen, und deshalb haben sie mit denen Frieden geschlossen. So einfach ist das, ein ganz geradliniger Grund. Vereinzelte, diplomatisch unglückliche Formulierungen in einigen Äußerungen des Kaisers waren für die Briten willkommener Anlass, einen deutschfeindlichen Kurs in der Öffentlichkeit zu vertreten und damit den Ausbau der eigenen Flotte zu rechtfertigen. Das wurde geschickt aufgegriffen, um eine feindliche Stimmung gegen Deutschland zu schüren.«

»Und Sie glauben, dass es nur eine ›unglückliche Formulierung‹ war, als der Kaiser beispielsweise sagte, er würde zur englandfreundlichen Minderheit in Deutschland gehören? Sie glauben, ihm sei nicht klar gewesen, dass er damit die Angst vor Deutschland weiter anfacht?«

»Der Kaiser will doch keinen Krieg mit England führen. Lächerlich! Er ist doch anglophil«, erwiderte Steinhauer. »Der Kaiser liebt die Briten und ist dort häufig zu Besuch, nicht nur im Königshaus, auch bei Land und Leuten.« Steinhauer atmete ein paarmal tief durch, bevor er etwas weniger aufgeregt und etwas überlegter weitersprach: »Erinnern Sie sich an den Roman ›Das Rätsel der Sandbank‹ von Erskine Childers, der englische Originaltitel lautet ›The Riddle of the Sands‹. Dort wurden Vorbereitungen für einen fiktiven Überfall der Deutschen auf Großbritannien beschrieben. Das ist natürlich Unsinn. Die Kaiserliche Marine hatte so etwas schon Jahre zuvor geprüft und für undurchführbar befunden. Aber umgekehrt, mein Lieber, umgekehrt wird ein Schuh draus. Die deutsche Marine musste einige Veränderungen ihrer Verteidigungsstellungen an der Nordseeküste vornehmen.«

»Und warum hat die Kaiserliche Marine die Möglichkeit eines Überfalls auf England überhaupt geprüft?«, fragte Rosenbaum.

»Kommen Sie, das sind Planspiele, das machen alle Staaten. Fragen Sie lieber, woher die Briten die Arroganz nehmen, uns verbieten zu wollen, mit ihnen kräftemäßig gleichzuziehen. Dabei wollen wir noch nicht einmal gleichziehen, sondern nur eine militärische Stärke erlangen, die die Tommys davon abhält, uns anzugreifen. Und fragen Sie doch mal, was die Briten und die Franzosen sich dabei denken, nahezu ganz Afrika zu kolonialisieren und uns nur ein paar überflüssige Südseeinseln übriglassen.« Steinhauer hatte sich wieder gefangen.

Rosenbaum musste neue Schmierseife nachschütten.
»Wer ist Peter Cornelius?«
»Lassen Sie das.«
»Sie? Sind Sie Peter Cornelius?«
»Nein, ich bin doch kein Nachrichtendienst.«
»Oder der kleine Mann in Zivil neulich?«
Keine Antwort. Erst jetzt wurde Rosenbaum bewusst, welches Wort er gerade gehört hatte.
»Was heißt das: Sie sind kein Nachrichtendienst?«
Keine Antwort.
»Wer ist Peter Cornelius?
Wer ... ist ... Peter ... Cornelius?«
Der Geysir quälte sich, brodelte, donnerte, gab schließlich nach und entließ eine entlastende Eruption durch Steinhauers Stimmbänder. »Das ist der Deckname für den Marinenachrichtendienst MND. ›Peter Cornelius Berlin‹ ist die Hauptstelle in Berlin, Peter Cornelius Kiel die Zweigstelle in Kiel. Ich hab damit nichts zu tun.«
Die siedende Wassersäule war versprüht. Steinhauer ging es jetzt besser, aber Rosenbaum wurde schummerig vor Augen. Von außen ist Schummerigkeit leicht mit hochgradiger Verdutztheit zu verwechseln, stellt aber eine sehr viel schwerwiegendere Beeinträchtigung in die psychomotorische Disposition dar. Die grundlegenden Funktionen der Orientierung, sogar des Bewusstseins sind bedroht.
Harms war ein Maulwurf des MND; der Nachrichtendienst der Kaiserlichen Marine überwachte die königlich-preußische Landespolizei, dabei waren der deutsche Kaiser und der König von Preußen ein und dieselbe Person. Und der MND hatte mit dem Mord an Fricke zu tun. Und der Mord sollte Millionen Menschen das Leben gerettet

haben? Was bislang nur als konturloser Schatten über den Ermittlungen gekreist war, nahm jetzt Gestalt an.

Spionage war ein anderes Kaliber, als Rosenbaum es jemals kennengelernt hatte, je nach Perspektive Politik und verdeckte Diplomatie oder organisierte Kriminalität und Hochverrat. Das war gefährlich, wirklich gefährlich. Von Geheimdiensten wusste er im Grunde nicht viel, eigentlich nur, was er in der Schule über die Französische Revolution gelernt hatte. Da hatte die Geheimpolizei die erste Blütezeit ihrer Geschichte erlebt und sich aufgeführt wie ein paar Jahrhunderte zuvor die Pest. Geheimagenten, das waren Schattenexistenzen, die verschwanden, wenn man hinsah, und auf ihren Wegen Leichen ausschieden wie Exkremente.

XXII

»Torpedos«, sinnierte Kell, »also doch Unterseeboote.« Als Angehöriger der Army war das für ihn dasselbe.

»Wenn Sie so wollen, Sir. Aber nicht die deutschen U-Boote sind für uns interessant, sondern die deutsche Torpedo-Technologie.« Invest nahm einen weiteren Schluck, dann war kein Whiskey mehr im Glas. »Ein Torpedo ist im Vergleich zu anderen Waffen sehr langsam. Im Grunde sind nur Schwertkämpfer noch langsamer, aber die wurden bekanntlich von den Bogenschützen ausgerottet.« Er schaute auf, niemand lachte. Cumming spielte mit seinem Federhalter und hatte offensichtlich nicht hingehört. Und Kell war Angehöriger der Army, da lacht man nicht über Schwertkämpfer oder Bogenschützen, sondern über Matrosen. Invest schaute in sein Glas, immer noch leer. Er fuhr fort: »Man kann einem Torpedo ausweichen, wenn man weiß, woher er kommt, und wenn er so langsam ist, dass man noch reagieren kann. Deshalb zielt derzeit die technische Entwicklung darauf ab, dass die Torpedos schneller werden und der Feind den Torpedo nicht kommen sieht und, falls möglich, dass der Torpedo seine Bahn den Bewegungen des Ziels anpasst oder zumindest kursstabil ist. Da stehen wir bei den Entwicklungen noch ganz am Anfang. Aber die Deutschen sind schon einen kleinen Schritt weiter.« Ein weiterer Blick ins Glas enthüllte für alle sichtbar Invests Probleme.

»Hier, kommen Sie, Sunny«, sagte Kell und schenkte ihm noch einen Scotch nach.

»Die deutschen Torpedos sind um etwa die Hälfte schneller als unsere, und zwar bei annähernd gleichem Treibstoffverbrauch«, setzte Invest seine Ausführungen frisch gestärkt fort. »Dadurch erhöhen sich ganz entscheidend Treffsicherheit und Reichweite. Und das sind die maßgeblichen Faktoren für den Nutzen der Torpedowaffe. Der wesentliche technische Unterschied ist der von den Deutschen entwickelte Heater, also das Vorwärmsystem. Die zum Antrieb der Torpedos heutzutage allgemein verwendeten Systeme sind Gasexpansionsmotoren, bei denen Druckluft mit Brennstoff, im Allgemeinen Petroleum, gemischt und angezündet wird. Das Problem ist nun, dass die Druckluft bei Freisetzung rasant abkühlt und dabei droht, den Motor zu vereisen, wenn man ihn nicht extra erwärmt. Also muss das Gemisch vorgewärmt werden, eben durch den Heater. Dabei wird die Wärme des Brennvorgangs genutzt. Es geht also ein Teil der freigesetzten Energie nicht in den eigentlichen Antrieb, sondern in die Vorwärmung der Druckluft. Die Heater in unseren Motoren sind so dimensioniert, dass ihre Heizkapazität auch unter ungünstigen Umständen ausreicht, sie sind allerdings nicht regelbar. Das bedeutet in den meisten Fällen, dass sie viel zu stark erhitzen. Deshalb muss die Druckluft wieder heruntergekühlt werden. Das ist nicht nur paradox, sondern auch ziemlich umständlich und vor allem: Es verbraucht unglaublich viel Energie, die dann dem Antrieb fehlt. Die Deutschen haben jetzt einen Heater entwickelt, der steuerbar ist. Er verbraucht also nur so viel Energie, wie gerade zur Vorwärmung erforderlich ist, der Rest geht in den Antrieb. Dieser Heater ist sehr effizient und den wollten sich unsere Torpedokonstrukteure gerne einmal ansehen.«

Während sich Cummings Gemütszustand den angekündigten Sägegeräuschen annäherte, wurde Kell – an vereinzelt von seinen Fingerkuppen ausgehenden Trommelgeräuschen erkennbar – zunehmend ungeduldig.

»Okay, so weit verstanden. Weitere Details brauchen wir vorerst nicht«, unterbrach er Invest. »Kommen wir jetzt zu Thunderbolt und Magpie.«

Cummings Schläfrigkeit wurde von Kells Ungeduld vertrieben und seine Aufmerksamkeit kehrte zurück. Dabei war Ungeduld keine Eigenschaft, die Kell auszeichnete. Er war mehr der Abwägende, der Zaudernde, Ängstliche, der ›Lieber noch mal eine Nacht drüber‹-Schlafende, der mit der Maske und den Decknamen. Pflichtbewusstsein,

Genügsamkeit, Zähigkeit und hervorragende Manieren, sogar ein wenig Charme zeichneten ihn aus, nicht aber Mut oder Durchsetzungsvermögen. Damit war für ihn eine Karriere als Frontoffizier kaum in Betracht gekommen. Dennoch, er hatte schon als Kind sein Leben dem Empire gewidmet und in den Dienst von Königin Victoria stellen wollen. Für den Sprössling einer Offiziersfamilie war das ehrenvolle, aber entbehrungsreiche Soldatenleben eine Selbstverständlichkeit und in jedem Fall erstrebenswert, jedenfalls solange es keinen Krieg gab. Weil ein Soldat allerdings damit rechnen musste, bot sich bei ihm die Stabslaufbahn an, er wollte Verwaltungsoffizier werden.

Als Halbwüchsiger besuchte er das ›Royal Military College Sandhurst‹, die damalige Kaderschmiede für angehende Verwaltungsoffiziere. Dort freundete er sich mit dem gleichaltrigen Winston Churchill an, mit dem er lange Nächte in Pubs und bei Frauen verbrachte, und der in den Pubs regelmäßig für beide Ale bestellte, indem er dem Wirt zwei Finger entgegenstreckte. Die Angewohnheit, auf diese Weise Ale zu bestellen, behielt der trinkfeste Churchill übrigens auch später bei, deutete es angesichts entsetzter Blicke konservativer Journalisten aber kurzerhand um zum ›Victory-Zeichen‹ und bekundete damit seinen Siegeswillen. Wenn die Journalisten weg waren, bekam er zwei Ale serviert. Noch während ihrer Studienzeit entfremdeten sich die Freunde aber, weil Churchill in einem für Kell nicht mehr zu vertretenden Maß ihre ursprünglich gemeinsame konservative Anschauung aufgegeben hatte. Sie wurden zu Rivalen, zu stillen Feinden fast. Kell warf Churchill vor, ein Verräter zu sein, Churchill warf Kell vor, ein Feigling zu sein. Churchill machte sich aus dem Verratsvorwurf nicht viel, Kell konnte den Feigheitsvorwurf kaum verwinden. Da half auch nicht, dass er Sandhurst als Jahrgangszweiter, weit besser als Churchill, absolvierte. So gab er einen Mut vor, über den er gar nicht verfügte, und entschied sich zunächst für das ›South Staffordshire Regiment‹, in dem bereits sein Vater gedient hatte. Er kämpfte beim Boxeraufstand in China, keine großen Schlachten, eher kleine Scharmützel, und lernte dabei, dass die größten Gefahren oft aus unerwarteter Richtung kamen. Nicht die Kugeln des Feindes forderten von seiner Einheit die meisten Opfer, sondern Krankheiten und die miserable Ernährungslage.

So gewöhnte er sich an, seinen ersten Eindrücken zu misstrauen und seine Erwartungen stets neuen Erkenntnissen anzupassen. Er wurde zum Zuschauer. Seine umfassende Bildung – er sprach die sieben größten Weltsprachen fließend – und sein fundiertes Verständnis für politische und wirtschaftliche Zusammenhänge verhalfen ihm zu immer wieder neuen Perspektiven und zu einer Abneigung gegen Entscheidungen, weil die Sache am nächsten Tag mit neuen Erkenntnissen oftmals ganz anders aussehen konnte.

Nein, Eile oder gar Ungeduld gehörten genauso wenig zu ihm wie Mut. Außer an diesem Tag. Er, der unentschiedene Zauderer, war mit seinem außergewöhnlichen Einsichtsvermögen der Wahrheit viel näher als die vielen Strategen, deren Entscheidungen das Weltgeschehen steuerten. Das schreckliche Desaster, womöglich ungeahnte diplomatische Verwicklungen, vielleicht der Beginn eines großen Krieges, bei dem jeder Staat zu seinen Bündnisverpflichtungen stehen würde, und der womöglich ganz Europa unter einem Feuerteppich begraben könnte oder unter einer Kampfgaswolke, und Kell mittendrin. Wahrscheinlich würde er ganz oben, also *ganz* oben, Bericht erstatten müssen, und eines fernen Tages würden die College-Absolventen bei ihrer A-Level-Prüfung vielleicht schreiben müssen, dass ein gewisser Colonel Vernon Kell den Ausbruch des großen europäischen Krieges zu verantworten hätte. Invest war zwar der Unglücksrabe, der das alles angerichtet hatte, aber er, Vernon Kell, musste vor der Welt dafür geradestehen.

XXIII

Das linke Bein beugte sich, lüftete den Fuß, nicht hoch, nur so sehr, dass er nicht schlurfte, und setzte ihn ein kleines Stück weiter vorn wieder ab, während der andere Fuß auf dem Boden verharrte. Ein Schritt war getan. Ein den Umständen nach angemessener, vollkommen unauffälliger Schritt. Auf einem Acker, einem Feldweg, ja sogar auf dem ungleichmäßigen Kopfsteinpflaster einer schmalen Dorfstraße hätte man von diesem Schritt abraten müssen, denn er wäre dort nicht hoch und nicht fest genug gewesen. Aber für einen gepflegten und sauberen Bürgersteig einer kaiserlichen Großstadt war er hervorragend geeignet und wies seinen Initiator als eleganten Weltbürger aus.

Der Schritt war Bestandteil eines langen Fußwegs, den Rosenbaum an diesem Nachmittag unternahm, irgendwo auf dem Weg von Steinhauer zurück zur Blume. Der Weg war nicht der kürzeste, der direkte, der schönste oder der schnellste oder vielleicht doch. Rosenbaum wusste es nicht. Ihm war noch immer schummerig vor Augen, wie in Trance echoten Nachrichtendienst und Subversion durch seinen Kopf und verdrängten planvolles Tun. Er konnte sich nicht mehr erinnern, wie er sich wenige Minuten zuvor von Steinhauer verabschiedet hatte. Er hatte auch keine detaillierte Vorstellung von dem Weg zur Blume und wusste nur sehr ungefähr, wo er sich befand: auf dem mit blassgelbem Backstein im Fischgrätmuster gepflasterten Bürgersteig einer breiten Einkaufsstraße am Westufer, ein paar hundert Meter südlich des großen Kirchturms in der Altstadt.

Die Sonne trieb die Quecksilbersäulen der Stadt weit über die 30-Grad-Marke. Während Burschen einfacher Herkunft ihre Stirn an einem Hemdsärmel trocken rieben und ungeniert Schweißflecke unter den Achseln trugen, legten vereinzelte Herren ihre Anzugjacken mutig über den Arm, einige öffneten sogar ihren Stehkragen ein wenig. Die meisten von ihnen und natürlich die Offiziere trugen allerdings ihre Kleidung absolut korrekt. Einige hatten sicher besonders wenig getrunken, um nicht ins Schwitzen zu geraten. Es war noch keine 15 Uhr, aber die Geschäfte hatten geöffnet. Vermutlich verzichtete man in der Innenstadt auf die Mittagsruhe, seit Kiel zur Großstadt geworden war, aber bereute es sicher jedes Mal, wenn die Mittage so heiß wurden. Es war Kaiserwetter, das Wetter des Mannes, der für sein Reich auf seinen Platz an der Sonne neben den anderen Großmächten bestand. Den meisten Leuten war es zu heiß, vielleicht ein Grund, weshalb die Beliebtheit des Kaisers im Volk stetig abnahm.

Rosenbaums Kopf schmerzte vor lauter Spionage, er verspürte Übelkeit, einen trockenen Mund und Durst. Das Sakko lag zuerst über dem Arm, dann über der Schulter, der Kragen war weit geöffnet. Die Pomade begann zu schmelzen und vermischte sich auf Stirn und Nacken mit Schweiß. Die Orientierung fiel Rosenbaum immer schwerer. ›Holstenstraße‹ las er auf einem Straßenschild, ›Vorstadt 7‹ prangte über einem Ladeneingang. Er erinnerte sich an Steffens stolze Bemerkung, dass die Haupteinkaufsstraße Kiels, dort wo das Leben tobte, wenn es sich nicht gerade vor der Sonne versteckte – oder, wie im Jahresdurchschnitt wesentlich häufiger, von Wind und Regen vertrieben wurde –, dass diese Straße also ›Holstenstraße‹ hieß und ursprünglich vom Alten Markt bis zur ›Holstenbrücke‹, der mittelalterlichen Stadtgrenze, gereicht hatte, bis vor einigen Jahren ihre Verlängerung, die ursprünglich ›Vorstadt‹ geheißen hatte, ebenfalls in ›Holstenstraße‹ umbenannt worden war. Das geschah ganz offensichtlich in der Absicht, die Spuren der ehemaligen Stadtgrenze zu verwischen und den Eindruck zu erwecken, dass Kiel schon immer eine Großstadt gewesen war. Zu dieser Illusion passte allerdings nicht, dass ab einer Entfernung von etwa 300 Kilometer die Menschen nicht genau wussten, wo Kiel überhaupt lag, und die meisten es an der Nordseeküste verorteten. Der Selbstbetrug der Kieler über die Weltgeltung ihrer Stadt verhinderte allerdings, dass sie diese Tatsache zur Kenntnis nahmen. Ebenso wie die Tatsache, dass auch Wilhelmshaven Reichskriegshafen war, und darüber hinaus strategisch sehr viel bedeutender lag als Kiel, aber von der deutschen Bevölkerung kaum als Stadt wahrgenommen wurde, sondern als riesige Festung oder als Superwerft mit Wohnsiedlung.

Der Durst wurde immer dringlicher. Ein paar Meter weiter las Rosenbaum ›Holstenbrücke‹ auf dem Straßenschild einer Querstraße, aber es war absolut keine Brücke zu sehen, nicht einmal der Rest einer mittelalterlichen Stadtmauer oder gar das Holstentor. Rechts lag in weiter Entfernung ein Bootshafen, links ein See, der sich wie eine Banane an die Westseite der Altstadt zu schmiegen schien, und dazwischen eine Straße, die Holstenbrücke hieß. Und … stand das Holstentor nicht in Lübeck? Egal, trinken konnte man das alles nicht. Rechts thronten die ›Reichshallen‹, offenbar ein Varietétheater. Da gab es sicher etwas zu trinken, war allerdings erst abends geöffnet. Links stand die Wäschefabrik Ferdinand Meislahn, nach den Anpreisungen in den Schaufenstern ein Spezialgeschäft für Baumwollwaren, Leinen, Tischzeuge und Flanelle und man versprach vollständige Brautausstattungen und Anfertigungen für Damen, Kinder und Herren – ein weiteres Schild war beschrieben mit ›Damen, Herren und Kinder, eigene Herstellung‹ – Rosenbaum hätte sich sicher darüber amüsiert, wenn er nicht so erbärmlich durstig gewesen wäre. Hinter Meislahn stand die Preußische Kreditanstalt und ganz hinten, kurz vor der Banane, ein Kiosk mit Zitronenlimonade. Rosenbaum stürmte darauf zu, über Berge von verdursteten Leichen, so kam es ihm vor. Er sollte 50 Pfennig für einen Becher Limonade bezahlen, warme Limonade übrigens, und er überlegte kurz, ob er den Kiosk nicht wegen Wucher schließen und den Inhaber festnehmen sollte. Dann bezahlte er.

Nach dem vierten Becher sackten die Kopfschmerzen in die Magengrube und die Orientierung stellte sich insofern wieder ein, als Rosenbaum jetzt ziemlich sicher sagen konnte, dass er hier noch nie gewesen war. ›Cramers Garnisons- und Straßenführer von Kiel‹ hatte er an diesem Tag zum ersten Mal nicht mitgenommen, weil er sich wegen der Hitze unnötigen Ballast ersparen wollte. Die Blume müsste westlich liegen – also westlich der Altstadt, und hier war er doch am westlichen Rande der Altstadt. Oder? Jemanden fragen wollte er nicht, er musste es ausprobieren. Rosenbaums Blick fiel durch eine Häuserflucht auf ein historisches Sandsteingebäude, über dessen Eckeingang in vergoldeten Lettern ›Kieler Neueste Nachrichten‹ prangte und aus dessen Seiteneingang gerade emsige Zeitungsjungen mit einer Extraausgabe strömten.

REICHSKANZLER VON BÜLOW
HEUTE ZURÜCKGETRETEN!
Bülow-Block an Erbschaftssteuer gescheitert

Rosenbaum zückte einen Groschen und erwarb ein Exemplar. Auch wenn die Meldung im Grunde ohne Belang war, das Papier wäre zumindest als Fächer zu gebrauchen. Rosenbaum gab sich Mühe, seine heimliche Freude zu verbergen. Er wedelte sich etwas Luft zu und wählte in aller Ruhe einen schattigen Platz an der Nordseite des Verlagsgebäudes aus, wo er zunächst betont gelangweilt den Bauarbeitern bei der Errichtung des neuen Rathauses zusah, bevor er die Zeitung aufschlug.

Die Konservativen seien aus dem Wahlbündnis des Kanzlers ausgetreten, stand da, weil sie die Einführung der Erbschaftssteuer nicht mittragen wollten. Deshalb habe der Kanzler zurücktreten müssen.

Erbschaftssteuer, so ein Unsinn. Rosenbaum schüttelte kaum merklich den Kopf. Der Kaiser hatte den Kanzler abgesägt, das war völlig klar, und der Erbschaftssteuerstreit war eine Nebelkerze. Wilhelm konnte Bülow nicht mehr leiden. Dabei hatte das persönliche Verhältnis der beiden ganz vielversprechend begonnen. Der Kaiser war zunächst von seinem neuen Kanzler begeistert gewesen. Er hatte ihn in den Adelsstand erhoben und zum Grafen gemacht, dann zum Fürsten, er hatte ihn ›seinen Bismarck‹ genannt und sich eitel in den Komplimenten gesonnt, die er ständig von ihm zu hören bekam. Das änderte sich, als der Kaiser anfing zu vermuten, dass Bülow klammheimlich die Macht an sich gerissen habe. Natürlich hatte er das getan – er war der Kanzler. Für Wilhelm aber war es Verrat, er war doch der Kaiser, der Souverän, und zwar von Gottes Gnaden. Demokratie war für ihn eine permanente Majestätsbeleidigung. Nicht dass er Bülows Politik für falsch gehalten hätte. Es war eine Politik der Stärke und des Selbstbewusstseins. Bülow war es, der schon vor der Jahrhundertwende die Formel vom ›Platz an der Sonne‹ geprägt hatte, den Deutschland neben den anderen Großmächten beanspruchen werde, und er hatte den beschleunigten Ausbau der Marine befürwortet. Das alles hatte Wilhelm sehr gut gefallen. Aber er hatte nicht fremde Politik unterstützen, sondern lieber selbst Politik machen wollen. Deshalb setzte er gerne ein paar eigene Akzente, wenn Bülow Stärke zeigte. So waren seine Reden immer überheblicher und martialischer geworden. Bülows Politik der Stärke und Wilhelms martialische Reden, die deutsche Außenpolitik hatte das diplomatische Geschick eines deutschen Schäferhundes besessen, die internationalen Beziehungen vergiftet und zu tiefem gegenseitigen Misstrauen geführt.

Bülows Rücktritt war sicher nicht von Nachteil, doch viel helfen, da war Rosenbaum sich sicher, würde er auch nicht. Es war schon zu spät. Bülows Politik der Stärke hatte fast alle potenziellen Verbündeten abgeschreckt und das Deutsche Reich auf Jahrzehnte unentrinnbar in die Isolation geführt. Insbesondere war der Kaiser nach Rosenbaums Überzeugung zu eitel, zu sehr in Bülows Politik verstrickt und vor allem nicht schlau genug, aussichtsreiche Anstrengungen zu unternehmen, um die außenpolitische Lage des Reiches wieder zu verbessern. Also, voraussichtlich würde es bei den zerrütteten internationalen Beziehungen bleiben. Das war die Petrischale, in der Subversion und Klandestinität gediehen. Die Schatten der geheimen Dienste breiteten sich rasant aus und hatten – so schien es – inzwischen die deutschen Provinzstädte erreicht.

»Guten Tag, mein Herr.« Ein großer dürrer Mann war unbemerkt aufgetaucht, als Rosenbaum mit Bülow und Weltpolitik beschäftigt war, und stand ihm eine Armlänge entfernt gegenüber. Er trug einen viel zu warmen, altmodischen Gehrock und ein Monokel, mit dem er sein Gegenüber fixierte.

»Guten Tag«, antwortete Rosenbaum.

Der Mann fächerte sich mit einer Zeitung Luft zu. Es war ein Exemplar derselben Extraausgabe, die Rosenbaum sich erst gerade eben gekauft hatte. Mit einem selbstironischen Blick vergewisserte er sich, dass er sein eigenes Exemplar noch in den Händen hielt.

»Heute ist ein außergewöhnlich heißer Tag. Dabei haben wir erst Mitte Juni. Und es ist vollkommen windstill, ganz unüblich hier an der Ostsee.«

»Ja, wirklich heiß«, stimmte Rosenbaum zu und überlegte, ob man ihm ansah, dass er hier fremd war.

»Darf ich fragen, wie die Limonade von dem Verkaufspavillon dort hinten gewesen ist? Ich erwäge, mir auch einen Becher zu genehmigen.«

»Teuer und ungekühlt, aber durchaus erfrischend, wenn man durstig ist.« Rosenbaum schaute sich den Mann genauer an. Offenbar hatte dieser ihn schon einige Zeit beobachtet. Es musste mindestens fünf Minuten her sein, dass er den letzten Schluck Limonade getrunken hatte.

»Ist es Zitronenlimonade?«

»Ja, Zitronenlimonade.«

»Dann werde ich da gleich einmal hingehen und mir einen Becher gönnen«, sagte der Mann. »Na ja, bald fängt die Kieler Woche an, dann wird es wohl wieder erträglich werden.«

»Sicher«, stimmte Rosenbaum zu. »Ganz sicher wird es dann schlechtes Wetter geben, ganz schlechtes Wetter.«

»Ja. Sicher. Hoffentlich leben wir dann alle noch. Man fällt heutzutage ja so leicht von einer Leiter. Oder von einem Kran.«

Von Frickes Tod hatte noch nichts in der Zeitung gestanden. Der Mann konnte davon gar nichts wissen. Und selbst wenn er durch Zufall davon gehört hatte, konnte er nicht wissen, dass Rosenbaum Polizeibeamter war und in diesem Fall ermittelte.

»Sie, wer sind Sie?«, fragte Rosenbaum.

»Vorsichtig, ich bin nur vorsichtig«, orakelte der Mann. »Wir sollten alle vorsichtig sein.« Dann drehte er sich um und eilte in Richtung des Kiosks davon. Rosenbaum erwartete nicht, dass der Mann sich dort eine Limonade kaufen würde. Als er dann in Laufschritt wechselte und tatsächlich am Limonadenstand vorbeirannte, nahm ein verdutzter Rosenbaum die Verfolgung auf. Der Mann war größer als er, dünner und offensichtlich auch besser trainiert, jedenfalls lief er mit Leichtigkeit davon, selbst der warme Gehrock schien ihm nichts anzuhaben, während Rosenbaum bereits keuchte. Er überquerte eine breite Straße und lief in die Altstadt, über eine schmale Gasse einen Hügel hinauf, über eine andere wieder hinunter, dann links, dann rechts und nach jeder Straßenecke ein wenig weiter von seinem Verfolger entfernt, bis Rosenbaum ihn aus den Augen verloren hatte und kein Verfolger mehr war. Der Mann war weg und Rosenbaum wusste nicht mehr, wo er sich befand. Und mit einem Mal war er sich auch nicht mehr sicher, ob der Mann überhaupt existiert hatte.

Rosenbaum irrte weiter durch die Straßen. Es war schon über eine Stunde her, seit er Steinhauer verlassen hatte. Die Blume lag westlich. Oder nördlich. Mehrfach war Rosenbaum an Schutzmännern vorbeigekommen, wollte jedoch nicht nach dem Weg fragen. Er ging vorzugsweise in westliche Richtung, somit konnte er auf der Südseite der Straßen bleiben und den Schatten der Häuser nutzen. Offenbar war es auch dem Wind zu warm, der normalerweise durch Kiel wehte, und ein Kiosk mit Zitronenlimonade war nicht mehr zu entdecken.

Nach einer weiteren halben Stunde sprang Rosenbaum auf eine Straßenbahn der Linie 2. Die Linie kannte er, sie führte über den Knooper Weg, ein Teil seines morgendlichen Weges zur Arbeit. Die Bahn fuhr in nördliche Richtung, also dorthin, wo die Blume liegen musste. Weil es sich um eine Ringlinie handelte, kam es darauf aber nicht an, früher oder später ging es zwangsläufig am Knooper Weg vorbei. Tatsächlich dauerte es eine weitere Dreiviertelstunde, bis die gewünschte Haltestelle erreicht war. Sie wäre nur eine Station entfernt gewesen, allerdings in südliche Richtung.

XXIV

Bis zur Faltenbildung dehydriert erreichte Rosenbaum die Blume und besorgte sich mithilfe von Hedi als Erstes einen Becher, den er auf der Herrentoilette mehrere Male mit Leitungswasser füllte und austrank. Auf dem Gang war ihm Freibier begegnet, der sich zum Gruß auf die Andeutung »Wer sich zu viele Feinde macht, hat bald keine Freunde mehr« beschränkte und dabei einen mahnenden Blick über seine Nickelbrille warf. Die Frage »Welche Feinde?« überhörte er und ging weiter.

Steffen und Gerlach warteten bereits bei einer Tasse Kaffee und einer Zigarette, als Rosenbaum das Büro betrat. Er setzte sich vor die Akte mit dem Peter-Cornelius-Stempel und war bemüht, sowohl seine körperliche Erschöpfung als auch seine Besorgnis wegen Freibiers Andeutung zu verbergen.

»Was haben Sie eigentlich mit Freibier besprochen?«, fragte er in einem Tonfall, mit dem man Konversation zu üben pflegte, so als würde die Antwort gar nicht interessieren und man nur aus Höflichkeit fragen. Dabei schenkte er sich einen Kaffee ein, während er auf die Zigarre noch ein paar Minuten verzichten wollte, bis die Zunge wieder feucht und die Stirn trocken war.

»Er hat mitbekommen, dass Harms verschwunden ist: ›Unverschämtheit, man kann doch keinen Polizisten klauen. Wo gibt's denn so was?‹«, kicherte Steffen und Gerlach ergänzte: »Als wir ihm dann sagten, dass der Dieb das Reichsmarineamt ist, wurde er bleich, und fragte dann ganz leise, ob wir überhaupt wüssten, mit wem wir uns da anlegten? Das Reichsmarineamt sei nach dem Kaiser die oberste militärische Befehlsebene, zumindest bei der Marine.« Steffen ergriff wieder das Wort: »Und dann verschwand er. Ich glaube, er wollte lieber nicht zu viel wissen.«

Rosenbaum wollte nicht zu viel nachdenken über das, was Freibier nicht wissen wollte. Er wollte auch nicht zu viel darüber reden, vor allem über den fremden Mann nicht, und wechselte das Thema. »Na gut, Chang und Eng, was können Sie mir über Kalle Mandel und Frau Marckmann sagen?«

Steffen und Gerlach schauten sich an.

»Kennen Sie nicht? Chang und Eng Bunker waren zwei an den Körperseiten zusammengewachsene Zwillinge aus Siam.«

»Aha«, begann Gerlach konsterniert. »Also Karl-Heinz Mandel ist gemeldet in der Kaiserstraße 13, dort hat er wohl ein Zimmer gemietet. Er ist 34 Jahre alt, hat früher Gelegenheitsarbeiten gemacht, jetzt hilft er dauerhaft im Kaiser-Eck aus. Mehr konnte ich nicht in Erfahrung bringen.« Gerlach schaute Steffen auffordernd an.

»Erika Marckmann, ich war vorhin bei ihr.« Steffen machte ein paar Bewegungen, die einen längeren Monolog erwarten ließen, während Gerlach sich seinem Kaffee zuwandte und Rosenbaum sich Abkühlung zufächelte. »Die Frau haust bei der Familie ihrer Schwester in einer Abstellkammer. Eine finstere Gegend in Gaarden-Ost. Alte, schnell und billig errichtete Häuser für die Werftarbeiter. Die Kanalisation funktioniert nicht richtig, das Trinkwasser ist mit Blei vergiftet, die Wohnungen sind eng, feucht und zugig. Wer einmal dort gelandet ist, will da so schnell wie möglich wieder weg, viele schaffen es aber nicht.«

»Du hörst dich an wie ein Sozi, oder du hast dich verliebt?«, unterbrach Gerlach und rührte in seinem Kaffee.

»Ich bin kein Sozi, aber auf soziale Missstände wird man doch noch hinweisen dürfen.«

Rosenbaum war ein Sozi, aber darauf wollte er jetzt nicht hinweisen. »Sicher dürfen Sie das. Fahren Sie fort«, wies er Steffen an.

»Erika Marckmann ist eine stolze Frau, trotz ihrer Zugehörigkeit zum Arbeiterstand. Und schön ist sie auch. Man kann kaum verstehen, warum sie Heinz Marckmann, diesen unscheinbaren Kerl, geheiratet hat.«

»Hört, hört!«, unterbrach Gerlach erneut.

»Und ich kann erst recht nicht verstehen, dass dieser Homunkulus Fricke ihr offenbar das Herz gebrochen hat.«

»Vielleicht ist er ein Mann, der die Herzen der stolzesten Frauen bricht. Sie wollte zur Abwechslung einen Chauvinisten – lieb und nett hatte sie zu Hause«, erklärte Rosenbaum.

»Ich brech' die Herzen der stolzesten Frau'n«, summte Steffen beschwingt. »Da könnte man einen Schlager draus machen.«

»Was soll das nur immer mit diesem Gesumme?«, fragte Rosenbaum.

»Er träumt davon, ein großer Komponist zu werden. Aber bisher wollte keiner seine Schlager haben.«

Steffen zog seinen Notizblock aus der Tasche und notierte »… stür-misch und so lei-den-schaft-lich bin …«. Dann setzte er seinen Bericht fort. »Jedenfalls wusste sie von Frickes Tod, das war Tagesgespräch in Gaarden. Und sie gab sich gefasst, aber man merkte, dass sie schockiert war.« Steffen blätterte in seinem Notizblock. »Ich fragte, ob sie Fricke geliebt hat: Nein. Ob sie ihn gehasst hat: zögerliches Nein.«

»Was heißt das?«

»Sie schluckte zuerst, rieb ihre Hände, schaute auf den Boden und gab keine Antwort. Ich hab dann erzählt, dass wir von der Schwangerschaft und der Abtreibung wissen, denn ich war mir nicht sicher, ob sie aus Scham oder aus Furcht vor Strafverfolgung wegen der Abtreibung schwieg.«

»Oder aus Furcht vor der Strafe für den Mord an Fricke«, ergänzte Gerlach und es schien, als hätte er sich festgelegt.

»Jedenfalls meinte sie dann, dass sie es verstehen konnte, wenn er das Kind nicht haben wollte. Immerhin sei er ja verheiratet gewesen und sie selbst auch. Und er hätte ihr die Abtreibung ja nicht befohlen, sondern nur vorgeschlagen.«

»Vorgeschlagen?«

»Ja, das sagte sie: vorgeschlagen. Ich fragte dann, ob er nicht auch so weit gegangen wäre, dass er sie zur Abtreibung genötigt hätte, wenn sie es nicht freiwillig gemacht hätte. Sie antwortete, sie wüsste das nicht. Und ich sagte, sie sollte sich das in Hinblick auf ein mögliches Strafverfahren noch einmal überlegen, ob er sie genötigt hat oder nicht.«

»Bist du verrückt?«, fuhr Gerlach auf, als wäre er von einer Wespe gestochen worden. »Das ist ja Strafvereitelung im Amt! Wenn das rauskommt, kannst du dich vom Staatsdienst verabschieden!«

»Wenn *was* rauskommt?«, fragte Rosenbaum. »Ich hab nichts gehört. Erzählen Sie weiter.«

Zum ersten Mal stellte sich zwischen den dreien eine Atmosphäre von Vertrauen ein, von unausgesprochener Einigkeit – eine Spielart von Subversion und Konspiration.

»Ich fragte dann noch, wie ihre Ehe so war. Offenbar stellte die Kinderlosigkeit das wesentliche Problem dar, und ihr Mann war schuld, aber das wusste er nicht.«

»Und woher wusste sie das?«

»Sie erzählte, dass sie schon einmal schwanger gewesen sei, bevor sie ihren Mann kennengelernt habe. Aber sie habe es ihm nie erzählt.«

»Und hatte sie damals auch schon abgetrieben?«, fragte Gerlach mit Verachtung in der Stimme.

»Das hab ich nicht gefragt.«

»Warum nicht?«

»Darum.«

Wegen seiner Freundschaft zu Steffen verzichtete Gerlach auf weitere Nachfragen, und Steffen setzte seinen Bericht fort: »Schließlich fragte ich, wo sie in der Tatnacht war: zu Hause, die Schwester und der Schwager und die Kinder könnten das bezeugen. Bei einer sofortigen Befragung der Schwester, also ohne Möglichkeit zur Absprache, sagte diese, dass Erika am Abend da gewesen sei. Auf die weitere Frage, ob sie das für die ganze Nacht sicher bestätigen könne, wurde sie kleinlaut und meinte, Frau Marckmann sei irgendwann in ihr Zimmer gegangen und ob sie sich dann nicht vielleicht aus der Wohnung geschlichen hätte, könnte sie nicht mit Sicherheit sagen.«

»Also, ich glaub, sie war es«, warf Gerlach ein.

»Sie war es nicht!«

»Doch, sie war's!« Gerlach wurde energisch. »Er hätte ihr die Abtreibung *vorgeschlagen*. Ich bitte dich! Er hat sie genötigt und dafür hat sie ihn gehasst. Basta.«

»Nein, ihr Alter war es, Heinz Marckmann!« Steffen verteidigte die Verdächtige dermaßen emotional, dass Rosenbaum sich Gerlachs Verdacht, Steffen hätte sich in sie verliebt, ins Gedächtnis rief. Vielleicht sollte Rosenbaum selbst die Frau verhören, er wäre völlig frei von der Gefahr, sich in eine Frau zu verlieben – zumindest hatte er das vor seiner Begegnung mit Hedi noch geglaubt.

»Passt auf!« Steffen riss die Aufmerksamkeit seiner Zuhörer wieder ungeduldig an sich, ohne sich zu vergegenwärtigen, dass er seinen Vorgesetzten gerade geduzt hatte. »Sie sagte nämlich, ihr Mann habe sich in der letzten Zeit oft mit Kommunisten getroffen. Das seien ganz zwielichtige Gestalten gewesen, derentwegen sie sich mit ihm mehrmals gestritten hat, und die haben ihn bestimmt gegen sie aufgehetzt.«

»Ja und? Herrmann Fricke wurde doch umgebracht, und nicht die Erika.«

»Aber Marckmann wollte doch Geheimagent werden. Wenn er Kommunist ist, hat er vielleicht Kontakt zu ausländischen Kreisen, die den Kaiser stürzen wollen.«

»Und da fing er dann schon mal mit Fricke an«, warf Gerlach ein. »Da wäre ich nie drauf gekommen. Bestimmt. Niemals.«

Jetzt war es Zeit für eine Zigarre, der Gaumen war wieder feucht und die Hautfalten hatten sich geglättet. Rosenbaum zündete sich seine Havanna bedächtig und mit dem ihm eigenen, pedantischen Ritual an.

»Jedenfalls wird sich der MND nicht für die Sache interessieren, wenn es bloß eine Affekttat war. Vielleicht ging es ja um geheime Konstruktionspläne von Kriegsschiffen. Marckmann wollte sie aus dem Führerhäuschen des Kranes stehlen und wurde dabei von Fricke überrascht. Es kam zu einem Handgemenge, Marckmann schoss auf Fricke, der verlor das Gleichgewicht und fiel vom Kran.«

»Marckmann wurde also zufällig gerade von dem Mann überrascht, der seine Frau geschwängert hatte.« Gerlach

steckte sich eine Zigarette an, siegesgewiss: Erika war es.
»Wie praktisch, zwei Fliegen auf einen Streich.«

»Vielleicht hat Marckmann den Fricke ja erpresst. Er sollte ihm die Pläne aushändigen.«

»Und die Spuren unter dem Kran? Und der Schusswinkel? Was ist mit Frickes Witwe und was mit diesem Kalle Mandel? Was mit den genepptem Kunden? Das hast du alles nicht mehr auf der Rechnung.« Gerlach schien das Rededuell fast gewonnen zu haben.

Aber Steffen gab nicht auf. »Vielleicht …«

»Vielleicht auch nicht. Genug jetzt«, verschaffte sich Rosenbaums Ungeduld ohne jegliche Vorankündigung Gehör. »Steffen, setzen, drei minus.«

Steffen saß bereits und war jetzt verdutzt, um nicht zu sagen verwirrt.

»Wir sollten uns mit Tatsachen beschäftigen und nicht mit Spekulationen.« Steffen und Gerlach ruderten mit ihren Gedanken zurück und Rosenbaum bereitete sich mit einem zelebrierten Zug von seiner Havanna auf die Erteilung einer neuen Lektion für seine Schüler vor. »Gerlach, glauben Sie an Gott?«

»Ja, natürlich.«

»Können Sie das auch beweisen?«

»Was jetzt?«

»Gibt es für Sie einen Beweis für die Existenz Gottes?«

»Hm. Also … wenn jeden Morgen die Sonne aufgeht oder wenn nach einem kalten Winter sich wieder das Leben regt und im Frühling die Natur erwacht, Jahr um Jahr. Das ist für mich ein Gottesbeweis.«

»Und, nur einmal angenommen, wenn in einem Jahr der Frühling ausfallen würde, wäre das für Sie der Beweis, dass Gott nicht existiert?«

»Natürlich nicht! Es wäre eine Ausnahme, es hätte einen ganz bestimmten Grund.«

Die Sache mit dem lieben Gott, sie war immer ein wenig heikel, wenn sie zwischen einem Juden und einem Christen diskutiert wurde. Rosenbaum hatte nicht nachgedacht, bevor er das Thema ansprach, schon beim ersten Mal hatten sich Missklänge in die Harmonie gemischt. Aber Gerlach war nicht wirklich auf Kreuzzug, eher etwas ungehalten, weil Rosenbaum gerade seinen Beweis zerpflückte.

»Also dass ein bestimmtes Phänomen auftritt, ist für Sie ein Beweis. Aber wenn es nicht auftritt, ist es noch nicht der Gegenbeweis?«

»Korrekt.«

»Was wäre denn ein Gegenbeweis?«

»Beispielsweise wenn etwas geschehen würde, was mit der Existenz Gottes nicht im Einklang stehen würde.«

»Und was wäre das?«

»Also, etwas ganz Schlimmes. Etwas, das nicht passieren dürfte.«

»Wenn wir den Französischen Krieg von 1870/71 verloren hätten? Immerhin wurde er im Vertrauen darauf geführt, dass es eine gerechte Sache sei, und die Geistlichen haben im Namen Gottes die deutschen Waffen gesegnet.«

»Tja. Hm. Ja, zum Beispiel.«

Jetzt hatte er ihn, der Rest war ein Kinderspiel. Natürlich war es nicht fair, einen guten Deutschen bei seinem Patriotismus zu packen. Alle Menschen, auch die kühnsten Logiker, hatten eine Grenze, an der die Rationalität endete, und meistens hatte diese Grenze etwas mit Gott oder Vaterland zu tun oder mit beidem. Das wusste Rosenbaum und nutzte es aus.

»Aber die französischen Geistlichen haben die französischen Waffen gesegnet. Haben die Deutschen und die Franzosen nicht denselben Gott?«

»Okay, das Beispiel war nicht gut. Aber wenn etwas Grauenvolles geschieht, etwas unendlich Grauenvolles und Ungerechtes gegenüber Unschuldigen. Das wäre der Beweis, dass Gott nicht existiert.«

»Sie meinen totgeborene Kinder oder die qualvollen Leiden der Pestopfer oder der Menschen im Dreißigjährigen Krieg? Meinen Sie das?«

Keine Antwort.

»Und was gilt, wenn etwas eintritt, was aus Ihrer Sicht die Existenz Gottes beweist, und gleichzeitig passiert etwas, das seine Nichtexistenz beweist? Was gilt dann?«

Keine Antwort.

»Es ist wohl so, dass man einem Gläubigen nicht beweisen kann, dass Gott nicht existiert«, mischte Steffen sich ein.

»Ja, genau«, bestätigte Rosenbaum weise und leise. Und je leiser er wurde, desto angestrengter lauschten seine Schüler. »Und einem Nihilisten können Sie nicht beweisen, dass Gott existiert. Sehen Sie, mein lieber Gerlach, Sie erliegen der Versuchung, neue Erfahrungen in Sinne bestehender Überzeugungen zu interpretieren. Genauso Steffen, mein Lieber: Sie sind überzeugt, dass Erika Marckmann nicht die Täterin ist, und Sie lassen nur Argumente gelten, die das bestätigen. Das ist ganz natürlich. Unser Gehirn versucht unbewusst, neue Erfahrungen so zu interpretieren, dass sie zu bestehendem Wissen passen. Dann ergibt alles einen Sinn und man kann es sich besser merken. Und da ist auch gar nichts gegen zu sagen, wenn das bestehende Wissen wahr ist, wenn es also bewiesen ist. Wenn es aber erst verifiziert werden soll, und zwar gerade mit diesen neuen Erfahrungen, dann begehen wir einen Selbstbetrug. Wer an Gott glaubt, findet überall Gottesbeweise. Wer an die Unschuld von Erika Marckmann glaubt, findet dafür Beweise, wer an ihre Schuld glaubt, kann das auch beweisen. Klar?«

Steffen und Gerlach sahen sich an. Steffen wollte etwas sagen, hielt jedoch inne und kräuselte die Stirn. »Soll das heißen, Beweise seien nichts wert?«

»Nein, aber wir müssen uns davor hüten, ihnen zu viel Gewicht beizumessen, wenn sie unsere Meinung bestätigen, und sie zu verkennen, wenn sie unserer Meinung widersprechen.«

»Aber wie können wir das tun?« Steffens Lippen pressten sich zusammen, als wollte er noch ›Meister‹ anfügen.

»Ganz einfach: Wir sollen nicht versuchen, unsere Überzeugung mit neuen Argumenten zu stützen, sondern mit Gegenargumenten zu widerlegen. Und diese Gegenargumente wieder mit Gegenargumenten. Erst wenn uns kein Grund mehr einfällt, warum unsere Annahme falsch sein könnte, erst dann wollen wir sie für wahr halten. So jedenfalls hat es Charles Darwin gemacht. Er suchte die *missing links* zwischen verschiedenen Arten und glaubte erst dann an seine eigene Theorie, als er sie gefunden hatte. Heute wissen wir, dass seine Vorgehensweise richtig war.« Rosenbaum war zufrieden und zündete seine im Eifer der Diskussion erloschene Havanna wieder an. Er hatte früher gerne Platon gelesen und gefiel sich in der Rolle des Sokrates.

»Dann schreiten wir mal zur Tat.« Der Schüler Steffen schien begierig das eben Erlernte anwenden zu wollen. »Wir haben folgende Verdächtige: erstens Erika Marckmann, aus Hass; zweitens Heinz Marckmann aus Hass und vielleicht als Spionagetat; drittens Katharina Fricke aus Eifersucht. Unklar sind die Rollen von Harms und Mandel. Eventuell gibt es auch unzufriedene Kunden, aber von denen wissen wir noch gar nichts.«

»Aber Harms scheint mit der Sache wohl etwas zu tun zu haben, und mit ihm der MND«, ergänzte Gerlach.

»Jawohl, meine Herren, viel mehr wissen wir nicht. Das langt nicht, jemanden zu überführen, und auch nicht, jemanden von der Liste zu streichen. Was tun wir?«

»Vielleicht sollten wir Licht in diese dunklen Geschäfte bringen«, spekulierte Steffen. »Dann könnten wir vielleicht auch etwas von den unzufriedenen Kunden erfahren.«

»Gut, dazu müssten wir mit Mandel sprechen«, erwiderte Rosenbaum. »Was noch?«

»Der MND scheint mir eine Schlüsselrolle zu spielen«, sagte Gerlach. »Möglicherweise ist Marckmann das Bindeglied zum MND. Vielleicht auch Mandel, und zwar über den Umweg ›Kommunisten‹, aber über Mandel wissen wir noch nichts. Wir sollten uns auf diese beiden konzentrieren.«

»So sehe ich das auch«, meinte Steffen und Gerlach fühlte sich bestätigt.

Sie einigten sich darauf, am nächsten Tag bei Marckmann eine Wohnungsdurchsuchung zu beantragen. Dann könnte die Durchsuchung schon am übernächsten Tag morgens stattfinden.

»Ich rufe gleich einmal Staatsanwalt Kramer an und bespreche das mit ihm«, schlug Rosenbaum vor. »Der Durchsuchungsbefehl muss ja beim Untersuchungsrichter beantragt werden. Und Sie, Gerlach, formulieren schon einmal den Antrag. Steffen, wir schauen am Abend gemeinsam im Kaiser-Eck vorbei und sprechen mit Mandel. Ich brauche da jemanden, der mir übersetzt.«

»Was machen wir mit Frau Marckmann?«, wollte Gerlach wissen und Steffen spitzte die Ohren, sodass Rosenbaum die Frage an ihn weitergab. »Wenn mir hier nicht geglaubt wird, dann sollten wir uns vielleicht alle ein Bild von der Frau machen«, sagte er.

»Gute Idee. Holen Sie sie doch morgen mal in die Blume, dann schauen wir sie uns gemeinsam an.«

XXV

Sie waren schwere Jungs und harte Kerle. Sie liebten das Salz, das in der Sonne die Haut gerbte, den Geruch verfaulender Planken und das Schaukeln der Schiffe, das sie mit Köm und Absinth imitierten. Sie waren im Geiste Seefahrer, die das Schicksal ans Festland genagelt hatte und es nur schwer ertrugen. Hier saßen sie auf den Bänken, bereit Anker zu werfen, fremde Schiffe zu kapern oder Frauen zu rauben, und sie wischten sich Schaum und Schweiß von Mund und Stirn und am nächsten Morgen mussten sie wieder auf die Werft und an ihren Schiffen weiterbauen. Das Kaiser-Eck war voller als am Vortag und rauchiger und miefiger.

Rosenbaum und Steffen setzten sich an die Theke und bestellten zwei Bier.

»Ist Kalle Mandel hier?«, fragte Rosenbaum den Wirt,

der sich abwandte, »Kalle!« rief und, als ein dürres Männchen mit Wischlappen aufsah, mit einer seitlichen Kopfbewegung auf Rosenbaum wies.

»Moin, moin«, sagte Mandel, als er näherkam.

»Schalom«, erwiderte Rosenbaum.

Mandel blickte verächtlich. Er dürfte hier in Gaarden wahrscheinlich noch nie auf diese Weise begrüßt worden sein. Denn hier gab es keine Juden, und wenn doch, offenbarten sie sich nicht. Es war nicht der Ort für Menschen, die anders waren als die anderen. Hier war man dumpf, fremdenfeindlich und antisemitisch. Man hatte seinen Stolz, man war deutsch, man sprach platt. Man hatte grausame Vorurteile und scharfe Klingen. Man sollte hier nicht Mandel heißen. Man hätte sich Manke, Martens oder Maschke nennen können. Der Wechsel des Nachnamens war hier nicht unüblich und wäre kaum aufgefallen. Mit ›Schalom‹ begrüßt zu werden wirkte wie eine Anbiederung. Dabei hatte Rosenbaum keine Anbiederung im Sinn gehabt. Er war nur verdutzt, zu dieser Tageszeit mit ›Moin, moin‹ angesprochen zu werden. Das kannte er noch nicht.

»Moin«, sagte Steffen in dem Bemühen, die Situation zu retten. »Ick bin Kriminohlassistent Steff'n un dat is Kriminohlobersekredär Ros'nbaum. Künt ju uns een poor Frag'n beantwoord'n?«

»Es geht um Fricke, nicht?« Das war kein Plattdeutsch. Es wäre auch nicht wirklich zu erwarten gewesen, dass ein Jude mit Namen Mandel Plattdeutsch sprach, selbst in Gaarden nicht. Rosenbaum fragte sich, warum er sich das nicht gleich gedacht hatte. Es klang ein wenig Berlinerisch durch, aber Rosenbaum wollte nicht erneut in den Verdacht des Anbiederns geraten und fragte nicht nach.

»Kommen Sie aus Berlin?«, fragte Steffen.

»Hört man det? Ich bin schon so lange in Kiel, ich dachte, ich hätte das Berlinern abjelegt.«

»Ein bisschen hört man es«, sagte Steffen. »Sie kannten Herrmann Fricke?«

»Er war oft hier.«

»Sie haben mit ihm Geschäfte gemacht, nicht?«

»Ich weiß nicht, was Sie meinen.« Mandel wischte mit seinem Tuch hektisch über die bereits saubere Theke.

Rosenbaum und Steffen schauten sich kurz belästigt und gelangweilt – und hochgradig überlegen – an. »Wir untersuchen den Mord, nicht Frickes Geschäfte. Wenn Sie zu den Geschäften nichts sagen, müssen wir vermuten, dass beides miteinander zusammenhängt.« Rosenbaum ließ seine Worte wirken und überließ Steffen wieder die weitere Befragung.

»Ich kenne hier halt viele Leute. Und hier und da braucht dann mal jemand was. Und Fricke hatte hin und wieder was anzubieten. Und dann kamen da manchmal Geschäfte zustande. Wie das eben so ist.«

Der Wirt knallte die bestellten Biere auf die Theke und Rosenbaum wurde klar, woher die unzähligen Dellen in den Tischplatten stammten.

»Was waren denn das für Waren?«

»Alles Mögliche, ganz unterschiedlich, meistens Sachen, die Fricke von der Werft besorgen konnte. Werkzeuge, Hölzer, Kupferrohre, Messinstrumente. Einmal hatte er unzählige Kisten Erdbeermarmelade in Gläsern. Keine Ahnung, wo er die herhatte. Wir haben das an die Konditoreien in Kiel verteilt. Wochenlang gab es überall in der Stadt Erdbeerkuchen, und das im Herbst.«

»Ja, ich erinnere mich, das war vorletztes Jahr, nicht? Die Geschäfte liefen also gut?«

»Meine hätten besser laufen können. Bei Fricke hab ich keinen Überblick.«

»Hatte Fricke auch mal Konstruktionszeichnungen im Angebot?«

»Was?«

»Militärische Geheimnisse oder Betriebsgeheimnisse, irgendwas, das Leute auf den Plan ruft, mit denen nicht gut Kirschen essen ist – oder Erdbeeren essen.«

»Nein. Aber ich weiß natürlich nicht, was er sonst noch so gemacht hat.«

»Und gab es einmal Ärger? War mal ein Kunde unzufrieden? Wurde Fricke vielleicht von einem Mitwisser erpresst? Oder war es zum Streit mit Lieferanten gekommen? Wurde irgendjemand nicht angemessen bezahlt?«

»Nein, nicht dass ich wüsste.«

»Es sollen sich Kunden beschwert haben, weil Fricke zu hohe Preise verlangte.«

»Davon weiß ich nichts.«

»Möglicherweise war das mit seinem Bein gar kein Unfall.«

»Das glaube ich nicht, das hätte er mir erzählt.«

»Haben Sie was mit Kommunisten zu tun?«

»Ich?« Mandel schüttelte den Kopf über so viel Ignoranz. »Ich bin Jude, reicht das nicht? Muss ich es mir mit jedem verderben? Ne, ne, hier muss man aufpassen, dass man nicht aneckt. Sonst geht's einem schnell mal an den Kragen. Jude reicht, glauben Sie mir.«

»Aber Fricke hatte was mit den Kommunisten zu tun.«

»Wer sagt das?«

»Egal, jedenfalls könnte es sein, oder nicht?«

»Geschäfte machen und Kommunist sein – wie soll denn das zusammenpassen?«

Steffen stutzte. Stimmt, das passte nicht.

Rosenbaum und Steffen schauten einander an. Stimmt, das passte nicht.

»Stimmt, das passt nicht«, sagte Steffen, »gut kombiniert.« Er blinzelte Rosenbaum unauffällig zu. »Haben Sie denn eine Idee, warum Frau Fricke so etwas gesagt haben könnte?«

»Frau Fricke? Keen Schimmer.« Mandel runzelte die Stirn. »Aber mir fällt jetzt ein, dass Fricke neulich richtig Schiss hatte vor einem, der ihm wat ans Zeug flicken wollte. Was da genau los war, weiß ich auch nicht, aber ich sollte ihm eine Pistole besorgen.«

»Fühlte er sich bedroht?«

»Offensichtlich.«

»Und vor wem hatte er Angst?«

»Ich weiß das nicht. Das hat er nicht erzählt. Aber er war wirklich nervös.«

»Keine Andeutung? Nichts?«

»Nee.«

»Aber es hatte etwas mit seinen Geschäften zu tun?«

»Das nehme ich an.«

»Und wie ging es dann weiter?«

»Ich hatte zufällig gerade eine Luger angeboten bekommen.« Dieser Satz kam zögerlich. Mandel wollte ihn offensichtlich gar nicht sagen, aber ihm war klar, dass er ihn nicht vermeiden konnte. »Von einem Kollegen aus Berlin, den Namen hab ich vergessen.«

Natürlich hatte er den Namen nicht vergessen. Es war das Angebot zu einer stillschweigenden Übereinkunft und Steffen war einverstanden.

»Logisch. Eine Luger P08, die standardmäßige Dienstpistole des Heeres?«

Die Luger P08 hatte ein Neun-Millimeter-Kaliber und passte zu Frickes Schussverletzung.

»Genau. Die Luger soll von irgendeinem Offizier stammen, der dringend Geld brauchte. Woll'n Se noch ein Bier? Dann sollten Se jetzt bestellen. Das Fass ist gleich leer. Und das nächste Fass stand heute auf dem Hof in der Sonne, is warm wie Pisse.«

»Nein, danke. Diese Luger hat Fricke dann gekauft?«

»Ja, für 15 oder 20 Mark, praktisch umsonst, so dringend brauchte der Offizier das Geld. Wenn der gewusst hätte, wie dringend Fricke die Pistole haben wollte, hätte der auch 500 Mark verlangen können.«

»Das war dann doch für Sie von Nachteil, nicht?«

»Fricke hat mir die Provision für einen Preis von 500 Mark bezahlt.«

»Wie hoch ist denn so eine Provision?«

»Zehn Prozent.«

»50 Mark. War gut bei Kasse, der Fricke, was?«

»Das wechselte bei ihm ständig. Aber in letzter Zeit hatte er ganz gut Kohle.«

»Danke, Herr Mandel, Sie waren uns eine große Hilfe«, sagte Steffen.

»Warum sind Sie eigentlich nach Kiel gekommen?«, wollte Rosenbaum noch wissen und war überzeugt, dass ein ganz zwingender Grund dahintersteckte, sonst würde niemand so etwas tun.

»In Berlin gab es immer mehr Leute, die mich nicht mochten, vastehn Se, monetär sozusajen.«

Auf dem Rückweg tauschten Rosenbaum und Steffen sich noch aus: Sagte Mandel die Wahrheit, tat er es nicht? Rosenbaum glaubte es. Steffen glaubte es nicht, immerhin war Mandel Jude und arbeitete in einer verruchten Kneipe in Gaarden. Da war Wahrheit im Grunde gar nicht möglich. Den rassischen Aspekt sprach er freilich nicht an, betonte aber umso mehr den örtlichen.

»Steffen, mein Lieber«, dozierte Rosenbaum, »wir können einem Menschen nicht ansehen, ob er die Wahrheit sagt oder nicht. Wir sind ja nicht Sherlock Holmes.«

»Also, *ich* kann manchmal sehen, ob jemand lügt.« Noch klang Steffen ein wenig überheblich.

»Also manchmal, aber nicht immer?«

»Ja, manchmal.«

»In der Hälfte der Fälle oder öfter oder seltener?«

»Ja, so etwa in der Hälfte der Fälle.«

»Und wissen Sie *vorher*, welche Hälfte es ist?«

»Tja ...«

»Dann ist Ihre Trefferquote also 50 Prozent. Das kann jeder.«

»Aber die Erfahrung zeigt, dass es bestimmte Anhaltspunkte gibt, die ...«

»Wessen Erfahrung? Ihre?«

»Ja natürlich meine, sonst wüsste ich es doch gar nicht.«

»Und wie ist es mit meiner Erfahrung? Oder mit der von Gerlach, Freibier oder der von Ihrem Hund?«

Steffen klang gar nicht mehr überheblich. Er hatte sich mit den vorherigen Fragen schon schwer getan. Mit dieser konnte er jetzt überhaupt nichts mehr anfangen.

»Haben wir alle dieselben Erfahrungen gemacht oder unterschiedliche? Und wenn wir unterschiedliche gemacht haben, wessen gelten dann?«

Keine Antwort.

»Steffen, mein Lieber, die *Erfahrung* ist nichts als eine Ansammlung von Zufällen und Vorurteilen. Es *kann* sein, dass jemand, der in einer Gaardener Kneipe arbeitet und mutmaßlich von seinen Gläubigern gesucht wird, häufiger lügt als ein wohlerzogenes Mädchen aus gutem Hause, aber es *muss* nicht sein. Und selbst wenn es so ist, könnten Sie daraus für eine einzelne Antwort noch immer keine Rückschlüsse ziehen, sondern allenfalls statistische Aussagen treffen. Doch das hilft uns in einem konkreten Fall nicht weiter. Es wird Ihre Trefferquote kaum spürbar beeinflussen.«

»Aber wenn wir nicht beurteilen *können*, ob einer lügt, warum haben wir Mandel denn überhaupt befragt? Warum fragen wir überhaupt irgendjemanden?«

»Wegen der Wahrscheinlichkeit, mein Lieber, wegen der Wahrscheinlichkeit und der Fragmente. Wegen der Glaubhaftigkeit, nicht wegen der Glaubwürdigkeit.«

Steffen hatte sich noch nie darüber Gedanken gemacht, ob ein Unterschied zwischen Glaubhaftigkeit und Glaubwürdigkeit besteht, und er wollte es auch jetzt nicht, aber Rosenbaum ließ nicht nach. »Gehen Sie nicht davon aus, dass wir alles verstehen können. Die Welt ist so groß und unser Verstand ist so klein.«

Steffen hatte das Gefühl, als wollte Rosenbaum ihm gleich einen Gute-Nacht-Kuss geben. »Wenn wir nicht verstehen können, warum ein Mensch gemordet hat, können wir ihm doch auch nicht auf die Spur kommen.«

»Doch«, rief Rosenbaum aus und lächelte dabei, »doch, wir können den Täter überführen. Aber die Beweise finden wir nicht in seiner Psyche. Dafür ist sie viel zu kompliziert. Kennen Sie nicht Sherlock Holmes? Haben Sie nie Jules Verne oder Edgar Alan Poe gelesen? Auch wenn die Werke dieser Autoren eher trivial sind, zeigen Sie doch einen wahren Aspekt moderner Polizeiarbeit: Wir müssen uns an der Tat orientieren und nicht am Täter. Wenn Sie einen Verdächtigen befragen und der Mann ist nervös, dann könnte seine Nervosität davon kommen, dass er der Täter ist und nun fürchtet, überführt zu werden. Es könnte aber auch sein, dass er nicht der Täter ist und fürchtet, unschuldig in Verdacht zu geraten. Wie wollen Sie das entscheiden? Jedenfalls nicht anhand der Nervosität, denn die ist in beiden Fällen dieselbe.«

»Dann kann ich seine Nervosität außer Acht lassen?«

»Jedenfalls sollten Sie sie nicht überbewerten. Alles, was Sie in dieser Situation mit einer gewissen Wahrscheinlichkeit sagen können, ist, dass Sie nach Auffassung Ihres Gesprächspartners bei einem wichtigen Thema angelangt sind. Und selbst das ist nicht sicher. Vielleicht muss der Mann auch nur dringend aufs Klo. Also sammeln Sie lieber einfache, eindeutige, objektive Spuren, so viel Sie kriegen können, und basteln sich ein stimmiges Bild daraus.«

Aha, das war also der Unterschied zwischen Glaubhaftigkeit und Glaubwürdigkeit, dachte Steffen. »Und was machen wir jetzt?«, fragte er.

»Kriegen Sie doch mal raus, wer damals der Unfallgegner von Fricke war.«

»Wie soll ich das denn machen?«

»Frau Fricke sagte doch, dass ihr Mann keine Unfallrente bekommen habe, nicht? Also hatte er wahrscheinlich einen Antrag gestellt, der dann abgelehnt wurde. Fragen Sie mal beim zuständigen Versicherungsträger, ob die darüber einen Vorgang haben.«

»Mach ich«, antwortete Steffen. »Wer ist denn der zuständige Versicherungsträger?«

»Die Nordwestliche Eisen- und Stahl-Berufsgenossenschaft, denke ich.«

»Wo sitzen denn die?«

»In Hannover.«

»Haben die nicht vielleicht eine Sektion in Kiel, immerhin gibt es hier ja große Werften.«

»Ja, vielleicht, erkundigen Sie sich.«

»Am besten in Hannover, nicht?«

»Ja.«

»Anrufen?«

»Ja, telefonisch.« Rosenbaum kam die Unterhaltung zum Schluss kindisch vor und er war erschöpft wie nach einem überlangen Saunagang. Er verabschiedete sich von Steffen und begab sich in den Feierabend, aber nicht ohne noch einen Umweg durch die Blumenstraße zu machen, um nachzuschauen, ob in Freibiers Vorzimmer nicht noch Licht brannte. Aber alles war dunkel.

XXVI

Steffen, der das für seine Körpergröße angemessene Gewicht um ein Mehrfaches überschritt, hatte sich in eine Frau verliebt, die nur noch wenig mehr als die Hälfte der für sie idealen Masse besaß. Erika Marckmann wollte am liebsten nicht mehr sein. Deshalb aß sie ganz wenig und kam so ihrem Wunsch immer näher. Sie war anhand der Beschreibung, die Steffen am Vortag von ihr gegeben hatte, nicht zu erkennen. Selbstbewusstsein und Stolz waren für Rosenbaum und Gerlach nicht auszumachen, und selbst wenn sie sich die um die Augen eingebrannten Ringe wegdachten, würden sie die Frau nicht als Schönheit bezeichnen.

»Ist das Frau Marckmann?«, flüsterte Rosenbaum Steffen zu, um ganz sicherzugehen.

»Ja natürlich«, flüsterte Steffen, dem die Frage überflüssig vorkam.

Alle setzten sich und Rosenbaum erklärte der Frau mit einem Hinweis auf die am Ende des Tisches sitzende Stenotypistin, dass die gestrige Aussage noch zu Protokoll genommen werden müsse. So wurde alles unter rhythmischer Begleitung eines kratzenden Stifts auf Papier wiederholt, routinemäßig, fast gelangweilt, wie auswendig gelernt. Was das für Kommunisten waren, mit denen ihr Mann sich getroffen haben soll, wusste sie nicht. Wo die sich getroffen haben, wusste sie nicht. Wann? Abends irgendwie. Seit wann das so schon gegangen sei? Na ja, mindestens seit einem Jahr oder vielleicht seit zehn Monaten, eigentlich wüsste sie das auch nicht so genau. Ob es nicht vielleicht auch Mitglieder einer anderen politischen Gruppierung gewesen sein könnten, wusste sie nicht. Oder Ausländer? Wusste sie nicht. Wusste sie nicht, wusste sie nicht, wusste sie nicht.

Als sie dann zu Frickes ›Vorschlag zur Abtreibung‹ kamen, fragte Rosenbaum nach, ob es wirklich nur um einen Vorschlag gehandelt hatte oder nicht doch eher um eine Forderung. Erika Marckmann antwortete, es sei nur ein Vorschlag gewesen, während Steffen stumm und mit zusammengepressten Lippen daneben saß. Die Antwort wurde protokolliert und stellte das Geständnis einer Straftat dar, es war wohl nichts mehr zu machen. Die Verfahrensregel, dass ein Geständnis nur verwertet werden darf, wenn der Beschuldigte zuvor über sein Aussageverweigerungsrecht belehrt wurde, war bereits verschiedentlich vorgeschlagen, aber noch nicht umgesetzt worden. Diese Belehrung war keine zwingende Rechtspflicht, bestenfalls ein Gebot der Fairness, aber man hatte zu so seine Probleme mit der Fairness gegenüber mutmaßlichen Straftätern.

»Warum nehmen Sie Fricke in Schutz? Er ist doch tot!« Steffens zusammengepresste Lippen konnten seinem Korrekturbedürfnis nicht mehr standhalten. Während sich Erika Marckmann von diesem Ausbruch erschüttert zusammenrollte, bedeutete Rosenbaum mit einem strengen Blick, dass er jetzt Steffen vor der Tür sprechen wollte.

»Die lügt doch!«, flüsterte Steffen aufgeregt, nachdem Rosenbaum die Tür des Verhörraums geschlossen hatte. »Das ist doch ganz offensichtlich gelogen!«

»Aber warum sollte sie Fricke dann in Schutz nehmen und sich selbst damit der Gefahr der Strafverfolgung wegen Abtreibung aussetzen, wenn sie ihn hasste?«

Steffen kniff die Augenbrauen zusammen und blickte auf den Boden, dann zur Decke, als hätte er das Wort vergessen, das er gerade sagen wollte. »Damit wir glauben, dass sie ihn nicht hasste?«, antwortete er. Dann wäre sie ja vollkommen durchtrieben, alles nur vorgespielt? Nein, das konnte nicht sein. »Nein, das kann nicht sein.«

Sie gingen zurück in den Verhörraum. Rosenbaum setzte sich der Zeugin gegenüber.

»Haben Sie Fricke geliebt?«, fragte er.

»Nein.«

»Haben Sie ihn gehasst?«, fragte Gerlach.

»Nein, auch nicht.«

»Lieben Sie Ihren Mann?«, fragte Rosenbaum. Die Fragen schossen wie aus einem Gewehr.

»Nein … doch!«

Mit der letzten Frage wurde Erika Marckmann getroffen, schwer getroffen. Sie blickte zwischen halb geschlossenen Augenlidern und dicken Tränenrändern durch Rosenbaum hindurch, vermutlich sah sie etwas längst Vergangenes, Unwiederbringliches, wie sie ihren Mann kennengelernt hatte, zum ersten Mal mit ihm tanzte oder seinen starken Arm berührte, oder wie sie sich das Jawort gaben oder wie die Ehe immer mehr unter der Kinderlosigkeit gelitten hatte. Ja, natürlich, sie liebte ihren Mann. Und hatte sie ihm ein Kind schenken wollen? Hatte sie sich dafür einen Krüppel ausgesucht, jemanden, vor dem sie sich ekelte?

Die Salve aus Rosenbaums Maschinengewehr hatte die Frau niedergestreckt. Sie war in der Feuerlinie liegen geblieben. Jetzt kam in aller Ruhe der gezielte Kopfschuss: »Noch einmal: Haben Sie Fricke gehasst?«

»Jaaa!« Das brach aus ihr heraus, als wäre das Gehirn nach einem platzierten Treffer explodiert, und genauso sackte sie anschließend in sich zusammen. Das Verhör wurde unterbrochen, die Stenotypistin eilte mit hastigen kleinen Schritten in die Kanzlei, um ihre Aufzeichnungen in Reinschrift zu übertragen. Eine weibliche Aufseherin wurde gerufen, um Erika Marckmann Wasser und Tücher zu reichen und beim Toilettengang zu begleiten.

Steffen und Gerlach nutzten die Pause, sich um die Berufsgenossenschaft und Frickes ehemaligen Unfallgegner zu kümmern. Rosenbaum zog sich mit einer Zigarre in sein Büro zurück.

»Ein Doktor Liebknecht aus Berlin ist am Telefon.«
Die frohe Botschaft wurde von der krächzenden Stimme des Hausboten überbracht. Fast hätte Rosenbaum gesagt: ›Dann stellen Sie mal durch‹, doch er besann sich und eilte zu dem Telefonapparat auf dem Korridor.

»Karl, mein lieber Karl, vielen Dank, dass du so schnell zurückrufst!«

»Ich stelle durch, einen Moment, bitte«, antwortete eine weibliche Stimme.

»Liebknecht.«

»Karl, mein lieber Karl, vielen Dank, dass du so schnell zurückrufst!«

»Josef, schön deine Stimme zu hören. Ich habe gleich anrufen lassen, als ich die Notiz von dir gefunden habe. Am liebsten hätte ich natürlich direkt gewählt, aber mit unseren Telefonapparaten können wir uns nur innerhalb des Hauses direkt anrufen, Gespräche nach außen müssen über die Telefonzentrale verbunden werden.«

»Ganz schön rückständig bei euch!«

›Bei euch‹, das war das Preußische Abgeordnetenhaus, in das Liebknecht ein Jahr zuvor als einer der ersten Sozialdemokraten unter schärfster, aber ohnmächtiger Missbilligung des Kaisers, der ja zugleich König von Preußen war, und der Landesregierung eingezogen war.

Rosenbaum und Liebknecht waren fast gleichalt. Sie hatten sich über ihre Väter, die beide engagierte Sozialdemokraten waren, schon als Zwölfjährige kennengelernt und angefreundet und, obwohl Liebknecht damals in Leipzig gelebt hatte und Rosenbaum in Berlin, war es von Anfang an eine sehr enge und feste Freundschaft. Sie diskutierten viel über den herrschenden Militarismus, die Klassengesellschaft, die Ausbeutung der Arbeiterschaft, den Imperialismus und was man dagegen tun konnte. Sie waren fast immer einer Meinung, nur dass Rosenbaum nie wirklich etwas gegen die herrschenden Zustände getan hatte. Im Gegensatz dazu tat Liebknecht, was er konnte. Wie Rosenbaum hatte er Jura studiert, im Gegensatz zu ihm hatte er sein Studium erfolgreich abgeschlossen und sogar mit *magna cum laude* promoviert. Anschließend war er Rechtsanwalt geworden und erlangte eine gewisse Popularität als politischer Strafverteidiger und SPD-Politiker, jedoch ohne sich zu etablieren oder seine fundamental-sozialistische Gesinnung aufzugeben. Ständig provozierte er die herrschende Sittlichkeit und wurde dafür wegen Hochverrats angeklagt und verurteilt und fast aus der Anwaltschaft ausgeschlossen. Rosenbaum hatte ihn für seinen Mut stets bewundert, sogar beneidet. Er lebte kompromisslos seine sozialistische Gesinnung und ging dafür auch Gefahren ein, während Rosenbaum selbst eher ängstlich war und mehr auf den Schutz seiner bürgerlichen Existenz und seiner Familie bedacht war. Rosenbaum war im Geiste immer Sozi geblieben, aber er hatte es nicht gewagt, in die SPD einzutreten oder sich öffentlich zu ihr zu bekennen oder gar öffentliche Ämter für sie anzustreben.

»Was weißt du über kommunistische Gruppen in Kiel?«, fragte Rosenbaum seinen Freund, der wie kaum ein anderer einen Überblick über die politischen Gruppierungen der Arbeiterschaft im Reich hatte.

»Meinst du die SPD?«

Kiel war Hochburg der SPD, das wusste Rosenbaum. Nach dem Ende des Sozialistengesetzes waren überall in dieser Stadt kleine Arbeiterbildungsvereine, Arbeiterwahlvereine, Arbeitergesangsvereine, Allgemeine Arbeitervereine und was auch immer für Arbeitervereine aus dem Boden geschossen wie Krokusse im Frühling und dem Ruf nach Freiheit, Gleichheit und Brüderlichkeit, den von der Französischen Revolution geretteten Werten der modernen Sozialdemokratie …

»Hallo? Hallo? Bis du noch da? Hallo?«

»Entschuldige bitte, Karl, ich war abgelenkt. Ich meine subversive und anarchistische Gruppen.«

»Es gibt da ein paar. Kleine Grüppchen. Völlig ungeordnet und unbedeutend. Die bekämpfen sich am ehesten gegenseitig, statt in der Sache etwas zu unternehmen. Wichsende Laienspieler. Wir haben die aus unserem Verteiler gestrichen.«

»Die bringen nichts zustande?«

»Ne.«

Das könnte zu Marckmann passen, dachte sich Rosenbaum. »Treffen die sich regelmäßig?«

»Vor Jahren war ich mal da, das war lange vor meinem Urlaub in Glatz.« Liebknecht meinte damit seine über einjährige Festungshaft, die er wegen Hochverrats für die Veröffentlichung einer gegen den vorherrschenden Militarismus gerichteten Streitschrift verbüßt hatte und aus der er erst vor Kurzem entlassen worden war.

»Die trafen sich einmal wöchentlich in einer Kneipe am Hafen, träumten bei Bier und Korn gemeinsam von der Weltrevolution und gingen dann wieder nach Hause.«

»Würdest du denen zutrauen, dass die subversive Aktionen durchführen?«

»Planen und davon träumen? Ja, vielleicht. Durchführen? Völlig ausgeschlossen. Das sind Maulhelden. Die werden nie etwas unternehmen, was länger dauert als der Abend, an dem sie es beschließen.«

»Oder haben die vielleicht Kontakt zu ausländischen Gruppen, die den Umsturz planen?«

»Es kann durchaus sein, dass die im Ausland Leute kennen, die genau solche Spinner sind, über die Zweite Internationale wahrscheinlich. Aber niemand, der ernsthaft etwas plant, würde sich mit denen einlassen.«

Rosenbaum hörte neben Hohn auch Enttäuschung heraus. So sehr sie in ihrer Kritik der herrschenden Zustände übereinstimmten, Liebknecht war für Rosenbaum zu radikal. Der wollte den Umsturz, das Bestehende hinwegfegen und aus den Trümmern eine gerechte Ordnung neu aufbauen. Rosenbaum dagegen konnte sich nicht vorstellen, wie aus Trümmern Gerechtigkeit entstehen sollte.

Nach einiger Zeit hatte Erika Marckmann sich wieder so weit gefasst, dass das Verhör fortgesetzt werden konnte. Rosenbaum und Gerlach bearbeiteten sie, während Steffen sich weiter um die Berufsgenossenschaft kümmerte. Doch neue Erkenntnisse waren von Erika Marckmann nicht zu erlangen. Regelmäßig versuchte man, einen Beschuldigten bei seiner Vernehmung zu einem Geständnis zu bewegen. Bei aller Gefahr von Fehlurteilen in Indizienprozessen fühlte man sich besser, wenn man ein Geständnis hatte. Das war bereits bei der Hexenverbrennung nicht anders gewesen. Schon aus diesem Grund wurde im Allgemeinen darauf verzichtet, einen Angeklagten über seine Rechte aufzuklären, und die Rechtsgelehrten stritten darüber, ob die Vernehmungsperson dem Beschuldigten korrekt antworten musste – oder auch nur durfte –, wenn dieser fragte, ob er den ihn belastenden Sachverhalt wirklich schildern müsse.

»Haben Sie Fricke getötet?«

»Nein.«

»Aber Sie haben ihn doch gehasst!«

Keine Antwort. Es war der Moment der Entscheidung, die sorgfältig zurechtgelegte Verteidigungsstrategie fallen zu lassen und den Ermittlungen der Polizei zu vertrauen. Erika Marckmann musste darauf vertrauen, dass das Geständnis, Fricke gehasst zu haben, nicht als Tatgeständnis gewertet würde. Sie hatte keine Wahl, sie hatte ihren Hass bereits zugegeben. Und trotzdem fehlte ihr dieses Vertrauen offensichtlich. Sie zögerte weiter, holte Luft, um etwas zu sagen, atmete dann aber wieder aus.

»Warum haben Sie gelogen, als Sie sagten, Sie hätten ihn nicht gehasst?«

»Ich hätte mich doch sonst verdächtig gemacht.«

»*So* haben Sie sich verdächtig gemacht.«

»Aber ich war es nicht.«

»Ihre eigene Schwester hat angegeben, dass Sie sich zur Tatzeit aus dem Haus geschlichen haben könnten.«

»Hab ich aber nicht! Ich hab mich ins Bett gelegt und geschlafen.«

»Sie sind Linkshänderin, nicht wahr?«

»Na ja, ich kann eigentlich mit beiden Händen ganz gut greifen.«

»Der Täter hat jedenfalls mit der linken Hand geschossen. Und er war nicht größer als etwa 1,70 Meter. Wie groß sind Sie?«

»1,64. Aber ich bringe doch keinen Menschen um!«

»Bei Babys haben Sie es aber schon hingekriegt.« Dieser Vorhalt, er stammte von Gerlach, bedeutete das Ende jeder Kommunikation der Beschuldigten mit den Vernehmungsbeamten. Rosenbaum und Gerlach riefen erneut die weibliche Aufsichtsperson und beschlossen, die Vernehmung zu beenden und Erika nach Hause bringen zu lassen.

Am Nachmittag hielten sich Rosenbaum und Gerlach aus klimatischen Gründen weiter im Vernehmungszimmer auf, als Steffen von seinen Recherchen bei der Berufsgenossenschaft zurückkam.

»Und? Irgendwas Neues mit Erika Marckmann?«

»Nö«, antwortete Gerlach und Rosenbaum fragte: »Was haben Sie so rausgefunden?«

»Fehlanzeige. Der Unfall war vor acht Jahren. Kutscher war ein gewisser Jo Butten. Nach den Zeugenaussagen in der Akte konnte keiner was dafür, der Gaul ist einfach durchgegangen. Es gibt keinen Hinweis darauf, dass Butten und Fricke jemals miteinander etwas zu tun hatten, außer bei dem Unfall natürlich.«

»Aber wir können ihn ja trotzdem mal fragen, was er so von Fricke hielt und wo er in der Tatnacht war«, schlug Gerlach vor.

»Ach, äh, das Wichtigste: Butten ist vor zwei Jahren gestorben.«

Stunden später lag der Durchsuchungsbefehl für Marckmanns Wohnung vor und die Beamten hatten alles Nötige für die auf den nächsten Morgen angesetzte Aktion organisiert. Die Assistenten verabschiedeten sich mit einiger Verspätung in den Feierabend und Rosenbaum blieb noch vor dem offenen Fenster in seiner inzwischen wieder leicht abgekühlten Amtsstube sitzen, pafte beiläufig an einer Havanna, dachte an sein liebes Lottchen, das ihn immer ermahnte, nicht zu viel zu rauchen, und genoss mit geschlossenen Augen einen leichten Windhauch, der an ihm vorbeistrich, einen Windhauch mit etwas Ruß aus den Schornsteinen der Kriegsschiffe, einer Prise Meersalz vom Hafen und einer Andeutung von Patschuli.

»Hedi?« Rosenbaum schaute zur Tür.

»Ich wollte nur noch kurz Tschüss sagen, bevor ich Feierabend mache.«

»Tschüss«, sagte Rosenbaum, als wollte er Hedi hinauskomplimentieren, hoffte aber, dass sie noch ein wenig blieb, und schob schnell hinterher: »Kommen Sie ans Fenster, hier ist es frisch.«

»Sie haben heute sehr lange diese Frau verhört«, sagte Hedi im Näherkommen. »War sie die Täterin?«

»Gerlach glaubt ja, Steffen glaubt nein.«

»Und Sie?«

»Ich weiß es nicht.« Rosenbaum schaute mit zusammengekniffenen Augen in die Ferne, als trotze er einer grausamen Wahrheit. »In jedem Fall hat sie ihrem Mann ein großes Opfer gebracht, und der hat sie dafür rausgeschmissen.«

»Warum hat er das getan?«

»Ich denke, er wollte das Opfer nicht.«

Hedi blickte betroffen auf ihre Schuhe. »Sie hätten vorher miteinander reden sollen.«

»Ja«, stimmte Rosenbaum zu und trotzte weiter der Grausamkeit. »Aber viele Leute haben nicht gelernt, miteinander zu reden.«

Für einen kurzen Moment trafen sich ihre Blicke. Dann betrachtete sie wieder ihre Füße und er trotzte wieder.

»Wieso verletzen wir immer gerade die Menschen, die wir lieben?«, fragte sie.

»Weil es immer gerade die Menschen sind, die uns lieben«, antwortete er.

Beide ließen eine Pause, um nicht ins Melodramatische abzurutschen.

»Ich werde mir ein Fahrrad kaufen«, brauste Hedi nach einiger Zeit hervor und beobachtete Rosenbaums Reaktion mit besonderer Vorfreude auf ein sicher erwartetes bürgerliches Entsetzen wegen dieses kindlichen Einfalls.

»Bei dem Kopfsteinpflaster hier in dieser Weltstadt ist das wahrscheinlich kein großes Vergnügen«, antwortete Rosenbaum.

»Mein ehemaliger Verlobter ist in der Stadt viel Fahrrad gefahren. Er schwitzte dann immer so ... so männlich.« Hedi hatte damit Rosenbaum den paternalistischen Wind aus den Segeln genommen und durch einen Hauch Verruchtheit ersetzt.

»Ihr ehemaliger Verlobter?«

»Tja, er war nicht der Richtige.« Hedi zupfte ein mit feiner Spitze aus dünnem Faden geklöppeltes Tuch aus ihrem Täschchen. »Meine Tante lebt im Vogtland, da arbeitet sie in einer Stickerei. Das Muster hat sie selbst entworfen. Hübsch, nicht?« Sie hatte Rosenbaums Blick als Interesse an dem Tuch interpretiert.

»Ja, sehr hübsch«, heuchelte er. Tatsächlich war sein Gesichtsausdruck von dem Blick auf Hedis Busen und von der Erinnerung an ein lang gehegtes Vorhaben geprägt, an das er sich sonst nur im Alkoholrausch erinnerte; es war wohl auch während eines Alkoholrausches entstanden. Er hatte sich vorgenommen, einen reformierten Maßnahmenkatalog für Straftäter zu entwerfen, der einheitlich die Geldstrafe, die Gefängnisstrafe, die Festungshaft, die Zuchthausstrafe und die Todesstrafe ersetzen und eine durchschlagend bessernde Wirkung auf die Übeltäter entfalten sollte. Die Maßnahmen würden von vielleicht ›eine

Woche Sockenstopfen‹ für geringfügige Vergehen über vielfältigste Web-, Knüpf-, Strick- und Stickarbeiten bis hin zu ›einem Jahr Spitzenklöppeln‹ für schwerste Kapitalverbrechen reichen.

»Wirklich sehr hübsch«, sagte Rosenbaum noch einmal und meinte nicht das Tuch oder den Strafkatalog, sondern Hedis Brüste. Dann trotzte er wieder in die Ferne.

»Haben Sie schon einmal in der See gebadet?«, fragte Hedi.

Ozeane stellten im Wesentlichen militärische Pufferzonen zwischen aggressiven Großmächten dar und dienten bestenfalls wohlhabenden Leuten als Ausrede für sinnlosen Müßiggang an Bord eines Luxusliners. Die Vorstellung, im Meer zu schwimmen, vermittelte wohl den meisten Menschen das Gefühl, schiffbrüchig geworden zu sein. Davon abgesehen bestand die deutsche Bevölkerung, einschließlich der Marinesoldaten, hauptsächlich aus Nichtschwimmern.

»Das ist vielleicht nicht schicklich, aber sehr erfrischend. In Düsternbrook planen sie eine Seebadeanstalt.«

Rosenbaum wurde plötzlich schwindelig, als wäre sein Gleichgewichtssinn von in die Ohren eindringendem Ozeanwasser ertränkt oder als wäre er vom Strudel eines sinkenden Schiffes mitgerissen, wahrscheinlich lag es aber eher an der Vorstellung schlanker Körper in engen und nassen Badeanzügen und an Hedis Parfüm.

»An der Ostseeküste haben Land und Meer ein inniges, fast schon erotisches Verhältnis. Finden Sie nicht?« Hedis Stimme senkte sich, aber es schien, als würde sich ihr Rock ein wenig heben, so als ob sie gerade am Strand ihre Füße badete. »Meeresrauschen säuselt leise Zärtlichkeiten«, flüstere sie.

Rosenbaum strudelte weiter in die Tiefe und die nassen Badeanzüge betörten ihn. »Das Meer wird von Landzungen zärtlich stimuliert und umschlingt die Küste schüchtern mit seinen Armen«, hauchte er, ohne die erotische Spannung der Situation verschärfen zu wollen, es platzte unwillkürlich aus ihm heraus.

»Der Meeresbusen plätschert verlegen an den Strand.« Hedis Stimme vibrierte fast.

»Und Buhnen stoßen fest und leidenschaftlich in die See.« Rosenbaums Blick traf Hedis Augen und blieb an ihnen kleben wie eine Fliege an einer frischen Träne aus Baumharz.

Sie kam weiter auf ihn zu. Sie waren sich jetzt näher, als sie sich nahestanden. Hedi presste ihre Apfelbrüste in Rosenbaums zu Körbchen geformte Hände und er konnte die Warzen spüren. Tatsächlich, sie trug keinen BH! Mit seinem leicht gerundeten Bauch, der nicht dick war, sondern nur wohlständig, fühlte er ihre sportlichen Bauchmuskeln, und mit dem rechten Oberschenkel ihren erigierten Penis ...

Er kannte das schon, es erschreckte ihn jedes Mal, und er empfand es auch als gefährlich, weil es unangemessene Reaktionen provozieren könnte, aber seine Tagträume waren manchmal so realistisch, dass er sie für einen Moment selbst für wahr hielt. Er konnte sich jetzt nicht mehr mit Bestimmtheit daran erinnern, wann der Traum genau angefangen hatte. Hedi stand vor ihm, einen Meter entfernt. Hatte sie ihn gefragt, ob er schon einmal in der See gebadet hatte, oder hatte er das bereits geträumt? Er konnte es nicht sagen. Aber was machte das für einen Unterschied? Wenn es für ihn wahr war und für sie nicht und niemand die Situation miterlebt hatte, kam es dann überhaupt noch darauf an, ob es objektiv wahr war? Bestenfalls für eine Schiedsrichterentscheidung, falls man einen Wettkampf daraus machen wollte. Aber selbst dann käme es nicht darauf an, wie es objektiv tatsächlich war, sondern nur, wie es subjektiv für den Schiedsrichter war. Oder wenn, beispielsweise, alle Anwesenden derselben Sinnestäuschung erliegen, alle dasselbe objektiv Unwahre für subjektiv wahr hielten, kam es dann noch auf das objektiv Wahre an? Nein, schoss es Rosenbaum durch den Kopf, es kam gar nicht auf die Dinge an sich an, sondern nur auf die Sicht darauf. Und man könnte fragen, ob es die ›Dinge an sich‹ überhaupt gab. Er war ›an sich‹ homosexuell, aber heute war er es nicht.

»Warum sind Sie hier?«, fragte Hedi.

Noch schwebte Rosenbaum und hatte die Frage nicht ganz erfasst, außer dass die Antwort peinlich werden könnte.

»Ihre Familie haben Sie in Berlin gelassen, aber Sie sind hier. Vermissen Sie Ihre Frau nicht?«

»Doch, natürlich.«

»Liebt Ihre Frau Sie nicht?«

»Doch auch.«

»Also? Warum sind Sie hier und Ihre Familie dort?«

»Das braucht Zeit ... die Kinder ... das geht nicht so schnell.«

Hedi schaute ihn an mit breitem Mund und schmalen Lippen, und Rosenbaum sah erstmals ein Grübchen rechts neben Hedis Mund, es war ihm zuvor nie aufgefallen. Hatte sie ihn durchschaut? Kannte sie sein Geheimnis, das ihn jede Nacht schwitzend aus dem Schlaf riss? Woher?

»Ich weiß doch noch gar nicht, ob ich selbst hier bleiben möchte. Vielleicht gefällt es mir hier auf Dauer nicht und ich geh wieder zurück. Oder ich geh nach Hamburg oder Danzig, wer weiß. Da kann ich meiner Familie doch nicht so ein Zigeunerleben zumuten.«

»Hat es Ihnen denn in Berlin nicht gefallen?«

»Doch, Berlin ist meine Heimat und ich will nirgendwo anders leben.« Rosenbaum hatte sich verraten. Hedi hatte ihn ausgetrickst. Einfach so.

XXVII

Nicolai ergriff die Glaskaraffe, die auf dem Schreibtisch stand und einen Schutz vor Broses Feindseligkeiten bildete, schenkte sich ein Glas Wasser ein und stellte die Karaffe eilig zurück, damit sie ihre schützende Wirkung wiederaufnehmen konnte. Lange hatte er diese Aktion aufgeschoben, um seinen Schutz nicht zu gefährden. Jetzt brachten ihn die Hitze und sein leicht schwammiger, wirkungsvoll von isolierenden Fettschichten umhüllter Körper letztlich doch zu dieser riskanten, aber unumgänglichen Aktion. Riskant in erster Linie deshalb, weil Kiniras von der Schutzwirkung der Karaffe bislang noch nichts bemerkt hatte. Kiniras brauchte nichts zu trinken, sein dürrer Körper benötigte ohnehin kaum Wasser und seine exothermen Stoffwechselprozesse waren effektiv auf Vitalfunktionen und Denktätigkeit reduziert. Das dezente

Öffnen der Uniformjacke reichte so bereits aus, die Körperkerntemperatur dem Umgebungsniveau anzunähern. Gleichwohl hatte er Nicolais Aktion genau beobachtet und verstanden und ergriff seinerseits die Karaffe, um sich auch ein Glas einzuschenken und die Karaffe auf die andere Seite der Tischplatte zu stellen, dort, wo sie Nicolai nicht mehr schützen konnte.

»Ich beriet mich mit Major Nicolai und der für Torpedos und U-Boote zuständigen technischen Abteilung der ›Inspektion für das Torpedowesen‹«, sagte Kiniras.

»Könnten Sie mir noch einmal kurz die Karaffe reichen?« Nicolai hatte ›Sie‹ und ›mir‹ gesagt. Pronomen kamen in dem überheblich schnodderigen Offizierston, den Nicolai so gern benutzte, eigentlich nicht vor. Ein Zeichen, dass er gar war – nicht nur metaphorisch. Er hatte sein Glas bereits geleert und der größte Teil der aufgenommenen Flüssigkeit war schon durch die Schweißdrüsen unter den Achselhöhlen wieder aus dem Körper ausgetreten und beendete seine Reise vorläufig im Baumwollunterhemd, ohne seine klimatisierende Wirkung entfaltet haben zu können. Lediglich die relativ geringe Schweißmenge, die am Schädel austrat und das Haupthaar befeuchtete, sowie der Speichel in der Mundhöhle, den Nicolai durch Hecheln zum Verdunsten brachte, konnten etwas Kühlung verschaffen. Kiniras schob die Karaffe zu Nicolai hinüber.

»Wir beschlossen, für die Tommys vergiftete Pläne vorzubereiten. Durch falsche Informationen sollten sie gezielt in die Irre geführt werden. Die Techniker von der Torpedoinspektion brauchten allerdings etwas Zeit, die Konstruktionspläne so zu verändern, dass es nicht auffiel und dass keine militärischen Geheimnisse preisgegeben würden, was gar nicht so einfach war, weil wir nicht wussten, wie viel die Engländer von den Konstruktionen bereits kannten. Könnte ich die Karaffe vielleicht auch noch einmal haben?«

Nicolai hatte sein Glas dieses Mal randvoll eingeschenkt, während Kiniras sich jetzt auf einen Füllstand beschränkte, den man eher bei Whiskey oder Cognac zu wählen pflegte.

»Wenn den Tommys ein wesentlicher technischer Umstand bereits bekannt ist, wir ihn aber nicht in die Pläne hineinschrieben, würden die sicher vermuten, dass die Pläne von uns vergiftet wurden. Wenn sie ihn noch nicht kennen, wir ihn aber hineinschreiben, verraten wir ein Geheimnis. Besondere Schwierigkeit machte es den Ingenieuren, dabei alles so zusammenzufügen, dass die technischen Fehler für die Tommys nicht schon gleich bei der ersten näheren Prüfung offensichtlich waren. Doppelkopps Aufgabe dabei war, Talpa so lange hinzuhalten, bis wir die Pläne fertig hatten. Er sollte …«

»Doppelkopp war doch der Mann, der auf eigene Initiative zu uns kam, nicht?«, unterbrach Brose.

»Genau«, bestätigte Kiniras. »Doppelkopp war der ›Doppelagent‹, der gerne Karten spielte.«

»Und wer ist Talpa?«, fragte Brose erneut nach.

»Der Verbindungsmann zum britischen Geheimdienst«, beeilte Nicolai sich, etwas zu sagen, um auch etwas gesagt zu haben.

»Ja, korrekt, Talpa ist unser Deckname für den Schiffsschweißer, der Doppelkopp für die Briten angeworben hatte. Ich vergaß, das zu erwähnen. Entschuldigung«, ergänzte Kiniras. Es fiel ihm nicht schwer, das Wort wieder an sich zu ziehen. Denn Nicolai kannte sich mit den Details kaum aus, außerdem war er mit Hecheln und Trinken beschäftigt. »Wir haben ihn Talpa genannt. Das ist das lateinische Wort für Maulwurf.«

»Ja natürlich, Talpa, wie fantasievoll.«

»Ich hatte mir noch überlegt, ob wir ihn nicht ›Talpa volaris‹, also ›aufgeflogener Maulwurf‹ nennen sollten, weil wir ihn ja enttarnt hatten. Das erschien mir aber für den täglichen Gebrauch zu lang.« Nicolai hoffte, seine Lage mit diesem Scherz zu verbessern.

»Das Enttarnen war auch nicht Ihr Verdienst, sondern das von Doppelkopp«, antwortete Brose und zeigte damit, dass sich Nicolais Lage nicht verbessert hatte.

»Wir mussten die Verzögerungen plausibel machen.« Kiniras ergriff wieder das Wort. Ihm schien es, als wäre Nicolai kaum noch zu retten. Sollte er ihn fallen lassen? Andererseits wäre es sehr verlockend, einem dankbaren Nicolai die Aussichten auf den Chefsessel der Abteilung IIIb gerettet zu haben. Kiniras musste sich entscheiden.

»Doppelkopp sollte deshalb Talpa erklären, dass er die Pläne immer ganz vorsichtig, jedes einzelne Blatt nach Feierabend hätte mit nach Hause nehmen müssen, um es dort zu kopieren und am nächsten Morgen vor der ersten Schicht wieder zurückzulegen. Das wäre aber oftmals nicht möglich gewesen, weil die Pläne im Umlauf waren oder weil er in bestimmten Situationen damit rechnen musste, dass ein Ingenieur oder ein Zeichner oder ein Vorarbeiter sie benötigte.«

»Ein weiterer Aspekt war, dass wir gerne herausbekommen hätten, wer die Hintermänner von Talpa waren«, warf Nicolai ein. »Aber die waren sehr vorsichtig. Es trat gegenüber Doppelkopp niemals einer von ihnen in Erscheinung und Talpa hat niemals auch nur einen Namen erwähnt. Also ließen wir Talpa überwachen und fanden heraus, dass sein Führungsoffizier offenbar John Invest war.«

»John Invest«, in Broses Stimme schwang Verachtung

mit, »der britische Militärattaché. Die schusseligen Tommys glauben, wir wüssten nicht, dass sie immer Spione zu ihrem Militärattaché machen.«

»Mehr haben wir aber nicht herausbekommen über Struktur, Ziele und personelle Besetzung des SIS in Deutschland«, fuhr Nicolai fort. »Doppelkopp sollte durch seine Verzögerungstaktik bewirken, dass sie nervös werden und direkten Kontakt mit ihm aufnehmen. Aber alles spielte sich nur über Talpa ab.«

»Irgendwann wurden die Tommys misstrauisch und ließen ihrerseits Doppelkopp überwachen, doch die Techniker von der Torpedoinspektion wurden und wurden nicht fertig. Ich habe dann entschieden, dass man das nicht ganz so hundertprozentig genau machen sollte, sonst wäre womöglich noch alles aufgeflogen«, beeilte sich Nicolai, auf seine schlaue Entscheidung hinzuweisen.

»Na ja, aufgeflogen ist es ja wohl trotzdem«, wandte Brose ein.

Als Nicolai erneut um die Karaffe bat, rief Brose seinen Adjutanten, er möge die Karaffe auffüllen und außerdem eine zweite bringen.

»Um die Tommys zu beruhigen, verabredete Doppelkopp mit Talpa für den zweiten Juni einen Übergabetermin auf dem Alten Markt vor der Nikolaikirche, einer der belebtesten Plätze in Kiel. Weil die Pläne aber noch immer nicht ganz fertig waren, hatte Doppelkopp nur ein Bündel weißes Papier in der Hand. Wir schickten ein paar Matrosen in Zivil da hin, die sich so aufdringlich verhalten sollten, dass die Übergabe abgebrochen werden musste. Dann wurde ein neuer Termin für die Nacht zum 9. Juni vereinbart, und zwar auf dem Gelände der Germaniawerft, wo kein Passant stören würde; Talpa und Doppelkopp hatten ja als Werftangehörige Zutritt. Tatsächlich hat die Torpedoinspektion es auch geschafft, die Pläne bis dahin fertig zu kriegen.« Nach einer kurzen Pause hob Kiniras erneut an, etwas abseits des Themas, aber entschlossen. »Dabei fällt mir ein, der für die Kieler Werften zuständige Sicherheitsoffizier der Marine hatte die Einschätzung vorgenommen, dass die Germaniawerft nicht von Spionage bedroht sei. Die Abteilung IIIb war an dieser Einschätzung nicht beteiligt. Sie hat sich nur aufgrund der fachlichen Autorität des Sicherheitsoffiziers daran gehalten.« Kiniras hat damit den Schwarzen Peter Steinhauer zugeschoben und wohl eine Vorentscheidung für Nicolais Rettung getroffen.

XXVIII

Fast hätte Rosenbaum mit ›Liebe Kinder‹ begonnen, konnte sich aber noch rechtzeitig besinnen. »Meine Herren, wir suchen nach Hinweisen, die im Zusammenhang mit dem Tod des Oberkranführers Herrmann Fricke stehen. Das können ganz unterschiedliche Spuren sein, von denen wir jetzt vielleicht noch gar keine Vorstellung haben. Deshalb gilt: Alles, was nicht offensichtlich unverdächtig ist, bedarf einer näheren Prüfung. Das kann Geld sein, das kann Schmuck sein, Werkzeuge jeder Art, Waffen selbstverständlich, aber auch Briefe, Notizen, Postkarten, Tagebücher und so weiter. Prüfen Sie jedes Staubkorn, aber wischen Sie nicht Staub.« Als er ein ›Wa?‹ auf einigen Gesichtern sah, konkretisierte er seine Anweisung. »Ich meine: Verwischen Sie nicht unnötig Spuren. Fassen Sie nur etwas an, wenn es nicht anders geht, es könnten Fingerabdrücke drauf sein. Machen Sie sich Notizen für das Protokoll. Und vor allem: Machen Sie bitte, bitte nichts kaputt. Und legen Sie vorher Ihre Säbel ab.«

Der Tag hatte durchaus Erfolg versprechend begonnen. Es war noch nicht so warm. Der Untersuchungsrichter hatte den beantragten Durchsuchungsbefehl erlassen und alles war vorbereitet. Es hätte gleich losgehen können und man wäre vielleicht schon vor der Mittagshitze fertig geworden. Doch bereits die fragenden Gesichter bei seiner Ansprache ließen Rosenbaums Zuversicht zu unangenehmen Ahnungen gären wie Hülsenfrüchte zu Methan. Als er dann bemerkte, dass Gerlach nur die Durchsuchung der Wohnung, nicht aber des Arbeitsplatzes beantragt hatte, war es schon etwas wärmer geworden und Gerlach musste nachbessern. Als schließlich der Durchsuchungsbefehl für den Arbeitsplatz vorlag, war es später Vormittag, die Temperatur nahe 30 Grad und der Tag hatte einen nicht ganz unwichtigen Teil seiner Versprechungen bereits nicht eingehalten.

Anschließend tauchte Rosenbaum mit zwei Polizeisergeanten und einem Beamten aus der Stadtkämmerei als Zeugen in der Germaniawerft auf. Er vermutete Marckmann um diese Tageszeit bei der Arbeit und wollte ihn während der Durchsuchung verhören. Vom Vorarbeiter erhielt er jedoch die Auskunft: »Der ist heute nicht hier, freier Tag, wegen der Nachtschicht gestern.« Die gefühlte Temperatur näherte sich dem Siedepunkt und der Gärungsprozess überdruckbefreienden Wutausbrüchen. Dabei war Rosenbaum seiner Natur nach gar nicht cholerisch, es war eher die an der Kondition nagende Hitze und ein unterschwelliges, aber permanent nagendes Heimweh, was ihm zusetzte. Er ließ einen Sergeanten mit dem Zeugen zurück, damit er Marckmanns Spind durchsuchte, und eilte mit dem anderen Sergeanten zu Fuß zu Marckmanns Wohnung. Das Dienstautomobil, mit dem sie gekommen waren, ein Adler 8/15, überließ er dem durchsuchenden Sergeanten, damit er sichergestellte Gegenstände transportieren konnte, und weil er der Einzige war, der eine Lizenz zum Führen von Automobilen besaß – dank eines tief verwurzelten, paternalistischen Bürokratismus wurde in Deutschland seit ewiger Zeit alles Mögliche unter Genehmigungsvorbehalt gestellt, so auch seit einigen Jahren das Autofahren. Der Adler 8/15 hatte übrigens nichts mit dem von den deutschen Truppen standardmäßig verwendeten Maschinengewehr 08 gemein, das in seiner serienmäßigen Ausstattung 15 als ›Nullachtfünfzehn‹ ein Synonym für veraltete Technik wurde. Der Adler 8/15 war alles andere als veraltet, er war sogar so modern, dass er mit seiner noch wenige Jahre zuvor kaum erreichten Höchstgeschwindigkeit von 55 Stundenkilometern in Konflikt mit der für das nächste Jahr geplanten Straßenverkehrsordnung geriet, die eine einheitliche Höchstgeschwindigkeit für alle Fahrzeuge auf 15 Stundenkilometer festsetzen sollte.

Marckmanns Wohnung lag nur gut einen Kilometer entfernt in der Iltisstraße 34. Was Rosenbaum nicht wusste und in Kiel auch nicht für möglich gehalten hatte, war die Tatsache, dass der Weg dorthin von der Werft ständig bergauf führte. Das Mietshaus war erst vor wenigen

Jahren gebaut worden und offenbarte mit seinem roten Backstein einen erbärmlichen Wohnstandard. Das deutsche Volk, dessen Zukunft bekanntlich auf dem Meer liegen sollte, hatte dieses Maß an Komfort für die Arbeiter vorgesehen, die die für die Zukunft erforderlichen Schiffe bauten, jedenfalls soweit sie nicht bei der Germaniawerft arbeiteten und in der Krupp'schen Kolonie wohnten. Unter den Fenstern waren Sandsteinplatten mit Schnörkeln im Jugendstil angebracht, keine Zierde, nur Schminke, kaschierendes Blendwerk. Das Haus hatte auf fünf Geschossen neun kleine Wohnungen mit Küche, Balkon und Toilette auf halber Treppe, einen Kolonialwarenladen und auf dem Hinterhof eine Tischlerei und einen Malerbetrieb.

Als Rosenbaum und sein Sergeant nach 20 Minuten Fußmarsch in Marckmanns Wohnung im vierten Stock ankamen, hatten Steffen und Gerlach den konsternierten Marckmann mit ihren Absichten bereits vertraut gemacht und warteten bereits mit zwei Polizeisergeanten und einem weiteren Zeugen gelangweilt auf Rosenbaums Eintreffen. Der zur Durchsuchung von Marckmanns Spind auf der Germaniawerft abgestellte Sergeant war mit seinem Zeugen auch schon da.

Es war Mittag, die Sonne drang durch das Wohnzimmerfenster.

»Was wollen Sie von mir?« Marckmann stürmte auf Rosenbaum zu, damit er das Missverständnis oder den schlechten Scherz auflösen oder ihn aus dem Albtraum erwecken sollte. »Ich hab doch nichts getan!«

»Jetzt beruhigen Sie sich wieder. Die Kollegen fangen mit der Durchsuchung an und wir beide setzen uns hin.« Rosenbaum nickte Steffen zu, der dann begann, die Kollegen entsprechend einzuteilen. Dann schaute Rosenbaum den noch zwischen Rebellion und Resignation schwankenden Marckmann an und war sich ziemlich sicher, dass die Rebellion nicht die Oberhand gewinnen würde. Marckmann war der Typ von Mensch, der sich seinem Schicksal fügte, selbst wenn er noch etwas ändern konnte, einer, der regelmäßig kampflos verlor. Man musste ihm nur entschlossen entgegentreten. Zum Zeichen der Kapitulation senkte Marckmann seinen Blick. Dann bat er Rosenbaum auf den Balkon hinter der Küche. Dort hatte er sich bereits einen Stuhl geholt, den er jetzt Rosenbaum anbot und für sich selbst einen zweiten Stuhl aus der Küche holte. Auf dem Tisch lag eine Packung Roth-Händle, daneben eine Schachtel Zündhölzer und ein Aschenbecher. Marckmann bot Rosenbaum eine Zigarette an. Rosenbaum lehnte ab, obwohl er gerne geraucht hätte.

Die Küche der Zweizimmerwohnung lag zum Hof, die beiden Zimmer zur Straße, dazwischen ein lang gezogener Flur mit Garderobe, einem Schuhschrank und, weil er sonst nirgendwo hinpasste, einem Vorratsschrank.

»Wie kommt es eigentlich, dass Sie eine eigene Wohnung bekommen haben, wenn Sie kinderlos sind?« Rosenbaum schaute schmachtend zu, wie Marckmann sich eine Roth-Händle ansteckte, wurde dann aber von einer erfrischenden Brise getröstet und fand, es sei eine gute Idee gewesen, den Balkon an die nordwestliche Hausseite in den Schatten zu bauen.

»Es war die Wohnung meiner Eltern. Früher hatten wir zur Untermiete in Ellerbek gewohnt. Als vor drei Jahren mein Vater starb, sind wir hierhergezogen und haben die Mutter gepflegt. Die ist dann kurz danach auch gestorben. Aber wir konnten die Wohnung übernehmen. Wir mussten allerdings im zweiten Zimmer einen Untermieter aufnehmen, sonst hätten wir die Miete nicht zahlen können. 29,90 Mark, das ist mehr als ein Wochenlohn. Aber ich bin es leid mit diesen Untermietern. Das ist ein dreckiges Pack, ungewaschen, kommt spät nachts nach Hause, knallt mit den Türen und grölt im Haus umher. Innerhalb von drei Jahren mussten wir vier von diesen Kerlen wieder rausschmeißen. Der letzte ist vor zwei Wochen plötzlich verschwunden.«

»Plötzlich verschwunden?«

»Ja, das ist bei diesem Gesocks nichts Besonderes. Plötzlich sind die nicht mehr da, ohne jede Ankündigung, und für Wochen wird die Miete nicht bezahlt. Aber was will man machen, wir brauchten das Geld. Einmal war einer plötzlich weg, kam nach sechs Wochen genauso plötzlich wieder und wollte sein Zimmer wiederhaben, aber für die sechs Wochen dazwischen nichts bezahlen. Er habe ja auch nicht darin gewohnt. Aber den hab ich rausgeschmissen.«

»Da kann man schon mal zum Kapitalisten werden, nicht?«

Marckmann antwortete nicht. Rosenbaums Versuch, seine politische Einstellung zu ergründen, war offensichtlich zu offensichtlich. So saßen sie da, Marckmann zog ein paarmal gequält an seiner Roth-Händle und Rosenbaum schaute zu, bis Marckmann die Stille, genau genommen den in der Stille reifenden Vorwurf nicht mehr aushielt.

»Ich bin doch kein Kapitalist. Man muss doch sehen, wo man bleibt.«

»Natürlich«, antwortete Rosenbaum. »Haben Sie auch etwas nebenbei verdient?«

»Meine Frau hat hin und wieder bei der Schneiderei Paulsen ausgeholfen. Und bei den Nachbarn im Parterre half sie mit, wenn Waschtag war. Und manchmal hat sie auch bei den Hansens von oben die Kinder gehütet, wenn die Frau mal krank wurde, aber dafür hat sie nichts genommen, die Hansens haben ja selbst nichts.«

»Sie wollten ja mal zum Geheimdienst, nicht?«

»Zum Geheimdienst?« Marckmann runzelte die Stirn und Rosenbaum konnte sich nicht entscheiden, ob aus Verwunderung oder um die Angst vor Entlarvung zu überspielen. »Quatsch, wer sagt denn so was?«

»Sie selbst haben das überall rumerzählt, oder nicht?«

»Das war doch nur so dahingesagt. Das hab ich doch nie ernst gemeint. Das könnte ich gar nicht.«

»Haben Sie Kontakt zu Kommunisten?«

Nach einer vorübergehenden Glättung runzelte sich Marckmanns Stirn erneut. »Was heißt das?«

»Sind Sie politisch aktiv?«

»Ist das verboten?«

»Nein, ich frag doch nur. Was machen Sie denn da?«

»Gar nichts. Eigentlich gar nichts Besonderes.« Wieder zog Marckmann an der Zigarette, während Rosenbaum auf die Glut starrte. »Wir treffen uns abends beim Bier und reden darüber, wie man alles verbessern kann. Und dann gehen wir nach Hause. Gemacht haben wir noch nichts. Aber …« Marckmann hielt inne, etwas erschrocken, als hätte er eine Straftat gestanden. Und das war nicht ganz unbegründet. Zwar konnte man das Kaiserreich nicht als Unrechtsstaat mit drakonischen Gesetzen bezeichnen, aber die Furcht vor subversiven Agitationen war allgegenwärtig und man tat gut daran, entsprechende Planungen nicht zu sehr herauszustellen.

»Schon gut«, beschwichtigte Rosenbaum. »War Fricke auch bei den Kommunisten?«

»Der?« Diese Gegenfrage war eine Antwort, ein entschiedenes Nein. Marckmann hielt inne und setzte dann anders als erwartet fort: »Er ist da ein paarmal aufgetaucht. Aber er hatte nicht wirklich ein politisches Anliegen. Eigentlich war er wohl nur da, weil er irgendwelche heiße Ware verscherbeln wollte. Aber bei diesen Leuten konnte er nicht landen, wirklich nicht.«

Jetzt kamen sie der Sache näher. Nur nicht unterbrechen, Marckmann reden lassen.

Steffen erschien mit einem Sergeanten in der Balkontür. »Haben Sie einen Kellerraum?«

»Ja, aber da sind nur Kohle und Kartoffeln und ein paar Einweckgläser.«

»Können Sie uns da einmal hinführen?«

Der Sergeant schaute Rosenbaum leidend an und hoffte auf das Unmögliche, dass er vom Durchwühlen der Kohle befreit werden würde. Vergebens.

»Wo kommen denn eigentlich die Kartoffeln her und das Eingeweckte?«, fragte Rosenbaum stattdessen.

»Aus unserem Garten. Wir haben einen kleinen Schrebergarten auf der Holzkoppel.«

»Mit Gartenhäuschen?«

»Ja.«

Rosenbaum schaute Steffen an. Im Garten würden sie vorbeischauen müssen. Ein kleiner Vorwurf lag im Blick, weil Steffen vorher nicht an diese Möglichkeit gedacht hatte. Der Vorwurf war jedoch sehr klein, denn Rosenbaum hatte es auch nicht bedacht.

XXIX

Donner grollte als Leitmotiv, wenn Thunderbolt erwähnt wurde, oder vielleicht nur zum Zeichen der Missbilligung. Aus dem Dauerregen hatte sich ein Gewittersturm entwickelt.

»Magpie erklärte sich nach einigem Hin und Her bereit, für uns die Konstruktionspläne zu kopieren. Der Mann war ein Wackelkandidat und wir wussten nicht so genau, was wir von ihm halten sollten. Ich hatte den Eindruck, dass der persönliche Kontakt zu Thunderbolt ein wichtiger Teil seiner Motivation war, deshalb fand der Kontakt auch ausschließlich auf diese Weise statt.«

»Wie kamen Sie denn darauf, dass Thunderbolt für Magpies Mitarbeit wichtig war?«, fragte Cumming. Die Frage war hinterhältig und durchtrieben, denn ihre Beantwortung musste notgedrungen eine Fehlentscheidung erklären. Eine zwingende Begründung konnte Invest nicht geben. Er war einem intuitiven Eindruck gefolgt. Wie sich im Nachhinein herausstellen sollte, einem falschen Eindruck. Es war eine zu allen Zeiten beliebte, aber zutiefst unredliche Methode der Rivalität, die Fähigkeiten einer Person nach dem Erfolg einer Handlung zu bemessen. Im Ergebnis zählte natürlich der Erfolg, und es war sicher nicht falsch, die konkrete Handlung auch danach zu beurteilen. Der Handelnde aber handelte oftmals mit eingeschränktem Tatsachenwissen: Der Chirurg musste während einer riskanten, aber lebenswichtigen Operation in einer bestimmten Phase vielleicht einen ganz konkreten Schnitt vornehmen, ohne dass er im Einzelfall wusste, ob unter der Oberfläche ein großes Gefäß oder ein wichtiger Nerv verlief, den er dann unweigerlich durchtrennen und womöglich dadurch den Tod des Patienten herbeiführen würde. Vielleicht gab es eine Alternative, die aber genauso riskant war. Der Chirurg musste sich entscheiden. War er deswegen ein guter Chirurg, weil er zufällig die richtige Alternative wählte? Nein, ein guter Chirurg war einer, bei dem die Aussichten für die nächste Operation besser waren als bei einem schlechten Chirurgen. Und das ließ sich angesichts einer einzigen Entscheidung kaum beurteilen.

»Immerhin hatte Thunderbolt angegeben, dass Magpie ihm aus persönlichen Gründen etwas schulden würde.«

»Und deshalb haben Sie darauf verzichtet, ihn selbst zu führen?«

»Nach meinem damaligen Kenntnisstand musste ich davon ausgehen, dass wir die Zusammenarbeit mit Magpie gefährdeten, wenn wir die persönliche Bindung zu Thunderbolt missachtet hätten.« Einige Sekunden war es ruhig. Invest wurde klar, dass sein Kopf wackelte, weil Cumming den eigenen retten wollte. Auf Kell konnte er nicht zählen. Auch für Kell wäre seine Enthauptung von Vorteil, wenngleich er es vielleicht aus moralischen Gründen nicht aktiv herbeiführen würde. Selbst Kells Abneigung gegen Cumming würde so lange nicht ins Gewicht fallen, wie Kells Schicksal mit dem von Cumming verbunden sein würde.

»Es passierte dann aber lange Zeit gar nichts. Magpie konnte nichts liefern, jedenfalls gab er das an und erklärte es damit, dass er die Pläne von Hand abzeichnen müsse und dass das sehr mühsam und zeitaufwendig sei. Er habe sehr vorsichtig agieren müssen und hat immer nur ein einzelnes Blatt mit nach Hause genommen, um es abzeichnen zu können. So zog sich die Geschichte über fast zwei Monate hin. Ich hatte Thunderbolt zweimal beauftragt, Magpie unangemeldet zu Hause zu besuchen. Beide Male hatte Magpie aber zufällig gerade keinen Plan mitnehmen können, behauptete er. Thunderbolt hat ihm dann angeboten, dass wir die Pläne mit geschultem Personal kopieren könnten. Darauf ging er aber gar nicht ein. Er sagte, er wolle die Originale nicht aus der Hand geben, das wäre ihm zu gefährlich. Uns kam das alles sehr verdächtig vor. Ich ließ Magpie observieren, er schöpfte aber offenbar Verdacht, sodass wir die Aktion wieder abgebrochen haben.«

Cumming beugte sich vor, als wollte er Invest gleich anfallen, als hätte er den Gewittersturm in Auftrag gegeben, als wollte er einen Blitz auf ihn leiten. Er hätte das alles ganz anders gemacht. Er hätte sich von Magpie nicht so vorführen lassen. »Sie haben die Observation also ohne Ergebnis wieder abgebrochen?«

»Ich wollte verhindern, dass Magpie aussteigt, wenn er bemerkt, dass wir ihm misstrauen.«

»Was hätten Sie denn gemacht, mein lieber Smith-Cumming?« Cumming mit ›Smith-Cumming‹ anzureden, war formal korrekt, so hieß er ja, grenzte aber dennoch an Beleidigung, und zwar auf eine so wunderbar subtile Weise, dass Kell es immer wieder genoss.

»Natürlich weiter beobachten!«

»Und was hätten Sie damit gewonnen, mein lieber S…?«

»Wir hätten möglicherweise weitere Anzeichen für eine gegen uns gerichtete Aktion erhalten.«

»Wenn Magpie die Observation bemerkt hat?«

»Aber so, wie Invest das gemacht hat, ist es jedenfalls nicht richtig gewesen. Das kann man schon daran sehen, dass die Aktion gescheitert ist. Und außerdem hätte er ihn persönlich führen müssen.«

Kell repräsentierte die British Army und Cumming die Royal Navy und genauso wenig mochten sie einander. Natürlich waren beide staatstragend und irgendwie konservativ und weltanschaulich durchgeformt. Aber sie trauten sich nicht über den Weg, sie räumten einander nicht das Feld und gönnten sich gegenseitig nichts, wie die Army des Parlaments und die Navy des Königs, wie Jakob und Esau. Diese Rivalität ging zurück auf den englischen Bürgerkrieg, als die ›New Model Army‹ 1645 von Oliver Cromwell aufgestellt und unter den Oberbefehl des Parlaments gestellt worden war, die Flotte hingegen weiterhin von königstreuen Admiralen befehligt wurde. Seither nannte man es die *Royal* Navy und die *British* Army. Und die Rivalität ging so weit, dass es über die Jahrhunderte nicht möglich war, Navy und Army einem gemeinsamen Oberbefehl zu unterstellen. Erst seit ein paar Jahren gab es einen gemeinsamen Generalstab, allerdings waren die Stabschefs immer von der Army gestellt worden. Die Navy war jetzt der Army untergeordnet und fühlte sich wie okkupiert. Das nahezu identische Verhältnis der Kaiserlichen Marine und des Deutschen Heeres, der Marine des Kaisers und der Armee des Reichstags, zueinander zeigte, dass nicht allein die britische Geschichte Grund für so viele infantile Ressentiments liefern würde. Jedenfalls war Cumming für Kell ein ungehobelter Emporkömmling und Kell für Cumming ein eingebildeter Feigling und ein junger Schnösel.

Kell füllte Invests Whiskey auf, nicht um ihn abzufüllen, sondern als Zeichen der Unterstützung. »Machen Sie weiter, Sunny«, sagte er und Invest setzte seine Ausführungen fort.

»Schließlich teilte Magpie Thunderbolt mit, dass er einige Pläne fertig hatte. Wir vereinbarten einen Übergabeort. Wegen Magpies eigenartigen Verhaltens hatte ich einen Hinterhalt befürchtet, sodass ich einen Ort in der Öffentlichkeit vorzog. Thunderbolt sollte Magpie den Marktplatz vorschlagen und Magpie nahm den Vorschlag sofort an. Es stellte sich dann heraus, dass dort zu viel Verkehr herrschte, viel zu viele Leute vor Ort waren. Eine Gruppe betrunkener Hafenarbeiter hat sogar nach den Plänen gegriffen, als Magpie sie aus seiner Tasche zog. Eine Übergabe erschien mir unmöglich. Wir konnten aber ausschließen, dass Magpie einen Hinterhalt geplant hatte, jedenfalls meinten wir, dass wir das ausschließen konnten. Eine Woche später kam es schließlich doch zu einem Treffen, bei dem die Pläne übergeben werden sollten. Magpie hatte das Werftgelände vorgeschlagen, weil dort keine Öffentlichkeit war, und Thunderbolt willigte ein. Obwohl es mir eigentlich nicht recht war, stimmte ich zu.«

»Warum passte es Ihnen nicht?«

»Wir hatten auf dem Werftgelände kaum Möglichkeiten einzugreifen, wenn etwas passieren würde, weil das Gelände bewacht war und wir es deshalb nicht betreten konnten. Aber der erste Übergabeversuch war ja durchaus vertrauensbildend und ich wollte kein weiteres Misstrauen bei Magpie schüren, nachdem Thunderbolt schon zugesagt hatte. Ich konnte dennoch darauf hinwirken, dass als Treffpunkt der Ausrüstungskai, der von Süden und vom Westufer einsehbar ist, vereinbart wurde.«

XXX

Gerlach und Steffen erschienen in der Balkontür. Sie konnten ihre Aufregung über den wohl entscheidenden Fund kaum verbergen und konzentrierten ihre Beherrschung auf das vorläufige Verschweigen des Fundes selbst. Ob Rosenbaum mal in die Küche kommen könnte, es sei wichtig, sehr wichtig. Rosenbaum kam in die Küche, Marckmann direkt hinter ihm.

»Das haben wir unter dem Bett gefunden: eine Webley Mark IV, Kaliber .455, also mittelgroß. Ein Schuss fehlt«, sagte Gerlach und übergab Rosenbaum einen Trommelrevolver. Auf Marckmanns Stirn bildeten sich Schweißperlen, deren Anzahl nicht allein mit der Mittagshitze erklärt werden konnte.

Marckmann fixierte den Revolver in Rosenbaums Händen. Zuerst war es ein böser Blick, der den Revolver zur Aufgabe seiner Existenz oder zumindest zu einem radikalen Ortswechsel zwingen sollte. Dann wurde es zu einem leidenden Blick, der Marckmanns Niederlage, ja vielleicht seine eigene Existenzaufgabe zu dokumentieren schien.

»Ist das Ihrer?«, fragte Rosenbaum. Und dann noch einmal: »Ist das Ihrer?«

Marckmann blieb unbewegt und unhörbar.

»Das ist eine englische Waffe. Wie kommt sie in Ihren Besitz?«

Rosenbaum legte den Revolver auf den Küchentisch. »Herr Marckmann, wenn Sie nichts sagen wollen, nehmen wir Sie jetzt mit. Anschließend wird auf der Grundlage der bisherigen Ermittlungsergebnisse ein Haftbefehl gegen Sie ergehen.«

Die Aussicht, ohne vorherige Versöhnung mit dem Vernehmungsbeamten in Untersuchungshaft von zweifelhaftem Ausgang und ungewisser Dauer zu verschwinden, ließ Beschuldigte oft noch Angaben machen, um die Haft vielleicht noch abzuwenden, zumindest aber, um sich mit dem Beamten auszusöhnen, um doch noch einen Freund zu haben. Rosenbaum spielte nicht gern, aber oft mit dieser Schwäche. Er war ein Meister der subtilen Manipulation.

»Den Revolver hab ich mal vor Jahren einem englischen Seemann abgekauft. Ich hatte schon fast vergessen, dass ich den hab. Der liegt schon immer in dem Karton unterm Bett.«

Mit einer kleinen Kopfbewegung bedeutete Rosenbaum, dass Gerlach einen Stuhl vom Balkon holen und für Marckmann bereitstellen möge. Marckmanns Beine dürften es in diesem Moment schwer gehabt haben, ihn sicher zu tragen. Und er sollte es bequem haben, wenn er sich entschied zu gestehen. Als Gerlach den Stuhl brachte, stellte Rosenbaum ihn zunächst zur Seite. Noch hatte Marckmann nicht wirklich gestanden, noch sollte er stehen.

Rosenbaum nahm die Webley in die Hand und schnüffelte am Lauf. Er konnte nichts riechen, aber er tat so, als ob. »Da ist vor Kurzem mit geschossen worden. Diese Waffe lag nicht nur im Karton.« Rosenbaum ließ bewusst lange Pausen, nervenaufreibende, lange Pausen, in denen Marckmann schwere Kämpfe mit sich auszufechten hatte. »Fricke ist mit einer Handfeuerwaffe mittleren Kalibers erschossen worden. Diese könnte es gewesen sein. Und es fehlt ein Schuss.«

Pause, eine unerträglich lange Pause.

»Fricke hatte Ihre Frau geschwängert. Sie haben ihn gehasst. Er musste sterben. War es so?«

Marckmann stierte auf den Revolver.

»Sie haben kein Alibi. Sie waren zur Tatzeit auf der Werft und nach der Tat waren Sie plötzlich verschwunden.« Rosenbaum spürte, dass Marckmann noch einen kleinen Schubs brauchte. »Sie wurden gesehen, als Sie den Kran hochkletterten.«

Das war gelogen. Gerlach schaute Steffen erstaunt an. Durfte man so etwas tun? Einen Beweis erfinden? Wenn es der Wahrheitsfindung diente? Aber ging die Wahrheitsfindung über alles? In der Strafprozessordnung stand dazu nichts und das Reichsgericht hatte sich bislang auch nicht geäußert. Aber war das fair? Musste man gegenüber einem Mörder denn fair sein? Vielleicht nicht, aber durfte man einen Unschuldigen zu einem falschen Geständnis verleiten? Wie bei einem Hexenprozess im Mittelalter?

Für Rosenbaum bedeutete ein Geständnis in einer solchen Situation noch keinen Beweis, es gehörte zur Tatsachenermittlung, es konnte weitere Aspekte eröffnen und es musste das Geschehen plausibel erklären, sonst war es für Rosenbaum nichts wert. Also brauchte man nicht zimperlich zu sein. Dennoch war diese Art der Verhörstrategie für ihn immer auch eine Gewissensanstrengung.

»Ich hab ihn nicht erschossen. Der Schuss kam von unten.«

Rosenbaum stellte Marckmann den Stuhl hin. »Aber es befanden sich Schmauchspuren an Frickes Jacke. Das beweist, dass der Täter direkt vor ihm stand.«

Marckmann hockte sich auf den Stuhl und wimmerte unverständliche Wortfetzen. Ein gequältes Kind im Körper eines Schwerathleten.

»Hören Sie auf, das betrogene Opfer zu spielen.«

Steffen und Gerlach schauten sich wieder an. So kannten sie ihren Chef noch nicht. Er setzte sich.

»Geben Sie es zu: Fricke hatte auf seinem Kran Konstruktionszeichnungen von U-Booten. Und die wollten Sie ihm abnehmen, notfalls mit Gewalt. Für wen? Die Engländer? Sind Sie ein englischer Spion?«

Marckmanns Rücken krümmte sich immer weiter, seine Augen blickten durch den Terrazzoboden, als sähe er, wie ein Galgen sich errichtete, der Galgen, an dem er bald hängen würde.

»Haben die Engländer Ihnen auch die Waffe gegeben, ein englisches Fabrikat? Sollten Sie damit Fricke erschießen und dann die Pläne rauben? Oder haben Sie die Pläne heimlich nachts aus dem Kran stehlen wollen, und Fricke hat Sie auf frischer Tat ertappt?«

Die Pausen zwischen Rosenbaums Fragen waren nicht mehr lang genug, um Antworten zu provozieren. Rosenbaum hatte auch nicht wirklich auf eine Antwort gewartet. Das war keine Taktik mehr, das waren Emotionen. Je stärker er sich empörte, desto leichter fiel ihm die angewandte Verhörstrategie. »Oder haben Sie ihm Geld gezahlt, er brauchte doch immer was, stimmt's? Oder haben Sie ihm Ihre Frau angeboten?« Jetzt fiel Rosenbaum die Blindheit aus den Augen. »Natürlich: Sie haben von ihm Genugtuung verlangt. Er schuldete Ihnen was. Dafür, dass er ein Verhältnis mit Ihrer Frau hatte, verlangten Sie von ihm die Pläne.«

»Nein, ich wollte ihn nur zur Rede stellen!« Marckmann wimmerte.

»Kommen Sie, erzählen Sie es mir. Erzählen Sie. Danach wird es leichter sein.« Rosenbaum war nicht wesentlich älter als Marckmann, jedenfalls physisch. Aber er war für ihn in den letzten Minuten zu einem Vater geworden, zu einem strengen und strafenden Vater, aber vielleicht auch liebenden und verzeihenden Vater. Marckmann war zu einem Kind geworden, das den Schutz seines Vaters brauchte, und es blieb ihm nichts anderes übrig, als zu beichten und zu hoffen, dass sein Vater ihm verzieh.

Gerlach und Steffen schauten sich an und staunten, wie Rosenbaum das bewerkstelligt hatte. Rosenbaum staunte auch, aber das ließ er sich nicht anmerken.

XXXI

»In der Nacht der Übergabe habe ich mit drei Männern Doppelkopp zur Werft begleitet«, sagte Kiniras. »Er ging dann allein zum Ausrüstungskran, während ich mit den Männern neben einer Werkhalle, etwa 40 Meter entfernt, in Deckung ging.«

»Ausrüstungskran?«, fragte Brose.

»Ja, der Kran am Ausrüstungskai, der vereinbarte Treffpunkt.«

»War das nicht etwas riskant?«, fragte Brose.

Kiniras musste sich endgültig entscheiden. Eine Vorentscheidung hatte er bereits zu Nicolais Gunsten getroffen. Sollte es so bleiben? Seine Macht könnte er am eindrucksvollsten demonstrieren, wenn er ihn opferte. Aber es ging jetzt um die Karriere und nicht um Machtfantasien. Nicolai könnte ihm nützlich sein, dessen Talent für Intrigen wäre unbezahlbar, wenn es gelänge, es für sich zu nutzen. Ja, es war entschieden, er würde Nicolai retten.

»Ja, ich muss einsehen, dass Major Nicolai recht hatte.« Kiniras schenkte sich erneut ein Glas Wasser ein. Er benötigte die Pause, um darüber nachzudenken, womit Nicolai recht gehabt haben könnte. Auch Nicolai dachte darüber nach, verzichtete jedoch darauf, sich Wasser nachzuschenken.

»Womit hatte er recht?«

»Major Nicolai sagte, dass man Doppelkopp besser schützen müsse, nachdem die Tommys misstrauisch geworden waren.«

»Darauf haben Sie aber trotzdem verzichtet.«

»Ich dachte, dass es ausreichen würde, die Übergabe mit drei bewaffneten Männern zu sichern. Ich befürchtete, dass umfangreichere Sicherungsmaßnahmen die Gefahr mit sich brächten, entdeckt zu werden.«

»Sie meinten also, dass Sie die Lage besser einschätzen konnten als der Major.«

»Ja, aber wie gesagt, das war ein Fehler.«

»Und Sie haben mit Ihrer Fehleinschätzung gegen den Befehl des Majors verstoßen.«

»Also, es war nicht direkt ein Befehl ...«

»Sondern?«

»Major Nicolai ließ mir insofern freie Hand.« Nicolais Rettung hin oder her, aber nicht um den Preis, sich selbst wegen Befehlsmissachtung eine Rüge einzuhandeln.

»Herr Major, so etwas müssen Sie selbst entscheiden.« Broses betont leise Stimme bohrte sich in die Trommelfelle, als hätte sie eine feine Spitze aus gehärtetem Stahl. »Und da nützt es Ihnen gar nichts, dass Leutnant Kiniras die Schuld auf sich nimmt.«

Nicolai sagte zunächst nichts. Er kannte sich mit dieser Situation nicht aus. Normalerweise würde er jetzt Gründe benennen, die ihn entlasten und die Verantwortung auf Kiniras lenken würden. Aber das hatte Kiniras schon getan. Also, beim Tauziehen stand er am falschen Ende. Er musste eine ungewohnte Rolle spielen und die Schuld auf sich nehmen.

»Ja, vielen Dank, Leutnant, für Ihre Bemühungen. Aber ich trage natürlich die Verantwortung.«

Kiniras genoss heimlich seinen Erfolg. Als Kind hatte er gerne Regenwürmer zerteilt und Maikäfern die Flügel ausgerissen. Anschließend hatte er die Tiere beobachtet. Als er zwölf Jahre alt war, pinkelte er einmal bei einer solchen Aktion in die Hose, ohne jede Vorankündigung und ohne zuvor einen Druck auf der Blase verspürt zu haben. Erst als er die Hose reinigen wollte – heimlich, bevor die Mutter sie sehen würde – erkannte er, dass es kein Urin war. Später kultivierte er diese Neigungen, indem er Schmetterlinge fing und aufspießte – umständlichen Reinigungsaktionen beugte er mit Lappen aus Baumwolle vor, die er zuvor in seine Hose gelegt hatte. Mit der Zeit wurde es jedoch immer schwieriger, Ejakulationen zu provozieren. Eines Tages schenkte er einem gefangenen Schmetterling das Leben, er ließ ihn einfach wieder frei. Warum, wusste er selbst nicht, aber er spürte unerwartete Erregung und eine nasse Hose. Das hatte er in dieser Intensität niemals wiederholen können und irgendwann auch vergessen. Erst heute erinnerte er sich wieder an das Gefühl, das Tier verschont zu haben, heute freilich mit trockener Hose.

Es dauerte etwas, bis er sich wieder gefangen hatte und seine Ausführungen fortsetzen konnte: »Wir sind absichtlich sehr früh dort angekommen, hielten uns aber zunächst hinter der Halle verborgen, um nicht entdeckt zu werden. Erst kurz vor der vereinbarten Zeit nahmen wir unsere Beobachtungspositionen neben der Halle ein. Bald darauf erschien Talpa, der Maulwurf. Er kam aus der Halle, fast hätte er uns gesehen. Doppelkopp unterhielt sich dann mit ihm. Ich konnte aber nicht verstehen, was gesagt wurde.«

XXXII

»In jener Nacht hab ich gearbeitet«, sagte Marckmann, »in der Maschinenhalle, wo Sie mich gestern verhört haben. Vom Hallentor aus sah ich, dass oben auf Frickes Kran noch Licht brannte. Zuerst wusste ich nicht so genau, ob das nicht vielleicht nur eine Reflexion war, aber dann wurde mir alles klar. Ich war so … so wütend! Mir stand vor Augen, dass die beiden es da oben gerade miteinander trieben. Können Sie sich das vorstellen? Können Sie sich vorstellen, wie es einem dabei geht?«

Rosenbaum konnte es sich vorstellen. Der gütige Vater blickte voller Verständnis auf den sündigen Sohn.

»Ich raste vor Wut und Eifersucht. Ich lief nach Hause und holte meinen Revolver. Ich wollte ja niemanden erschießen, nur zur Rede stellen, ich wollte sie nur zur Rede stellen.«

Rosenbaum holte sich den zweiten Stuhl vom Balkon, zog sein Sakko aus und setzte sich. »Sie glaubten, dass Ihre Frau bei Fricke oben war?«

»Ja ... das lag doch nahe, nicht? Ich war fest davon überzeugt. Je mehr Zeit verging, desto sicherer war ich mir, dass sie da war.«

»Und? War sie da?«

»Nein.« Über Marckmanns Stirn huschten waagerechte Falten und für einen Moment hoben sich die Augenbrauen und die Augen waren weit geöffnet. Dann versank er wieder in der Unerträglichkeit seines Schicksals. »Fricke war allein. Völlig betrunken, so hätte auch Erika ihn verachtet. Der war gar nicht in der Lage, da ohne Hilfe wieder runterzuklettern. Mir ging so vieles durch den Kopf. Am liebsten hätte ich Erika geholt, damit sie ihn mal so sieht, oder ich hätte ihn zu Erika geschleift. Aber als er mich sah, lachte er laut los, dieses Schwein, der lachte mich aus! Und dann sagte er solche Sachen.«

Kurze Zeit war es ganz still, fast schien es, dass die Kinder auf dem Hof vor Schreck aufgehört hatten zu spielen.

»Er nannte mich einen Schlappschwanz, verstehen Sie: Schlapp-Schwanz! Und er habe es ›der Alten mal so richtig besorgt‹, das hätte sie gebraucht. Und dann sei sie immer wieder bei ihm angekommen, und sie hätten sich dann gemeinsam über mich lustig gemacht, über den Versager, der seiner Frau kein Kind machen kann, dieser Versager ...« Marckmann kniff sich dort, wo andere ihre Pulsadern aufschnitten, so unauffällig er konnte, aber fast so stark, dass es blutete.

XXXIII

»Die Übergabe sollte nachts am Ausrüstungskai der Germaniawerft stattfinden«, sagte Invest.

Der Moment, das eigene Versagen eingestehen zu müssen, näherte sich und Invest sah keine Möglichkeit mehr, ihn zu verhindern oder auch nur hinauszuschieben. Und er machte sich darauf gefasst, dass er nicht nur für das Scheitern der Mission verantwortlich gemacht werden würde, sondern dass man seine Erklärungen für ungenügend ansah. Wer erklären kann, warum er scheiterte, war nicht ganz so schlimm gescheitert wie der, der gar keine Antworten hatte. Regelmäßig wurde in solchen Situationen irgendetwas behauptet und mit irgendeinem, notfalls ausgedachten, Umstand belegt, nur um eine Erklärung anbieten zu können. So machte es jeder, der nicht gleich untergehen wollte, und so hatte Invest es früher auch gemacht. Heute aber nicht. Er hatte genug Zeit gehabt, sich etwas auszudenken: ein ausgeklügelter Hinterhalt der Deutschen, ein übles Spielchen, das sie mit ihm getrieben hätten, von vornherein so eingefädelt, dass er keine Möglichkeit besessen hatte, dem zu entgehen. So könnte es gewesen sein, das könnte er auch sicher irgendwie belegen, zumindest mit all den unmenschlichen Grausamkeiten und Hinterhältigkeiten, zu denen die Deutschen fähig waren, wie man ja allgemein wusste. Und trotzdem, Invest bot keine dieser Erklärungen an.

»Ich legte mich auf die Lauer, um alles zu beobachten. Das war ein wenig schwierig, denn ich konnte nicht unbemerkt auf das Werftgelände gelangen. Ich habe mich deshalb auf der östlichen Viehbrücke versteckt. Das ist eine Anlegebrücke an der Stirnseite der Hörn, wo regelmäßig Viehfrachter anlanden. Sie ist fast hundert Meter vom Treffpunkt entfernt, aber ich sah keine Möglichkeit, näher heranzukommen. Thunderbolt und Magpie trafen sich, wie es vereinbart war. Magpie hatte eine große Mappe dabei, in der ich die Kopien der Konstruktionszeichnungen vermutete. Alles verlief zunächst nach Plan. Ich konnte die beiden zwar gut sehen, aber nicht *verstehen*, was sie sagten. Dann wurde plötzlich geschossen.«

XXXIV

»Und dann erschossen Sie Fricke, quasi im Affekt, weil er Sie so sehr beleidigt hatte?«, fragte Rosenbaum, immer noch ganz der Vater. Er war kurz davor, dem beichtenden Sohn Absolution zu erteilen. Totschlag im Affekt, vielleicht sogar nur fahrlässige Tötung.

»Nein. Ich wollte ihn doch nur erschrecken, einen Denkzettel verpassen. Er sollte Angst kriegen. Ihm sollte klar werden, was er mir angetan hat. Er hat mein Leben zerstört.« Marckmann wischte sich den Schweiß von der Stirn. »Ich hab den Revolver gezogen und ihm gezeigt, damit er merkte, dass ich es ernst meinte. Aber er lachte weiter. Und sein Unrecht sah er nicht ein. Der fand, dass er im Recht war, dass man verheiratete Frauen einfach so schwängern darf. Und er lachte mich aus. Dann sagte er noch, ich hätte nicht genug Mumm, ihn zu erschießen. Und ich dachte: ›Jetzt drückst du ab!‹ Aber es stimmte, ich hatte nicht genug Mumm. Er hat mich ein zweites Mal gedemütigt. Ich wollte den Revolver gerade wieder einstecken, da drehte er sich plötzlich um und holte aus einer Kiste unter seinem Sitz eine Pistole hervor und richtete sie auf mich. Warum hat er das gemacht? Warum? Ich hatte meinen Revolver doch schon gesenkt, warum? Wollte er mich vollständig vernichten? Er machte einen Schritt auf mich zu und wollte mir meinen Revolver wegnehmen. Ich hielt ihn fest und griff nach seinem. Es kam zum Handgemenge und dann löste sich ein Schuss.«

Absolution erteilt. Fast mogelte sich ein kleines Lächeln auf das Gesicht des gütigen Vaters. Es hatte sich also ein Schuss im Handgemenge gelöst, in einem Handgemenge, das Fricke begonnen hatte, als Marckmann seinen Revolver schon wieder einstecken wollte. Also war es sogar nur ein Unfall, oder? Ein Unfall, an dem Marckmann gar keine Schuld traf, allenfalls ein wenig Schuld. Absolution erteilt. Oder?

XXXV

»Plötzlich fiel ein Schuss und Doppelkopp sackte zu Boden.« Kiniras hob seine Augenbrauen, er war noch immer verwundert über das, was er gerade schilderte. »Talpa lief davon. Ich konnte nicht genau erkennen, was passiert war, aber offensichtlich hatte Talpa eine Pistole gezogen und Doppelkopp niedergeschossen. Wir eröffneten dann mit unseren Handfeuerwaffen das Feuer auf den Flüchtigen und streckten ihn nieder.«

»Sie erschossen Talpa?«, fragte Brose nach.
»Wir mussten ihn an der Flucht hindern.«
»Und deshalb erschossen Sie ihn?«
»Wir haben ihn nicht gezielt exekutiert.«
»Aber zum Schluss war er tot, ja?«
»Ja, Herr Oberstleutnant«, sagte Kiniras und: ›So ist der Job‹, dachte er.

XXXVI

»Gut, also es löste sich bei dem Handgemenge ein Schuss?«, fragte Rosenbaum nach.
»Ja.«

»Und der traf dann Fricke?«

»Nein! Er ging ins Leere.«

Hm. Die Polizeibeamten versuchten, das Geschilderte mit ihrer Fantasie in Einklang zu bringen.

»Der Schuss war vielleicht ein Querschläger, prallte irgendwo ab und traf Fricke schließlich von der Seite.«

»Nein. Der Schuss zischte runter. Ich hörte, wie er 25 Meter unter uns auf das Pflaster prallte. Der flog sicher nicht mehr zurück.«

XXXVII

»Ich sah Mündungsfeuer vom Führerhaus des Ausrüstungskrans, der direkt hinter Thunderbolt und Magpie stand, mindestens 20 Meter in der Höhe, und ich sah die Funken vom Aufprall des Projektils am Boden.« Invest fühlte sich bei der Schilderung extrem unwohl, weil er sich die Ereignisse kaum selbst erklären konnte. »Die Kugel muss haarscharf an Thunderbolt vorbeigeflogen sein, vielleicht hat sie ihn sogar gestreift. Magpie warf sich sofort zu Boden, Thunderbolt lief weg. Ich ging davon aus, dass das ein Hinterhalt war; offenbar hatte Magpie die Anweisung, in Deckung zu gehen, während Thunderbolt exekutiert werden sollte. Um Thunderbolt Feuerschutz zu geben, schoss ich mehrmals auf das Führerhaus des Krans.

Ich hatte nur eine Luger P08 bei mir, die Standard-Dienstpistole der Kaiserlichen Marine. Die trage ich immer, wenn ich in Deutschland bin. Für diese Pistole war die Entfernung eigentlich viel zu groß, um zielsicher schießen zu können, aber offensichtlich traf ich doch. Jedenfalls fiel jemand vom Kran und blieb dann reglos liegen.«

XXXVIII

»Aber irgendwie wurde Fricke doch getroffen.« Rosenbaum hob beide Augenbrauen. Sie signalisierten, dass er nicht verstanden hatte, was Marckmann sagen wollte, und forderten ihn zu näheren Erläuterungen auf.

»Ja, ich hörte plötzlich weitere Schüsse. Pistolenschüsse. Um uns herum, überall. Und Einschläge, ganz nah bei uns. Und plötzlich sackte Fricke zusammen und stürzte vom Kran. Ich ging in Deckung und wartete, bis alles vorbei war. Da saß ich dann, mindestens eine halbe Stunde, und hab mich nicht bewegt. Als ich eine Zeit lang nichts mehr gehört habe, schaute ich mich vorsichtig um. Dann lief ich nach Hause und versteckte meine Pistole wieder unterm Bett.« Marckmann suchte in seiner Hosentasche nach einem Taschentuch, nahm dann aber mit einem an der Wand hängenden Küchentuch vorlieb. Er schnäuzte hinein. Es war vollbracht, alles war raus.

Rosenbaums linke Augenbraue blieb oben, während sich die rechte senkte. Wenn er richtig verstanden hatte, konnte er es kaum glauben. Oder hatte er es nicht verstanden, das würde er jetzt eher glauben. »Weitere Schüsse?«

»Ja.«

»Wo kamen die denn her?«

»Ich weiß nicht – von unten wohl.«

»Waren denn da noch andere Personen?«

»Ich habe niemanden gesehen. Aber irgendjemand muss ja geschossen haben.«

»Sie behaupten also, dass unter dem Kran Personen standen, die auf Fricke geschossen und ihn auch getroffen haben?«

»Ich weiß nicht, wo die Leute waren. Aber irgendwo müssen die Schüsse ja hergekommen sein.«

»Und warum? Warum sollte jemand so etwas tun?«

»Ich weiß es nicht.«

XXXIX

»Unerklärlicherweise fielen danach noch weitere Schüsse, die Situation war sehr unübersichtlich.« Kiniras bemühte sich, Betroffenheit zu demonstrieren. Bescheidenheit, Zurückhaltung und Freundlichkeit, das waren seine Stärken. Das wirkte immer. Und in dieser Situation gehörte Betroffenheit dazu.

»Wir konnten dann erkennen, dass sich auf einer Anlegebrücke, etwa 80 oder 90 Meter südlich, feindliche Heckenschützen versteckt hatten, die Doppelkopp und uns unter Feuer nahmen. Jedenfalls stand Doppelkopp wieder auf, er war offenbar doch nicht so schwer getroffen, wie wir zuerst dachten. Vielleicht war er auch gar nicht getroffen worden. Jedenfalls flüchtete er in südliche Richtung, wurde dann aber von den Schützen auf der Anlegebrücke niedergestreckt. Wir feuerten daraufhin auf die Angreifer und konnten sie in die Flucht schlagen.«

XL

»Aber auch danach fielen noch weitere Schüsse«, sagte Invest. »Thunderbolt wurde mehrfach getroffen, stürzte zu Boden und blieb reglos liegen. Ich hatte den Eindruck, dass er sofort tot war oder zumindest schwer verletzt. Offenbar wurde er von Magpie erschossen, der eine Waffe bei sich getragen haben muss. Magpie stand dann auf und lief in meine Richtung. Ich denke, dass er mich bemerkt hat, als ich auf den Kran schoss, und mich angreifen wollte. Deshalb lud ich meine Pistole schnell nach und feuerte zum Selbstschutz auf ihn, bevor er Deckung erreichen konnte. Dann bemerkte ich, wie von einer Werkshalle auf mich geschossen wurde. Es müssen mehrere Schützen gewesen sein. Ich hatte keinen Zweifel mehr, dass alles offenbar ein einziger Hinterhalt war. Thunderbolt konnte ich nicht mehr helfen. Er bewegte sich nicht mehr, selbst wenn er noch lebte, hätte ich nichts mehr für ihn tun können. Er lag ja auf dem Werftgelände. Also zog ich mich zurück.« Es schmerzte ihn, was geschehen war, dass er, John Invest, dafür Verantwortung trug, dass es seine persönliche Schuld gewesen sein könnte, dass er etwas falsch gemacht hatte, schuldhaft Warnzeichen übersehen haben könnte, dass er naiv in einen Hinterhalt geraten war, dass der von ihm geführte Agent wegen seiner Unzulänglichkeit gestorben war. Und nahezu unerträglich war der Gedanke, dass er Thunderbolt vielleicht hätte helfen können, dass er vielleicht noch nicht tot gewesen war, als Invest sich zurückziehen musste.

»Am nächsten Morgen war von den Ereignissen nichts mehr zu sehen. Keine Polizei, keine Absperrung. Nichts. Die deutsche Abwehr hatte den Vorfall offensichtlich zur Geheimsache gemacht und alle Spuren beseitigt.«

XLI

»Aus Frickes Pistole hat sich kein Schuss gelöst, sondern nur aus Ihrem Revolver?«, fragte Rosenbaum nach.

»Genau.«

»Was war denn das für eine Pistole, die Fricke da hatte?« Steffen beeilte sich, diese Frage zu stellen, bevor Rosenbaum etwas sagen konnte, und erntete von ihm einen bösen Blick dafür.

»Da kenne ich mich nicht so aus. Eine Pistole eben.«

Steffen zog seine Luger aus dem Schulterholster und zeigte sie vor. »So eine?«

»Ja, so sah die aus.«

»Wo ist die Pistole abgeblieben?«, fragte Gerlach.

»Das weiß ich nicht. Die hatte Fricke wohl noch in der Hand, als er hinunterstürzte.«

»Es wurde aber keine Pistole bei Fricke gefunden«, sagte Gerlach, als hätte er Marckmann der Lüge überführt.

»Lasst das mal jetzt.« Rosenbaum war verärgert, gerade war Marckmann geschmeidig geworden. Mit einem freundlichen Blick wandte er sich ihm wieder zu und hoffte, er würde sich nicht wieder verschließen. »Wie haben Sie die Waffe denn gehalten?«

»Na so.« Marckmann formte mit seiner Hand eine Pistole und richtete sie auf Rosenbaum.

»Mit der rechten Hand?«

»Ja natürlich, wie denn sonst?«

Rosenbaum winkte ab, als wäre die Frage überflüssig gewesen. »Und wie lief das Handgemenge genau ab?«

»Fricke hielt mir seine Pistole vor die Nase und schlug auf meine Hand, so doll, dass mir der Revolver fast runterfiel. Dann hat er mit einer Hand nach dem Revolver gegriffen und versucht, ihn mir wegzunehmen. Und ich hab mich gewehrt und mit der anderen Hand nach seiner Pistole gegriffen. Die hatte er ja die ganze Zeit auf mich gerichtet und ich hab gedacht, dass er mich jederzeit erschießen könnte. Da hab ich eben mit meiner linken Hand nach seiner Pistole gegriffen und versucht, sie in eine andere Richtung zu drehen.« Marckmann stand von seinem Stuhl auf und kreuzte zur Illustration seinen rechten Arm mit der Revolver-Hand vor seinem Bauch und fasste mit seiner linken Hand nach einer imaginären Pistole.

»Sie hielten den Revolver also in der rechten Hand, hatten den Arm vor Ihrem Körper nach unten gekreuzt, und Fricke stand Ihnen gegenüber?«

Marckmann nickte verunsichert, wischte erneut die Angst von der Stirn und setzte sich wieder.

»Dort war in Frickes Körper auch die Einschussstelle, unter dem rechten Rippenbogen.« Diese Äußerung kam von Steffen.

Rosenbaum nahm sich vor, mit seinen beiden Assistenten bei nächster Gelegenheit ein paar grundsätzliche Aspekte gängiger Verhörstrategien zu klären. »Ich tue mich sehr schwer, Ihnen zu glauben. Aber selbst wenn ich es tue: Was ich glaube, ist in keinem Fall ausschlaggebend.« Rosenbaum enttäuschte die von Marckmann in ihn gesetzten Hoffnungen. Er hatte bereits zuvor gewusst, dass er sie enttäuschen würde. Er war nicht der Vater, auf dessen Vergebung es angekommen wäre, er war der Polizist. »Ich muss Sie festnehmen.«

»Ja, Herr Kommissar.« Marckmann stand auf und kreuzte die Hände, um in Handschellen gelegt zu werden.

XLII

»Danach sondierten wir die Lage«, setzte Kiniras seinen Bericht mit betont leicht vibrierender Stimme fort. »Doppelkopp und Talpa waren tot. Es lag aber noch ein dritter Mann dort, ebenfalls tot, den wir zuvor überhaupt nicht wahrgenommen hatten. Ich fürchtete einen Spionage-Skandal und gab Anweisung, alle Leichen wegzuschaffen und die Spuren zu beseitigen, insbesondere die Schusswaffen der Toten einzusammeln. Wir fanden in der Dunkelheit aber nur eine Waffe, eine Luger P08. Zu meiner Überraschung stellte ich fest, dass aus dieser Luger kein Schuss abgegeben worden war.«

»Wo kam die denn her, diese Luger?«, wollte Brose wissen.

»Sie lag auf dem Gelände, etliche Meter von allen Leichen entfernt. Wir konnten sie niemandem zuordnen, ich beschloss, in aller Frühe bei Sonnenaufgang noch einmal nach weiteren Waffen suchen zu lassen. Zunächst aber hoben zwei Mann Doppelkopp an und schafften ihn zur Seite, unser dritter Mann und ich trugen Talpa hinterher. Als wir die dritte Leiche holen wollten, wurden wir von zwei Männern des Wachdienstes gestört. Sie hatten auf ihrem Streifengang offenbar etwas gehört. Wir ließen den uns unbekannten Toten liegen und begaben uns in Deckung. Die Männer vom Wachdienst suchten das Gelände ab, sodass wir Gefahr liefen, entdeckt zu werden. Ich ordnete an, die beiden in unserem Gewahrsam befindlichen Leichen zu sichern und auf das Marinegelände zu verbringen. Dazu mussten wir die dritte vorerst zurücklassen. Als wir wiederkamen, sondierte ich noch einmal die Lage auf dem Werftgelände. Die Wachleute liefen noch immer ständig herum und die Morgendämmerung setzte langsam ein. Es erschien mir zu gefährlich, die noch verbliebene Leiche jetzt zu bergen. Sie hätte jederzeit entdeckt werden können, wurde aber erst ein paar Stunden später von Werftarbeitern gefunden. Ich schloss mich sofort mit unserem für die Germaniawerft zuständigen Sicherheitsoffizier kurz, damit der mit seinen Leuten nach Waffen suchen und alle Spuren verwischen sollte. Überraschenderweise haben aber auch seine Leute nichts gefunden, keine Waffen, nicht einmal Patronenhülsen. Wahrscheinlich hat der Feind den Schauplatz in der Nacht erneut aufgesucht, als wir bereits weg waren, und die Waffen mitgenommen.«

»Die Waffen mitgenommen, aber die dritte Leiche da liegen gelassen?«, fragte Brose nach.

»Eine Handfeuerwaffe dürfte leichter zu transportieren sein als eine Leiche. Ich habe keine andere Erklärung, Herr Oberstleutnant.«

»Wie konnte der Feind denn unbemerkt auf das Werftgelände gekommen? Ich dachte, es wird bewacht?«, fragte Brose.

»Ich nehme an, übers Wasser. Ein Drittel der Werftgrenzen liegen zur Wasserseite, es ist eben eine Werft. Da kann nachts schon mal ein Boot unbemerkt irgendwo anlegen. Auch wir waren nicht offiziell da.«

»Vielleicht hätten Sie zur Bewachung des Tatorts einen Mann zurücklassen sollen.«

Kiniras antwortete nicht. Dieser Gedanke war ihm auch schon gekommen und er hatte gehofft, ihn wegschweigen zu können.

»Die aufgefundene Leiche wurde als Herrmann Fricke, Oberkranführer bei Germania, identifiziert.« Nicolai nutzte die Peinlichkeitspause und ergriff das Wort. »Wir einigten uns darauf, dass der Mann aus Unachtsamkeit von seinem Kran gefallen wäre, ein Unfall. Wir haben dann unverzüglich Erkundigungen über diesen Fricke eingeholt. Es war ein schmieriger und gewissenloser Geselle vom gleichen vaterlandslosen Schlag wie Talpa. Beide dürften gemeinsam für die Briten gearbeitet haben.«

»Aber, wie kam der da hin?«

»Das wissen wir nicht. Es ist auch noch unklar, wie der Mann zu Tode gekommen ist«, antwortete Kiniras. »Jedenfalls streiten meine Männer ab, auf ihn geschossen zu haben. Es hatte ihn ja auch keiner von uns überhaupt bemerkt, bevor wir ihn fanden. Seinen schweren Verletzungen nach zu schließen könnte er wirklich vom Kran gefallen sein. Dann wird er vermutlich an der Wasserseite der Kranführerplattform gestanden haben. Das war von unserem Standort aus gar nicht einsehbar. Warum er aber da runterfiel, ist mir nicht erklärlich. Zuerst hatten wir gedacht, dass er vielleicht einfach das Gleichgewicht verloren hatte, und unsere offizielle Version hätte sogar der Wahrheit entsprochen. Doch dann wurde bekannt, dass der Kranführer eine Schussverletzung aufwies. Jedenfalls werden Talpa und die Schützen, die auf der Viehbrücke standen, wohl kaum auf ihn geschossen haben, er war ja einer von ihnen. Und wenn meine Männer auch nicht auf ihn geschossen haben, bleibt wohl nur Doppelkopp übrig.«

»Hatte Doppelkopp denn eine Waffe dabei?«

»Tja, offensichtlich.«

»Und die wurde vom Feind mitgenommen, nehme ich an.«

»Tja …«

»Wahrscheinlich war es eine Falle …« Nicolai nutzte erneut die Gesprächspause, um etwas zu sagen. Es war gar nichts Besonderes, was er zu sagen hatte, eher belanglos, aber es demonstrierte, dass er überhaupt etwas zu sagen hatte. Zumindest darauf legte Nicolai an diesem Tag besonderen Wert.

»Aber das ergibt doch keinen Sinn«, fuhr Brose ihm ins Wort, »aufwendig eine konspirative Übergabe zu inszenieren, um dann alle Leute zu erschießen und dadurch die Übergabe selbst zu vereiteln. Oder ist es etwa zur Übergabe gekommen?«

»Nein. Doppelkopp hatte die Pläne noch nicht übergeben, als es zur Eskalation kam«, antwortete Kiniras.

»Offensichtlich ist es auch für den Feind nicht nach Plan gelaufen.« Nicolai war bemüht, den Verdacht von Dummheit von sich abzulenken. »Wahrscheinlich hatte Talpa den Auftrag, Doppelkopp bei der Übergabe zu liquidieren, um dann in aller Ruhe die Pläne an sich zu nehmen. Und dabei wurde er von Kiniras und seinen Leuten gestört.«

»Hat der Feind die Pläne denn zusammen mit den Waffen mitgenommen?«

»Nein, Herr Oberstleutnant.«

»Sie und Ihre Männer hatten Sie vorher mitgenommen, zusammen mit den Leichen?«

»Äh, nein Herr Oberstleutnant. Die Pläne lagen noch da, als wir wiederkamen. Wir haben sie dann eingesammelt.«

»Der Feind hat die Waffen mitgenommen, aber die Pläne zusammen mit der Leiche dagelassen? Waren die Pläne denn auch zu schwer?«

»Ich habe keine Erklärung, Herr Oberstleutnant«, antwortete Kiniras. Danach schaute Brose Nicolai an und Nicolai schaute aus dem Fenster.

»Wie hatte denn Doppelkopp eigentlich genau begründet, dass er sich an uns gewandt hat?«

»Doppelkopp sagte, er habe Spielschulden bei Talpa gehabt, die der plötzlich eingefordert habe. Er hätte aber nur einen kleinen Teil abbezahlen können. Dann soll Talpa in Aussicht gestellt haben, die Schulden zu erlassen, wenn er etwas für ihn erledige, und ihn dann eingeweiht haben. Doppelkopp habe das zunächst ablehnen wollen und darauf hingewiesen, dass er nur einfacher Zeichner im Konstruktionsbüro der Werft sei und mit den Torpedoplänen nichts zu tun habe. Die Schulden hätten ihn aber so sehr belastet, dass er dann doch zögerlich eingewilligt habe, unter der Voraussetzung, dass damit die gesamten Schulden getilgt seien. Später habe sich Talpa aber verplappert, dass Doppelkopps Anteil am Honorar eigentlich viel höher gewesen wäre als die erlassenen Schulden. Das habe dann den ohnehin von schlechtem Gewissen geplagten Doppelkopp veranlasst, sich uns zu offenbaren.«

»Halten Sie das für glaubwürdig?«, fragte Brose.

»Ja, durchaus. Ich glaube, dass der Mann tatsächlich zunächst die Pläne an die Tommys verkaufen wollte. Immerhin brauchte er dringend Geld, um seine Spielschulden zu begleichen. Von uns hingegen hat er kein Geld verlangt und ich habe ihm auch keines angeboten. Meines Erachtens zeugt ein von Gewissensbissen verursachter Umschwung von einer gewissen moralischen Integrität.«

»Aber es könnte auch sein, dass Doppelkopp für die andere Seite arbeitete und sein angeblicher Umschwung in Wahrheit nur ein Test unserer Abwehrfähigkeit war«, kombinierte Brose und tippte mit dem Zeigefinger auf den Tisch.

»Ich glaube, für die Briten wären die Pläne wichtiger als so ein Test«, warf Nicolai ein.

»Die Pläne könnten sie ja trotzdem von Doppelkopp bekommen haben, und zwar die richtigen, die unverfälschten Pläne. Das erklärt auch, warum sie die vergifteten Pläne liegen ließen.« Brose tippte weiter, während Nicolai Gesichtsfarbe verlor. War Doppelkopp also vielleicht ein *Trippel*kopp?

»Aber dann hätte doch für die Briten gar kein Grund bestanden, die Übergabe scheitern zu lassen«, beeilte sich Nicolai, seinen Kopf aus der Schlinge zu ziehen. »Im Gegenteil: Sie hätten die korrekten Pläne und ließen uns in dem Glauben, dass sie die vergifteten hätten. Die hätten Doppelkopp, während wir fälschlich glaubten, wir hätten ihn. Nein, da muss etwas anderes passiert sein.«

»War es denn für Doppelkopp wirklich so einfach, die Pläne mit nach Hause zu nehmen?«, fragte Brose.

»Ja, das war ein sträflicher Leichtsinn«, beeilte sich Nicolai zu antworten. »Doppelkopp war Technischer Zeichner in der Konstruktionsabteilung. Da lagen die brisantesten Pläne in den Aktenschränken. Eigentlich sollten die unter Verschluss sein, aber aus Nachlässigkeit waren die Schränke tagsüber unverschlossen. Doppelkopp konnte da herumstöbern, wie er wollte. Niemand kontrollierte das. Es wäre tatsächlich nahezu ohne Risiko gewesen, die Pläne heimlich einzustecken und über Nacht mit nach Hause zu nehmen. Man war sich nicht darüber im Klaren, wie brisant die Pläne sind.«

»Das wurde ja hoffentlich jetzt geändert.«

»Natürlich«, beeilte sich Nicolai erneut. »Die Sicherheitsvorschriften wurden radikal verschärft und in diesem Zuge auch andere Schwachstellen ausgemerzt. Beispielsweise hatte sich eingeschlichen, dass brisante Konstruktionszeichnungen auf den Kränen und in einigen Werkshallen unkontrolliert herumlagen. Das wurde im Zuge dessen konsequent abgestellt.«

»Und die Geschichte mit dem Unfall wird allgemein geglaubt?«

»Wir haben nicht verhindern können, dass man die Polizei rief, als die Leiche entdeckt wurde. Aber wir haben mit unseren Leuten das Gelände abgesucht und den Unfall rekonstruiert, bevor die Polizei in ausreichender Mannstärke erscheinen konnte. Die haben unsere Ermittlungen übernommen. Später kamen weitere Beamte von der Kriminalpolizei. Die haben wohl Verdacht geschöpft. Und dann haben sie bei dem Kranführer die Schussverletzung entdeckt. Kapitän Isendahl hat denen jedoch erklärt, dass sie uns nicht in die Quere kommen sollen. Ich denke, wir haben das im Griff.«

»Was haben Sie denn mit den Leichen von Talpa und Doppelkopp gemacht?«

»Die haben wir gleich am nächsten Tag christlich zur See bestattet.« Kiniras hatte sich die Koordinaten auf einen Zettel geschrieben, um sie hier vortragen zu können. Im letzten Moment entschied er sich aber, den Zettel in der Tasche zu lassen.

»Waren an der Luger eigentlich keine Fingerabdrücke dran?«

»Hmhmhmhm.«

»Wie bitte?«

Kiniras räusperte sich und war dann in der Lage, zimmerlaut »Das weiß ich nicht« zu äußern.

»Warum nicht?«

»Wir haben sie nicht darauf untersucht.«

»Warum nicht?«

Der Wortwechsel war leiser und aggressiver, hochgradig aggressiv, geradezu explosiv leise geworden.

»Das ist eine ganz neue kriminaltechnische Methode, die noch gar nicht ausgereift ist und womöglich zu ganz falschen Ergebnissen führt. Und außerdem sind wir die Marine und keine Schupos.«

»Trotzdem hätte man das ausprobieren können.«

Nicolai schwieg die ganze Zeit und hatte offensichtlich nicht vor, aufs Schlachtfeld zu springen.

»Ja, Herr Oberstleutnant«, sagte Kiniras.

»Also?«

»Bevor wir daran dachten, waren Talpa und Doppelkopp bereits … entsorgt und an Fricke kamen wir ohnehin nicht mehr ran.«

»Also, Sie haben es vergeigt. Sie haben die Aufklärung erfolgreich verhindert. Ist es so?«

»Ja, so ist es wohl«, antwortete Kiniras.

»Was sagt denn Major Nicolai dazu?«, wollte Brose wissen und schaute Nicolai erwartungsvoll an.

»Wenn ich das gewusst hätte …«

»Herr Oberstleutnant, ich hatte den Major von meiner Entscheidung, die Leichen zu entsorgen, ohne deren Fingerabdrücke sicherzustellen, nicht in Kenntnis gesetzt.«

»Sie handelten eigenmächtig?«

»Jawohl.«

Natürlich nahm man von Leichen keine Fingerabdrücke, das hatte es noch nie gegeben. Man könnte gar keine Kriege mehr führen, wenn man ständig damit beschäftigt wäre, irgendwelche toten Daumen auf Papier zu drücken. Doch es passte gut, außergewöhnlich gut. Durch die Schuldübernahme hatte Kiniras bei Nicolai endgültig einen Stein im Brett.

XLIII

Als Invest seine Ausführungen beendet hatte, bat er um einen weiteren Scotch. Er bekam ihn, seinen letzten Freund. Schmerzlich spürte er, wie sehr er seinen Chefs unterlegen war. Nicht in der Sache, keiner von ihnen hätte es besser gemacht, sicher anders, vielleicht erfolgreicher, aber nicht besser. Nicht der Hasardeur, der das Schicksal ständig herausforderte und dabei bislang immer Glück hatte. Nicht der Zauderer, der gewohnt war, seine Haut durch Aussitzen zu retten. Unterlegen war Invest vielmehr, wenn es um Selbstbehauptung ging, hoffnungslos unterlegen.

»Erlauben Sie mir eine Frage, Sir?«, sagte er und schaute Kell an, der ihn noch am ehesten verstehen würde.

Kell nickte.

»Ich frage mich, ob Leibnitz recht hatte: Leben wir in der besten aller möglichen Welten? Tun wir das, Sir? Gibt es das Gute nur zum Preis der Existenz von Übel? Und wenn wir das Gute wollen, richten wir auch das Übel an?«

»Ja«, antwortete Kell, »ich glaube, so ist das. Die Gesetze der Logik bestimmen das so.«

»Dann geht es also nicht besser, und wir leben bereits in der besten aller Welten?«

Kell nickte.

»Aber«, fuhr Invest fort, »aber musste Gott sich bei der Schaffung einer sinnvollen Welt denn an die Regeln der Logik halten? Hätte er die Logik nicht anders schaffen können? Wäre nicht eine Welt mit einer anderen Logik eine bessere Welt?«

Kell schaute Invest an und fand keine abschließende Antwort. In einer Welt, in der die aristotelische Logik herrschte, war eine Antwort nicht möglich. »Wahrscheinlich ist das eine Frage der Perspektive«, sagte er.

Das Geschäft war zu dreckig, die Last zu groß, die Schultern zu schmal, die Verantwortung zu schwer. Invest konnte sie nicht mehr tragen und nicht mehr ertragen. War es noch der Zufall, der bestimmt hatte, dass er einen seine berufliche Karriere beendenden Bericht in der Tasche bei sich trug, Invest selbst bestimmte aber, dass er diesen Bericht jetzt herauszog und seinen Chefs vorlegte. »Ich habe mir noch ein paar Gedanken über die gesellschaftlichen und politischen Hintergründe gemacht«, sagte er und legte den Bericht vor sich auf den Tisch. Dann verabschiedete er sich und ging. Im Vorzimmer sagte er »Adieu« zu Miss Pelfpound, sie würde ihm fehlen.

XLIV

Sie hatten Marckmann vier Stunden auf der Blume bearbeitet. Er musste seine gesamte Aussage über sich, seine Frau, Fricke, Gott, die Welt und vor allem die Vorgänge in der Tatnacht noch einmal wiederholen und noch einmal und noch einmal. Auf der Suche nach Widersprüchen und Ungereimtheiten hagelte es Nachfragen, Zeitsprünge und lange Pausen. Die Beamten bearbeiteten ihn abwechselnd, während Gerlach eine Frage stellte, überlegte sich Steffen die nächste und umgekehrt, nur Rosenbaum hielt sich meist zurück und gab den Schiedsrichter. Marckmann hatte keine Zeit zum Überlegen, auch wenn er sie brauchte. Ob es denn Kontakt zu Geheimdiensten gegeben habe, immerhin hätte er damit geprahlt. Und ob er nicht doch etwas mit Frickes Geschäften zu tun gehabt habe. Zwischendurch verließen die Polizisten mehrmals den Raum, allein oder zu zweit, erholten und berieten sich. Doch einer blieb immer bei Marckmann, er hatte niemals Pause. Er trank fast zwei Liter Wasser und wandelte es augenblicklich in Tränen und Schweiß um. Alles rauchte, die Zigaretten, die Zigarren und die Köpfe. Am Ende gab es keine neuen Erkenntnisse. Marckmann blieb bei seiner Darstellung und die Beamten blieben bei ihren Vorhalten, dass sie unglaubwürdig sei.

Zum Schluss kam Freibier vorbei, gut gelaunt, stellte ein paar kluge Fragen, die klügsten von allen, die den Fall restlos aufklärten, und vergaß nicht, darauf hinzuweisen, dass ihm schon von Anfang an die Theorie mit den Geheimdiensten völlig absurd vorgekommen und ihm immer klar gewesen sei, dass es eine Eifersuchtstat war. Zwar sei Kiel eine bedeutende Großstadt geworden, aber eine internationale Metropole, in der sich die Spione der ganzen Welt ein Stelldichein gäben, sei es aber nicht. Man brauche einfach das richtige Gespür und viel Erfahrung, Rosenbaum bekomme das mit den Jahren bestimmt auch noch hin. Freibier war erleichtert, so erleichtert, dass er Rosenbaum vorschlug, beim Empfang des Bürgermeisters zur Kieler Woche doch mit an dessen Tisch zu sitzen, er selbst werde natürlich auch dort sein und er habe die Möglichkeit, das für Rosenbaum zu arrangieren. Rosenbaum könne ganz beruhigt sein, der Empfang finde im Hansa-Hotel statt, da sei man vor dem schlechten Wetter geschützt.

Marckmann saß in seiner Zelle, einer Arrestzelle in der Blume, wo er laut Steffens Auskunft bleiben sollte, bis entschieden war, was mit ihm geschehen sollte. Er könne sich aber ziemlich sicher sein, dass spätestens am nächsten Tag ein Haftbefehl erlassen und dann die Einlieferung in das Untersuchungsgefängnis in der Ringstraße erfolgen werde. Damit war für Marckmann völlig klar, dass dieser Tag der erste der bis zu seiner zu erwartenden Enthauptung noch verbleibenden Frist sein würde.

Rosenbaum saß an seinem Schreibtisch und blätterte in der Akte mit dem Eingangsstempel von Peter Cornelius, dann klappte er sie zu, dann blätterte er wieder. Das Gefühl, einen Verrat begangen zu haben, befiel – außer Judas Ischariot vielleicht – regelmäßig nicht die Verräter. Sie konnten ihr Tun rechtfertigen. Sie wurden nicht von Zweifeln gepeinigt. Sie wurden reich, wenn es klappte, und zu Märtyrern, wenn es schiefging. Sie waren Verschwörer mit einem besonders ausgeprägten Ehrgefühl und bewegten sich in einem Kreis von Verschworenen, die sie in diesem Gefühl bestärkten. Rosenbaum aber hatte das Gefühl, einen Verrat begangen zu haben.

Steffen kam herein und trug eine Kanne, in der sich ein seit Stunden vermisster, herrlich duftender Kaffee befand, hinter ihm erschien Gerlach mit drei Tassen, Milch und Zucker. Während sie ihre Tassen in rituell strenger Reihenfolge füllten, dachte Rosenbaum darüber nach, warum ein Aufguss aus gerösteten Bohnen Kaffee genannt wurde, und ein solcher aus allen anderen denkbaren Kräutern, Früchten und Pflanzenteilen Tee hieß. Es könnte vielleicht damit zu tun haben, dass Tee zieht und Kaffee sich setzt, aber eine wirkliche Erklärung fiel ihm nicht ein, nur dass man mit Ungereimtheiten leben muss.

»Er war es, das ist doch klar!«, bellte Steffen den verblüfften Gerlach unvermittelt an und schnaubte, als wäre es nicht nur Kaffee gewesen, was er gerade trank, und die Farbe seines Hokkaidokopfes wechselte zu einem tiefen Rot. »Die Schussdistanz. Der Professor hat gesagt, dass aus kurzer Distanz geschossen wurde. Das beweist, dass es keinen Unbekannten gab, der Fricke aus großer Entfernung traf.«

»Die Schmauchspuren können ja durchaus von dem Schuss aus Marckmanns Waffe stammen. Das passt schon zu seiner Darstellung.« Gerlach setzte Steffens körperlicher Präsenz eine frisch geschärfte Zunge und zischende Stimmbänder entgegen. »Und vor allem: Wenn es niemanden sonst dort gegeben hat, wo kommen dann die weiteren Blutspuren her? Es muss noch irgendetwas passiert sein, wovon wir nichts wissen.«

»*The missing link...*«, entfuhr es Rosenbaum. »*The missing link*, erinnern Sie sich?«

»So ein Quatsch«, beeilte sich Steffen, den Einwurf zu überhören und das Nachdenken zu umgehen. »Ja meinst du, da erschießt einer den Fricke und anschließend schießt er sich selbst in den Arm, damit schön viel Blut da liegt, und alles nur, um uns zu verwirren?«

»Aber irgendwo muss das Blut ja herkommen.« Gerlach blieb hart.

»Vielleicht haben die Blutspuren mit der Sache gar nichts zu tun«, erwiderte Steffen. »Vielleicht ist es gar kein Blut, sondern jemand hat aus Unachtsamkeit dort am Vortag Rostschutzfarbe verschüttet. Oder es ist irgendein Betrunkener dort langgelaufen, hingefallen und hat sich dabei den Kopf aufgeschlagen.«

»Ich denke, mein lieber Steffen, das müssen Sie beweisen«, wandte Rosenbaum ein. »Verstehen Sie? *Missing link*? Nullhypothese?«

»Null-was?«

»Nullhypothese, wir haben darüber gesprochen. Ihre Annahme ist nur dann bewiesen, wenn Sie alle Alternativen ausschließen können. Sonst ...«

»Und wenn er die Waffe so gehalten hat, wie er es behauptet, dann kann er eigentlich nur nach unten geschossen haben.« Gerlach war unbeeindruckt von dem Bellen und dem Schnauben.

»Dann hat er sie eben anders gehalten.«

»Aha, und wie? Er ist ein Riese, aber zum Schießen verwandelt er sich schnell mal in einen Zwerg? In einen linkshändigen Zwerg?«

»Vielleicht haben sie beide ganz anders gestanden, als wir bislang vermuteten, das waren doch nur Rekonstruktionen, die wir aus dem Schusskanal geschlossen haben.« Steffen nahm einen schlürfenden Schluck und aus dem Schnauben wurde vorübergehend Sabbern. »Er hat ja offensichtlich eine Geschichte erfunden, die mit den Spuren, die wir haben, in Einklang steht. Und dabei hat er Schussrichtung und Schmauchspuren berücksichtigt.«

»Die Wachleute haben 15 Schüsse gehört, aber in Marckmanns Revolver fehlte nur einer.«

»Vielleicht haben die doch was ganz anderes gehört, vielleicht waren das ja doch Deichseln, oder es kam von der Kaiserlichen Werft, die ist ja gleich nebenan. Und Marckmann hat die Aussage der Wachleute bei seiner Geschichte berücksichtigt.«

»Kennt er denn die Aussage der Wachleute?«, fragte Rosenbaum nach. »Also ich hab ihm das nicht erzählt.«

»Vielleicht hat er ins Wachbuch geschaut«, antwortete Steffen. »Und dann könnte auch er es gewesen sein, der die Seite herausgerissen hat, und nicht Steinhauer. Oder er hat mit den Wachleuten gesprochen. Oder vielleicht hat er den Knall von den Deichseln selbst gehört. Und übrigens: Hat Marckmann nicht ausgesagt, dass ihm die Kugeln um die Ohren geflogen sind? Aber wir haben auf dem Kran nichts gefunden. Keine Projektile, keine Einschusslöcher.«

»Das bedeutet nicht, dass keine Spuren vorhanden waren. Es bestätigt nur, dass die Sergeanten Tölpel sind«, erwiderte Gerlach.

»Glauben Sie denn, dass ein so einfacher Mann sich so komplizierte Vorgänge ausdenken kann?«, wollte Rosenbaum wissen und schaute Steffen an. Er wurde aber von den Kontrahenten nur am Rande wahrgenommen und beschloss, sich mit seiner Havanna zu trösten.

»Marckmann hat jedenfalls gelogen. Zumindest *eine* Lüge hat es gegeben!«

»Aha, und welche?«, wollte Gerlach wissen.

»Er sagte, er hätte gehört, wie die Kugel, die von seiner Webley abgeschossen wurde, auf dem Boden aufgeprallt sei.«

»Und warum soll das nicht stimmen?«

Steffen zündete sich hektisch eine Eckstein No. 5 an und hüllte seinen Kopf in Rauchwolken und seine Gedanken in Nebel. Von Gerlachs Eckstein No. 5 stieg ein scharfer Rauchfaden empor.

»Bei einer modernen Handfeuerwaffe mittleren Kalibers beträgt die Mündungsgeschwindigkeit des Projektils ungefähr 200 Meter pro Sekunde.« Steffen dozierte mit einem Maß an Überheblichkeit, das die Ursache der meisten Irrtümer in der modernen Justiz war, natürlich auch in Politik, Wirtschaft und Wissenschaft. Nein, vom *missing link* hatte er nichts verstanden. »Also musste das Projektil eine Achtelsekunde nach seinem Abschuss auf dem Boden aufgeprallt sein, wenn sich der Schütze in einer Höhe von 25 Metern befand. Selbst wenn man dann noch die Zeit, die der Schall bis zu Marckmanns Ohr braucht – mit rund 340 Meter pro Sekunde bei 20 Grad Celsius –, hinzuzählt, ist seit dem Abschuss keine Viertelsekunde vergangen. Bis dahin ist aber der Knall vom Abschuss noch gar nicht verhallt und überlagert mithin das Geräusch vom Aufprall. Marckmann konnte den Aufprall also gar nicht hören, weil er zu diesem Zeitpunkt den Schuss noch hörte. Ganz einfach.« Steffens Worte verhallten wie der Schuss, von dem er sprach.

»Sind Sie früher in der Schule von Ihrem Lehrer mal etwas gefragt worden, was Sie nicht beantworten konnten?«, wollte Rosenbaum wissen, ohne zuvor seinen Respekt vor Steffens Kombinationsgabe bekundet zu haben.

»Ja, natürlich.«

»Und wie viel Zeit hatte der Lehrer Ihnen zum Überlegen gegeben?«

»Eigentlich recht viel.«

»Brauchten Sie denn so viel Zeit?«

»Im Grunde war es immer viel zu lang. Ich wusste die Antwort eben nicht, da brauchte ich auch nicht lange zu überlegen.«

»Das gab eine bohrende und peinlich lange Stille, nicht?«

»Ja, so war das.«

»Und dann ging gar nichts mehr, nicht?«

»Genau.«

»Und hatten Ihre Mitschüler auch immer so viel Zeit, wenn sie etwas nicht wussten?«

Steffen runzelte die Stirn und rieb sich mit dem Zeigefinger unter der Nase. »Hm. Eigentlich hatte immer nur ich so grausam viel Zeit.«

»Aber in Wirklichkeit hatten Sie wahrscheinlich auch nicht länger Zeit als die anderen, nicht wahr? Sie bildeten es sich nur ein, denn nur subjektiv vergeht eine unangenehme Zeit quälend langsam, nur subjektiv.« Rosenbaum nahm wie in Zeitlupe einen bedächtigen Schluck aus seiner Tasse und anschließend für eine quälend lange Zeit einen Zug aus seiner Havanna, und redete erst weiter, als Gerlach einatmete, um seinerseits etwas zu sagen. »Ich bin als Kind einmal vom Dach eines Schuppens gefallen. Ich kann Ihnen sagen: Ich bin eine halbe Ewigkeit geflogen, bevor ich aufschlug. Es gibt sogar Leute, auf die geschossen wurde und die steif und fest behaupten, dass sie das

Projektil im Anflug gesehen haben, obwohl das völlig unmöglich ist.«

Als Rosenbaum erneut einen Schluck nahm, ergriff Gerlach die Gelegenheit, die Lektion zu vollenden. »Und genauso kann Marckmann subjektiv den Eindruck haben, dass er den Aufprall der Kugel auf dem Boden gehört hat. Sein Gehirn denkt es sich unbewusst hinzu, weil subjektiv zwischen Abschuss und Aufprall so lange Zeit vergangen ist, dass man den Aufprall gesondert gehört haben muss.«

Steffen dachte eine Zeit nach und sein Gesichtsausdruck machte nicht eindeutig klar, dass er die Erklärung verstanden hatte. »Trotzdem. Er war's.«

»Und was ist mit Peter Cornelius und Wachtmeister Harms?«, hakte Gerlach ein.

»Was weiß ich!« Steffen war beeindruckt, wie man durch Trinken Zeit zum Überlegen gewinnen konnte, und er machte es nach. »Das ist eben militärisch ein sensibler Bereich, die Germaniawerft. Vielleicht überprüft der MND routinemäßig alle besonderen Vorfälle dort. Und wenn da nichts dran ist, dann wird die Akte eben sofort wieder geschlossen.«

»Das glaubst du doch selbst nicht! Die opfern für eine Routineuntersuchung einen Maulwurf? Glaubst du das? Warum gehen die nicht einfach hin und sagen: ›Wir sind der MND und wir wollen mal wissen, was hier los ist!‹ Hä, warum nicht?«

»Weiß ich doch nicht, warum. Aber Tatsache ist, *dass* sie es eben so getan haben, wie sie es getan haben.«

»Ein wirklich starkes Argument, und offensichtlich das einzige, das deine These noch stützt!« Gerlachs Stimme ähnelte immer stärker dem Zischen einer Schlange. »Aber ich sag dir noch einmal: Erika Marckmann war es!«

»So ein Unsinn!«

»Kein Unsinn! Sie hat Fricke gehasst, weil er von ihr die Abtreibung verlangt hat. Deshalb hat sie ihn umgebracht. Und uns erzählt sie, dass sie ihn nicht gehasst hat. Und warum? Warum hat sie gelogen? Um den Verdacht von sich abzulenken, darum!«

Es war plötzlich bedeutend lauter geworden und Rosenbaum wurde klar, dass es den Kontrahenten nur noch darum ging, recht zu behalten. Mit Wahrheitsfindung hatte das nichts mehr zu tun.

»Verstehe ich dich richtig: Du hältst jemanden für schuldig, weil er nicht in Verdacht geraten will?«

»Wer nichts zu verbergen hat, sagt die Wahrheit. Und der Täter, der seiner Strafe entgehen will, sagt die Unwahrheit. Manchmal ist die Welt ganz einfach.«

»Aber, Herr Neunmalklug, dann muss es ja trotzdem ganz anders gewesen sein als das, was Heinz Marckmann uns erzählt hat. Dann hat er also gelogen, obwohl er nicht der Täter war. Erstens stimmt damit deine These, der Unschuldige würde die Wahrheit sagen, nicht. Zweitens muss man sich doch unwillkürlich fragen, warum Heinz Marckmann so eine Geschichte erfindet.«

»Weil er seine Frau schützen will. Insgeheim liebt er sie offenbar doch noch. Wahrscheinlich war er zufällig in der Nähe und hat alles beobachtet. Und dann hat er ihr die Waffe abgenommen, ihr gesagt, sie solle nach Hause gehen und so tun, als hätte sie die ganze Nacht geschlafen, schließlich versteckt er die Waffe und wir finden sie.«

»›Zufällig in der Nähe gewesen‹ hört sich nicht viel besser an als ›der große Unbekannte‹.«

»Du bist so ein Schwachkopf ...«

Gerlach sprang von seinem Stuhl auf, dann sprang Steffen auf. Sie sahen aus wie zwei Kampfhähne, denen man Rasierklingen an die Krallen gebunden hatte, kurz vor dem blutigen Gemetzel.

»Bitte, meine Herren, nicht dass auch noch in meinem Büro Blut spritzt.« Rosenbaum dämpfte mit beiden Händen die Emotionen. »Wir wollen Verbrechen aufklären und nicht selbst begehen.«

Die Kampfhähne setzten sich wieder und Rosenbaum zog bedächtig an seiner Zigarre.

»Es ist sicher schön, dass Sie sich für Ihren Beruf begeistern, aber das ist jetzt doch etwas doll.« Rosenbaum musste ein wenig reden, um die Rasierklingen unbemerkt abnehmen zu können. Da konnte er gleich mal wieder eine Lektion anbringen. »Steffen, mein Lieber, Sie sind doch Christ, nicht wahr?«

»Evangelisch getauft und konfirmiert.«

»Dann glauben Sie also daran, was in der Bibel steht?«

»Ja, natürlich.«

»Sie auch, Gerlach?«

»Ich auch, na klar.«

»Aber es ist erwiesen, naturwissenschaftlich erwiesen, dass nicht alles stimmen kann, was da drin steht. Die Welt wurde nicht vor 7.000 Jahren innerhalb von sieben Tagen erschaffen und die Frau wurde sicher nicht aus einer Rippe des Mannes gemacht.«

Jetzt schauten die Kampfhähne einen neuen, gemeinsamen Feind an, die Rasierklingen hatten sie noch an den Krallen.

»Verstehen Sie mich nicht falsch«, beeilte sich Rosenbaum, das Gemetzel abzuwenden. »Die Schöpfungsgeschichte steht im ersten Buch Mose. Das ist nicht nur Bestandteil Ihrer Bibel, sondern auch unserer Tora. Gott hat sie Mose auf dem Berg Sinai selbst übergeben. Die Schöpfungsgeschichte stammt also unmittelbar von Gott. Das ist jüdischer Glaube.« Rosenbaum fühlte sich genötigt, vorübergehend so zu tun, als wäre er ein gläubiger Jude. Das war er zwar überhaupt nicht, nicht einmal ein praktizierender Jude, seit er vor langer Zeit mit seinem Rabbiner in eine grundsätzliche Auseinandersetzung geraten war.

»Aber wurde denn die Genesis nicht deshalb so geschrieben, weil die damaligen naiven Menschen es sonst nicht verstanden hätten?«, entgegnete Gerlach.

»Das bezweifele ich. Was ist so schwer daran zu verstehen, dass der Hund vom Wolf abstammt und die Erde viel älter ist als ein paar tausend Jahre? Aber darum geht es mir jetzt nicht. Ich wollte nur Ihre Aufmerksamkeit darauf lenken, dass Sie an die Bibel glauben, obwohl Teile von ihr anerkanntermaßen unwahr sind. Was also bringt Sie dazu, den Rest zu glauben?«

Die Assistenten stutzten.

»Es ist unsere Sehnsucht nach Erkenntnis«, löste Rosenbaum sein eigenes Rätsel. »Wir glauben lieber an etwas Falsches als an gar nichts. Und genau das machen Sie, Steffen, wenn Sie vehement dafür streiten, dass Heinz Marckmann der Täter ist, und Sie, Gerlach, wenn Sie genauso vehement behaupten, dass Erika Marckmann es war. Warum können Sie nicht mit der Unsicherheit leben? Warum können Sie nicht bekennen, dass wir nicht wissen, wer es war?« Rosenbaum beendete die Besprechung und wies seine Assistenten an, einen Bericht zu formulieren und die Akte an den Staatsanwalt weiterzuleiten, sollte der doch jetzt entscheiden, wie es weiterzugehen hatte.

XLV

Die Assistenten stritten noch laut und wild, zeternd und gestikulierend, mit rotem Kürbiskopf und gekreuzten Zungen darüber, wer welchen Teil des Berichts übernehmen sollte. Wer die Festnahmegründe darstellen durfte, konnte seine Auffassung durch tendenziöse Formulierungen bevorteilen. Natürlich, keiner von beiden täte selbst so etwas, aber dem anderen trauten sie es zu. Natürlich, ein preußischer Staatsanwalt war ein Fachmann und ließe sich von der Ausdrucksweise in Berichten nicht irritieren. Wie Aktivkohle filterte er die reinen, objektiven Fakten heraus, vollkommen unbeeinflussbar von irgendetwas Sachfremdem. Ein preußischer Staatsanwalt, das war eine vollständig autarke Subsumptionsmaschine, die nur der Logik und den Gesetzen der Natur und des Gesetzgebers gehorchte – glaubten die preußischen Staatsanwälte. Steffen und Gerlach wussten es besser.

Schließlich einigten sich die Assistenten erschöpft, aber erleichtert – wie bei einer Geburtskomplikation, in der das Kind wegen einer abgedrückten Nabelschnur zu ersticken droht – darauf, dass jeder seine Sicht auf bis zu zwei Schreibmaschinenseiten frei darstellen durfte. Dann verschwanden sie mit der Akte.

Rosenbaum blieb an seinem Schreibtisch sitzen, ohne Akte, in der er hätte blättern können, aber mit dem fortbestehenden Gefühl des Verrats. Natürlich sprach fast alles gegen Marckmann, sogar dass es auch Ungereimtheiten gab, denn die hatte es in jedem Fall gegeben, den

Rosenbaum jemals bearbeiten musste, Kaffee und Tee eben. In Ermangelung eines Angelpunktes schweifte Rosenbaums Blick ziellos durch den Raum. Eine Lösung ohne Ungereimtheiten wäre verdächtig, so viel zur Kehrseite der *missing links*. Rosenbaums Blick fiel auf das Gebäude der Landesversicherungsanstalt, das sich langsam in Richtung Feierabend entvölkerte und Ruhe einkehren ließ. Die Logik ließ Ungereimtheiten zwar nicht zu, aber der begrenzte Erkenntnishorizont der Menschen forderte sie. Rosenbaums Blick streifte nun die schweren Vorhänge, die regelmäßig die Räume des gehobenen Dienstes zu schmücken pflegten, irrte zum sparsam verzierten Türrahmen und landete schließlich auf Hedis Busen. Ein Fall ohne Ungereimtheiten wäre konstruiert, und zwar von jemandem, der denselben Erkenntnishorizont hatte wie man selbst, von einem Menschen also. Hedis Busen?

»Wie lange stehen Sie da schon?«

Eine Situation mit Verdutzungspotenzial, die nur deshalb als bloße Überraschung verpuffte, weil Rosenbaums Verdutzungsreservoir erschöpft war. Er stand überstürzt von seinem Stuhl auf und befürchtete, dass Hedi ihn beim Popeln gesehen oder beim Pupsen gehört hätte. Nein, hatte er beides gerade nicht getan, oder doch?

»Ihre Paladine haben meine Schreibmaschine okkupiert und mich aus dem Zimmer geworfen«, antwortete das schöne Fräulein.

Rosenbaum nickte mit dem Kopf, als wäre er jetzt beruhigt, fragte sich aber, wieso diese Frau immer auftauchte, wenn er sie überhaupt nicht erwartete, und nie, wenn er an sie dachte. Er versuchte, woanders hinzuschauen, hatte aber noch immer keinen Angelpunkt. Deshalb blieb sein

Blick an Hedi hängen wie eine Fliege an den Tentakeln des Sonnentaus.

»Steffen sagte, wir haben den Mörder?«

»Ja, wir haben ihn wohl.«

»Und? Kein Sekt? Nicht mal ein Lächeln?«

Rosenbaum lächelte.

»Sie sind nicht zufrieden«, sagte Hedi wie ein enttäuschtes Schulmädchen – oder doch eher wie eine kokettierende Femme fatale? – und kam näher. Rosenbaum wich zurück und vermied eine Berührung.

Hedi zog wieder ihr Tuch aus der Tasche. »Erzählen Sie von Ihrer Frau«, sagte sie und, als Rosenbaum nach einiger Zeit nicht antwortete: »Wie lange sind Sie schon verheiratet?«

»Lange.«

»Glücklich?«

»Tja, durchaus ...«

»Staut sich da nicht eine Menge Langeweile und Frustration auf?«

»Sie sind sehr altklug, mein liebes Kind«, sagte er und dachte dabei: ›Und ich bin sehr alt.‹

»Für die Männer in meinem Alter bin ich zu klug, für die Männer in Ihrem Alter zu altklug. Was soll ich tun?«

»Ich weiß es nicht. Aber für mich sind Sie zu jung. Selbst wenn Sie ein Mann wären.«

Hedis Augen vergrößerten sich vor Überraschung, eine Braue senkte sich dann vor Ungläubigkeit, bis sich schließlich beide Brauen in der Mitte nach oben zusammenschoben vor Enttäuschung. Jetzt war es raus. Rosenbaum hatte Hedi seine Homosexualität – oder was auch immer es war – gestanden und sie damit zur Komplizin gemacht. Es war im Kaiserreich schon nicht leicht, Jude zu sein, ohne hinter jeder Unfreundlichkeit eine offene Anfeindung, hinter jeder Freundlichkeit versteckten Hohn zu vermuten. Nun entsprach Rosenbaums Physiognomie dem gängigen Klischee eines Juden, er sah aus, wie man sich damals einen Juden vorstellte, und er war ein Jude. Dagegen konnte er nichts machen. Aber Homosexualität konnte man geheim halten, sofern man nicht bei widernatürlicher Unzucht auf frischer Tat ertappt wurde.

»Wurden Sie deshalb nach Kiel versetzt?«

»Nein, nicht deshalb.«

Hedi war jetzt Rosenbaums Verbündete, er könnte ihr die ganze Geschichte erzählen, sein dunkles Geheimnis. Er tat es nicht. Es war nicht die Situation und es war noch nicht an der Zeit, zu frisch waren die Wunden, zu verletzlich seine Position und zu schmerzlich die Enttäuschung, wenn Hedi das Vertrauen missbrauchen würde. Und wäre es nicht auch ein Fehler, eine Untergebene, die sich offenbar nach Belieben in ein unschuldiges Kind oder eine magisch-dämonische Tänzerin verwandeln konnte, zu tief ins Vertrauen zu ziehen? Die ganze dunkle Wahrheit, die ihn nachts quälte und die selbst sein Lottchen nicht vollständig kannte? Lottchen, die Frau, die er lieben würde, wenn er Frauen lieben würde.

»Machen Sie Feierabend, Hedi. Ich habe noch zu tun. Wir sehen uns morgen.« Er hatte nichts mehr zu tun. Er suchte seine Assistenten auf, wechselte ein paar Worte und, als er sich sicher war, dass Hedi die Blume inzwischen verlassen hatte, ging auch er nach Hause. Das Gefühl des Verrats ging mit.

Auf dem Heimweg hielt Rosenbaum noch bei ›Herbert Kranz, Kolonialwaren‹ an. Am Morgen, als er auf dem Weg zur Blume den Exer gekreuzt hatte und in den

Knooper Weg eingebogen war, war er daran schon einmal vorbeigekommen, der Laden lag auf seinem Arbeitsweg. Es war kurz vor Ladenschluss, die Tür stand offen, und man konnte von außen die herrlichsten Köstlichkeiten mit Augen und Nase entdecken. Rosenbaum entdeckte im Regal hinter dem freundlichen Herrn Kranz exquisiten französischen Cognac und original schottischen Whisky. Er entschied sich für den Cognac und hoffte, damit seine Zweifel besiegen zu können. Vorübergehend beschäftigte ihn noch die politische Aussage hinter der Tatsache, dass es dort, in einem deutschen Kolonialwarengeschäft, französische und britische Importwaren gab.

Zweifel gehörten zum System. Nie konnte man jemanden wirklich ohne jeden Zweifel einer Tat überführen. Jeder Zeuge konnte irren und jeder Angeklagte ein falsches Geständnis ablegen. Immer bestand irgendwie die Möglichkeit, wenn auch noch so absurd und unwahrscheinlich, dass sich alles ganz anders zugetragen hatte. Diesen Zweifel musste man hinnehmen und die Gefahr von Fehlurteilen.

Vor seinem Zimmer in der Belletage grüßte die von der Hitze ziemlich mitgenommene Witwe Amann, während ihr zu Füßen der Spitz bellte. Rosenbaum verkroch sich in seinem Zimmer und machte sich über den Cognac und eine Havanna her.

Er war getrieben von einer Besessenheit, von der Schönheit des Abgrundes, von einer Liebe zum Verbrechen. Nicht die naiven Vorstellungen von Edgar Allen Poe, Jules Verne oder Arthur Conan Doyle, dass sich alle Geschehnisse naturwissenschaftlich aufklären ließen, faszinierten ihn. Sie ließen sich nicht naturwissenschaftlich aufklären. Zwar geschahen sie im Einklang mit den Naturgesetzen, aber der Mensch verstand zu wenig von der Natur, um sie aufklären zu können. Doch gerade diese morbide Abenteuerreise zu den Abgründen der Seele, zu den dunklen Seiten der Persönlichkeiten, zu den überwältigenden Gefühlen, zu Liebe und Hass und Angst und Ekel und Rache und zu allem, was nicht alltäglich war, machte Rosenbaum süchtig. Er konnte nicht davon lassen, eine Beschreibung und eine Erklärung für das Böse zu suchen. Er gehörte nicht zu den Gutmenschen, die mit dem Vorsatz die Welt zu retten anfingen und mit desillusioniertem Zynismus endeten. Er war kein Gutmensch, sondern Realist, und deshalb konnte er damit leben, dass Zweifel bestanden und Fehlurteile ergingen.

Einige Stunden später lag Rosenbaum im Bett. Ein enervierendes, wegen der Körperfülle unglaublich kräftiges Schnarchen seiner Vermieterin drang durch zwei Wände und zersägte jede aufkeimende Hoffnung auf Schlaf wie in einem blutigen Gemetzel. Rosenbaum stand auf, zog sich an und verließ die Wohnung. Links im Parterre lag die Backstube der Bäckerei und Konditorei Bunte. Noch herrschte hier Ruhe, aber in zwei oder drei Stunden würde Hektik ausbrechen, um die Bevölkerung des Kuhbergviertels zum Frühstück mit frischem Brot versorgen zu können.

Rosenbaum verließ das Haus, rannte durch die mit einem erfrischenden Luftzug gesegnete Nacht, vermeintlich ziellos, fand sich eine Viertelstunde später auf der Kaiserbrücke wieder und lauschte unregelmäßigen Hammerschlägen, die von der Germaniawerft herüberdrangen und von denen jeder einzelne ein Schuss hätte sein können.

Allmählich begann er, Gefallen an der Einsamkeit in der Fremde zu finden, eine morbide Lust an Friedhofsruhe, und er nahm sich vor, in den nächsten Tagen einen Spaziergang über einen Friedhof zu unternehmen, auch weil Friedhöfe ein wenig Todeskälte ausstrahlten, die ihm an diesen heißen Tagen irgendwie angenehm erschien. Jedenfalls waren die Toten tot, daran ließ sich nichts mehr ändern und das hatte etwas Friedliches. Aber für die Lebenden konnte man noch etwas tun.

Zwei Stunden später lag Rosenbaum wieder im Bett. Doch noch lange fand er in dieser Nacht keinen Schlaf. Als Kind war er nach einem entsetzlichen Streit mit seinem Vater einmal fast die ganze Nacht wach im Bett gelegen. Irgendwann war er aufgestanden und hatte einen Brief an Levi geschrieben, den dritten Sohn Jakobs und Begründer des Stammes der Leviten, dem auch die Rosenbaums angehörten. Levi galt als sehr autoritär und die Leviten als sehr elitär, was sich bis in die Neuzeit dadurch ausdrückte, dass man zum Zeichen der Zugehörigkeit den Namen ›Levi‹ als Nachnamen oder zumindest als Vornamen trug. Allerdings kümmerte Rosenbaums Vater all das nicht. Und das war die Basis, auf der sich der kleine Josef Rosenbaum mit Levi gegen seinen Vater verbünden konnte, und Levi sollte ihn einmal richtig zurechtweisen. Der evangelische Postbote konnte mit der Adresse ›Levi, Palästina‹ allerdings nichts anfangen und brachte den Brief zurück, sodass der Vater ihn las. Das war nicht nur grenzenlos peinlich gewesen, sondern hatte auch noch einen überaus unheiligen Ärger verursacht.

Rosenbaum wälzte sich in seinem Bett. Das Plumeau lag auf dem Dielenboden, das Laken war nassgeschwitzt, die Temperaturen tropisch. Rosenbaum dachte an das Gespräch mit seinen Assistenten über die Subjektivität der Zeit.

Er glaubte daran, dass die Zeit subjektiv war. Man konnte die Zeit nicht wahrnehmen, sondern nur einen Zeitpunkt. Das Jetzt war ein Zeitpunkt, die Zeit war davor. Das Jetzt und die Zeit schlossen einander aus. Das Jetzt war niemals Zeit, genauso wie das Bild eines galoppierenden Pferdes oder eines fallenden Regentropfen niemals Bewegung war oder ein einzelner Ton niemals Sprache. Die Zeit war nur die geordnete Abfolge von Zeitpunkten, so wie man viele Standbilder in der richtigen Reihenfolge zu einem Film zusammenfügen konnte. Die Abfolge der Zeitpunkte existierte aber nur in unserer Erinnerung, wo sonst? Und unsere Erinnerung folgte unserer Wahrnehmung. Für den einen war die Zeit schnell vergangen, für den anderen langsam, für den einen war sie schön, für den anderen schrecklich. Und so gab es viele verschiedene, aber gleichzeitige Zeiten. Und wenn sich die Erinnerung verklärte, wenn man weit zurückliegende Ereignisse vergaß und verwechselte, konnte sich die Zeit sogar ändern. Und dann änderte sich mit ihr auch die Wahrheit. Viele Zeiten und viele Wahrheiten und alles eine Frage der Perspektive?

Nein, das konnte nicht stimmen. Dem Bild eines galoppierenden Pferdes konnte man ansehen, dass das Pferd in Bewegung war. Ursache und Wirkung waren naturwissenschaftlich und logisch bestimmt und hatten eine zwingende zeitliche Reihenfolge. Damit existierte die Vergangenheit nicht nur in unserer Erinnerung, sondern auch im jetzigen Zustand der Dinge. Das Jetzt stand also nicht außerhalb der Zeit, sondern war immer ein Bestandteil von ihr. Die Zeit war objektiv. Wenn wir Zustände aus der Vergangenheit nicht kannten, waren sie trotzdem objektiv wahr.

Eine Mücke kreiste durch das Zimmer und vernichtete jede Aussicht auf Schlaf.

Schlaf.

Es waren nur 100 Meter bis zum Tor, dahinter wartete die Wahrheit. Rosenbaum wusste nicht, was wahr war, nicht einmal was die Wahrheit war, aber er war sich sicher, dass sie hinter dem Tor für ihn bereitstand, und das Tor stand weit offen. Nicht dass er einen Hinterhalt konkret erwartet hätte, aber irgendwie schien doch alles viel zu leicht, verdächtig leicht. Skepsis breitete sich aus. Doch in freudiger Erwartung behielt der Optimismus Oberhand und Rosenbaum machte den ersten Schritt. Er kam der Wahrheit näher, ohne in eine Grube zu fallen, in eine Schlinge zu treten oder in Treibsand zu versinken. Er hatte keine Selbstschussanlage ausgelöst und war nicht gegen eine unsichtbare Wand gestoßen. Der Schritt war schlicht und unspektakulär, einfach so gelungen, und Rosenbaum war der Wahrheit diesen einen Schritt näher gekommen. Mit Glückseligkeit benetzt, fast in Trance, folgten die nächsten Schritte, schneller werdend, aus Gehen wurde Traben. Das Tor begann sich zu schließen, zuerst kaum merklich, dann immer deutlicher. Der Trab wurde zum Lauf, zum Sprint, bis Rosenbaum in größter Luftnot vor dem verschlossenen Tor stehen blieb. Keine Selbstschussanlage und kein Fangeisen, aber ein verschlossenes Tor. Er rief nach einem Wärter, dann klopfte er an die schweren Türen, dann schlug er daran, dann trat er dagegen, dann ging er ein paar Meter zurück. Das Tor öffnete sich. Mit einem blitzartigen Antritt, der ihm jeden denkbaren Überraschungseffekt sichern musste, rannte er zurück zum Tor, das sich augenblicklich wieder verschloss. Wieder zehn Meter zurück, wieder offen, wieder hin, wieder zu. Noch mal und noch mal. Die Kräfte schwanden und ein Schultergurt schnitt sich langsam in die Haut. Den Gurt hatte er zuvor gar nicht bemerkt. Eigenartig. Rosenbaum hing fest wie eine Marionette. Über ein Seilsystem war der Schultergurt mit dem Tor befestigt und zog es zu, wenn er sich näherte. Das Seil war nicht zu kappen und der Gurt war mit ihm verwachsen. Das Streben nach der Wahrheit, es wurde von freudiger Erwartung begleitet und von frustrierter Enttäuschung abgelöst.

Ein unangenehmer Druck in der Blase weckte ihn. Er erleichterte sich und hätte dann, natürlich, nicht wieder einschlafen können, versuchte es erst gar nicht, sondern setzte sich an den Sekretär und begann zu schreiben:

›*An*
Peter Cornelius
Kiel
Postlagernd‹

XLVI

Die nächsten beiden Tage verliefen ohne besondere Vorkommnisse. In Berlin wurde ein schmächtiges, kleines Kerlchen in einer Marineuniform aus der Spree gefischt und vorübergehend in Polizeigewahrsam genommen. Es hatte sich nachts sinnlos betrunken auf die Sandsteinbalustrade der Moltkebrücke gestellt, die deutsche Kaiserhymne gegrölt *(Heil dir im Siegerkranz)* und dabei das Gleichgewicht verloren. Noch während er den Rest der Nacht in der Ausnüchterungszelle der Wache Moabit verbrachte, wurde der Vorwurf ruhestörenden Lärms erhoben, aber am nächsten Morgen, direkt nach Dienstantritt des Revierleiters, wieder fallen gelassen, weil das Absingen der Kaiserhymne niemals Lärm sein könne, egal wann, wo und mit wie vielen falschen Tönen. Tatsächlich, aber das wusste nur das Kerlchen selbst, hatte es gar nicht die Kaiserhymne gesunken, sondern die – auf derselben Melodie basierende – britische Nationalhymne.

Am selben Tag wurde die Leiche eines Mannes mit hoher Stirn, Sonnenbrille und hochgeschlagenem Kragen aus der Themse gefischt. Er war auf den östlichen der beiden oberen Fußgängerstege der Tower Bridge gestiegen, über das Geländer geklettert und in die Tiefe gesprungen, und zwar so geschickt, dass er mit dem Hinterkopf auf die Wasseroberfläche aufprallte, sich einen Genickbruch zuzog und augenblicklich starb. Zeugen behaupteten, er hätte im Fallen *God save the King* gesungen, jedoch mit einem eigenartig unverständlichen Text. Die London Police nahm sofort die Ermittlungen auf, stellte sie jedoch auf Anordnung des Innenministeriums nach wenigen Stunden wieder ein und übergab die Leiche zwei schwarz gekleideten Herren mit schwarz lackierter Kutsche unter derart mysteriösen Umständen, dass allein dieser Vorgang Grund genug wäre, das Ermittlungsverfahren wieder einzuleiten.

In Kiel drückte die Hitze immer nachhaltiger auf die allgemeine Stimmung. Die Bäume und Sträucher verzögerten die Ausbildung der Früchte und das Gras stellte sein

Wachstum ein. Die Grünflächen brauchten daher zunächst nicht gemäht zu werden, man musste sie aber sprengen, um eine Vergilbung zu verhindern. Anschließend wuchs das Gras wieder und musste dann doch gemäht werden. Angesichts des in den letzten Tagen rasant gestiegenen Wasserverbrauchs entschied der Rat der Stadt, dass nur die Alleebäume im Norden und Westen und die wichtigsten Grünflächen, also der Schlosspark und der Botanische Garten gewässert werden durften, damit auch für die Arbeiterviertel am Ostufer noch ausreichend Trinkwasser zur Verfügung stand.

Bis auf Rosenbaum und einige andere Gottlose, meistens Juden und Akademiker, die an solche, fast esoterischen Zusammenhänge nicht glauben wollten, sehnte die Bevölkerung nahezu geschlossen den Beginn der Kieler Woche und das damit verbundene Regenwetter herbei.

Die weiteren Ermittlungen im Fall Fricke gestalteten sich zäh und waren von dem Hahnenkampf zwischen Steffen und Gerlach geprägt. Alle Zeugen wurden noch einmal befragt und alle antworteten, was sie schon einmal geantwortet hatten. Alle Spuren wurden überprüft – es fanden sich keine weiteren. Rosenbaum und seine Assistenten sprachen den Erkenntnisstand wieder und wieder durch und gewannen keine neuen Ansatzpunkte. Zwar hatte man einen Verdächtigen, aber die Ungereimtheiten quälten Rosenbaum. Wenn der Geheimdienst mit der Sache zu tun hatte, dürften sich mutmaßlich auch keine weiteren Spuren mehr finden lassen.

Dann kam doch wieder etwas Leben in die Ermittlungen. Fast alle in der letzten Zeit verschwundenen Werftarbeiter hatten sich wieder angefunden. Nur ein Schiffsschweißer und ein Technischer Zeichner blieben verschwunden. Gerlach und Steffen hofften, dass sie ihren Streit beilegen könnten, wenn sie sich auf einen ganz anderen Verdächtigen einigen würden. Die Frau des Schweißers sagte aus, dass er ein Hitzkopf gewesen sei, der sich mit seiner Rechthaberei schon oft in Schwierigkeiten gebracht habe. Eine Zeit lang sei er zu den Kommunisten gelaufen und habe Umsturzpläne geschmiedet. Aber das seien nur Flausen gewesen. Und in letzter Zeit sei er da nicht mehr hin. Stattdessen habe er sich mit ganz anderen Leuten getroffen und sehr geheim getan. Was das für Leute waren, wusste die Frau nicht. Den verschwundenen Zeichner? Ja, den habe ihr Mann irgendwie gekannt, vom Kartenspielen. Der habe wohl auch zu diesen geheimen Leuten gehört. Wer noch? Ach ja, einmal sei der Name ›Sanni‹ gefallen. Es sei zu einem großen Streit gekommen, weil sie, die Frau, geglaubt habe, dass ihr Mann sie mit einer Susanne betrüge, aber er habe versichert, dass Sanni ein Mann sei. Man würde den Namen ja auch nicht mit einem weichen ›S‹ aussprechen, wie bei ›Susanne‹, sondern mit einem scharfen ›S‹ wie bei ›Essen‹.

Am Morgen nach dieser Aussage stieg Rosenbaum die Treppe zu seinem Büro hinauf. Die Schreibtischarbeit erledigte er am liebsten direkt nach Dienstantritt, wenn es noch nicht so heiß war. Nachmittags verkroch er sich mit seinen Assistenten gerne zu Besprechungen in einen der nach Osten gelegenen Verhörräume, und an diesem Tag sollte man bestimmt vieles zu besprechen haben. Das Gefühl des Verrats hatte sich gelegt und Geschäftigkeit breitete sich wieder aus. Zu Hause war Rosenbaum in dieser Provinzstadt jedoch noch lange nicht, aber er beging seinen allmorgendlichen Weg zur Arbeit inzwischen schon, ohne darüber nachdenken zu müssen, welcher Route er folgen musste.

Als Rosenbaum den Korridor zu seinem Büro betrat, sah er eine schattenhafte Gestalt auf der Holzbank kauern. Rosenbaum ging vorbei, ohne ihr Beachtung zu schenken.

»Guten Tag, Herr Kommissar.« Die Stimme war dünn, leise und verängstigt, aber man hörte ihr trotzdem an, dass sie aus einem riesigen Brustraum kam.

»Marckmann?«

»Ich wollte mich bei Ihnen bedanken, Herr Kommissar.«

Rosenbaums Verdutztheitsreservoir hatte sich inzwischen wieder aufgefüllt, obwohl es permanent dadurch strapaziert wurde, dass Hedi immer wieder unerwartet auftauchte. »Sind Sie auf freiem Fuß?«

»Jawohl«, antwortete Marckmann mit einem gewissen Stolz und stand zögerlich von der Bank auf, als Rosenbaum auf ihn zukam. »Vielen Dank, Herr Kommissar! Vielen, vielen herzlichen Dank!«

»Ich bin dafür nicht verantwortlich.«

Verlegenes Schweigen. Rosenbaum begann zu ahnen, dass er doch dafür verantwortlich war.

»Wie ist das passiert?«

»Tja, also, der Staatsanwalt sagte, dass er mir nicht glaubt, und der Ermittlungsrichter auch und sogar mein Verteidiger, die haben mir nämlich einen Pflichtverteidiger gestellt. Und ich dachte, der hilft mir, aber er glaubte mir eben auch nicht. Er schimpfte mich sogar aus, was mir einfällt, ihm so eine Geschichte zu erzählen, und ich soll froh sein, wenn mir nicht noch zusätzlich wegen Irreführung der Justiz der Prozess gemacht wird. Und wenn ich bei dieser Geschichte bleibe, kann ich mich schon mal auf die Todesstrafe einstellen, weil man dann von heimtückischem Mord ausgeht, und niemand Mitleid mit einem hat, der seine Tat nicht bereut. Und ohne Reue hätte ich auch beim Jüngsten Gericht keine Chance.« Marckmanns Stimme blieb leise, aber er riss die Augen weit auf, als er sein Martyrium schilderte, seine Wut und seine Ohnmacht. »Und auf einmal wurde ich freigelassen. Ohne Begründung. Einfach so. Der Verteidiger sagte, das käme von ganz oben und er habe so was auch noch nicht erlebt. Da war so ein ganz junger Knilch, und klein war der. Der hat das jedenfalls alles angeordnet. Aber ich durfte nicht mit ihm sprechen.« Marckmann bedankte sich noch etliche Male. Genauso häufig wies Rosenbaum jeden Verursachungsbeitrag von sich.

Kurz darauf suchte Rosenbaum seinen Chef auf und berichtete ihm. Freibier zeigte eine überaus zurückhaltende Reaktion. Man könnte es mit Ratlosigkeit verwechseln, was es wohl auch darstellen sollte. Tatsächlich aber war es Selbstschutz. Nichts zu tun und nichts zu sagen, den Kopf einziehen, wenn geschossen wird, ist nicht die heldenhafteste, manchmal aber einzig lebensverlängernde Verhaltensweise. Und die beherrschte Freibier vorbildlich. Er sagte nichts und tat nichts, saß nur da und schaute Rosenbaum an. Der schaute zurück und dachte darüber nach, wie sehr sich sein Eindruck von Freibier seit ihrer ersten Begegnung geändert hatte. Und so hätten sie bis zum Hungertod dort gesessen, wenn nicht Hedi mit der Ankündigung eines Telefonanrufs von Staatsanwalt Kramer in den Raum geplatzt wäre.

»Hier ist Freibier, guten Tag, Herr Staatsanwalt.«

Freibiers Büro war eines der wenigen, die einen direkten Telefonanschluss besaßen. Rosenbaum erinnerte sich, dass er mit Freibier wegen der Anschlüsse in den anderen Büros sprechen wollte. Und dann war da noch die Sache mit der Schichtarbeit. Und die Nachschulungen wegen der erkennungsdienstlichen Methoden. Vielleicht nicht heute, besser morgen.

»Ja …

Jawohl!

Jaja …

Tja, so ist das.

Selbstverständlich.

Natürlich.

Auf Wiederhören, Herr Staatsanwalt, und noch einen schönen Tag.« Dann wandte Freibier sich Rosenbaum zu. »Das war Staatsanwalt Kramer.«

»Aha.«

»Wir sollen die Ermittlungen in dem Mordfall Fricke einstellen.« Für einen kurzen Augenblick huschte ein entspanntes Lächeln über Freibiers Gesicht, fast als wäre er erleichtert. Aber schnell fasste er sich wieder. »Tut mir sehr leid, mein lieber Rosenbaum, aber da kann man nichts machen«, sagte er und stand auf.

»Tja, da kann man wohl nichts machen«, wiederholte Rosenbaum im Aufstehen, grüßte und ging. Auf dem Weg zu seinem Büro wiederholte er den Satz noch mehrmals. »Da kann man nichts machen.

Oder doch?

Nein, kann man nicht.

Oder?

Nein, nein.«

Rosenbaum erinnerte sich, dass er noch ein Ermittlungsverfahren gegen Erika Marckmann einleiten musste wegen der Abtreibung. Und eines gegen Katharina Fricke wegen Hehlerei. Das hatte er ganz vergessen. So was. Dann vergaß er es wieder.

Drei Tage später, zu Anfang der Kieler Woche, begann das schlechte Wetter.

ENDE

*Weitere Krimis finden Sie auf den
folgenden Seiten und im Internet:*

WWW.GMEINER-SPANNUNG.DE

HEIKE WOLPERT
Schönheitsfehler

978-3-8392-1693-4 (Paperback)
978-3-8392-4663-4 (pdf)
978-3-8392-4662-7 (epub)

»Ein tierisch spannendes Vergnügen!«

Das ist nicht Kater Sockes Tag. Erst wird er in einer Katzenbox ausgesetzt und kaum befreit, findet er eine Leiche. Ausgerechnet bei der Feier zur Präsentation eines neuen Antifaltenmittels wird der Schönheitschirurg Dr. Karl-Heinz Finkenburg erschossen – gibt es da einen Zusammenhang oder liegt das Motiv eher im Privaten? Neben Hauptkommissar Peter Flott und seinem Team stellt auch der Kater samt tierischer Nachbarn Ermittlungen an. Schnell stoßen sie auf einen vergangenen, aber nicht vergessenen Skandal.

WWW.GMEINER-VERLAG.DE
Wir machen's spannend

SANDRA DÜNSCHEDE
Friesenschrei
....
978-3-8392-1668-2 (Paperback)
978-3-8392-4613-9 (pdf)
978-3-8392-4612-2 (epub)

»Kommissar Dirk Thamsen und seine Freunde ermitteln in einem brisanten Fall vor traumhaft schöner Küstenkulisse.«

Früh an einem Sommermorgen findet der Schüler Jonas Lützen den Bademeister des Freibades in Risum tot im Becken treiben. Der Schock über den grausamen Fund ist groß, erst recht als die Untersuchungen ergeben, dass der Mann ermordet wurde. Nur, wer hat den Bademeister ins Jenseits befördert und warum? Alle Spuren, die Kommissar Thamsen mit seinen Freunden Tom und Haie verfolgt, scheinen im Sande zu verlaufen …

ULRIKE KRONECK
Selbstgerecht
....
978-3-8392-1675-0 (Paperback)
978-3-8392-4627-6 (pdf)
978-3-8392-4626-9 (epub)

»Obsession und Gerechtigkeitssinn – wie nah kann das eine dem anderen sein?«

Mit einer halben Million Schwarzgeld verschwindet die Studentin Julia – und gerät in Lebensgefahr. Ist sie schuld am Tod ihres verheirateten Geliebten? Die Kriminalkommissare Johanna Kluge und Jakob Besser stoßen auf eine Spur von Gewalt und Unrecht, die schon vor Jahren begonnen hat – und auf zu viele Verdächtige.

WWW.GMEINER-VERLAG.DE
Wir machen's spannend

Das Neueste aus der Gmeiner-Bibliothek

Unsere Lesermagazine

Bestellen Sie das kostenlose KrimiJournal in Ihrer Buchhandlung oder unter www.gmeiner-verlag.de

Informieren Sie sich ...

www ... auf unserer Homepage:
www.gmeiner-verlag.de

@ ... über unseren Newsletter:
Melden Sie sich für unseren Newsletter an unter www.gmeiner-verlag.de/newsletter

f ... werden Sie Fan auf Facebook:
www.facebook.com/gmeiner.verlag

Mitmachen und gewinnen!

Schicken Sie uns Ihre Meinung zu unseren Büchern per Mail an gewinnspiel@gmeiner-verlag.de und nehmen Sie automatisch an unserem Jahresgewinnspiel mit »mörderisch guten« Preisen teil!

WWW.GMEINER-VERLAG.DE
Wir machen's spannend